KB044190

AGATHA CHRISTIE COMPLETE COLLECTION

THREE BLIND MICE AND OTHER STORIES

AGATHA CHRISTIE COMPLETE COLLECTION

THREE BLIND MICE AND OTHER STORIES

쥐덫 애거서 크리스티 장편 소설 | 김남주 옮김

황금가지

THREE BLIND MICE AND OTHER STORIES

by Agatha Christie

정식 한국어 판 출간에 부쳐

나는 한국에서 우리 할머니의 작품을 정식으로 출간한다는 소식을 듣고 무척 기뻤다. 할머니가 1920년부터 1970년 무렵까지 오랜 세월에 걸쳐 집필한 작품들은 21세기인 지금 읽어도 신선하고 재미있다. 등장 인물들이 워낙 자연스러워서 요즘 사람들과 다를 바 없고 이들이 등장하는 상황과 장소가 전 세계 사람들의 애정과 향수를 자극하기 때문이다. 한국 독자들은 이번에 새로 나온 정식 한국어 판을 통해 그 동안 접하지 못했던 애거서 크리스티의 일부 작품들을 읽을 수 있을 것이다. 덕분에 한국에 새로운 세대의 애거서 크리스티 팬들이 탄생할지도 모르겠다는 생각을 하면 가슴이 벅차다.

애거서 크리스티는 대표적인 두 명의 주인공으로 기억되는 작가이다. 14권의 작품에 등장하는 마플 양은 영국의 작은 시골 마을에서 평온한 나날을 보내며 뜨개질과 수다로 소일하는 미혼의 할머니

이지만, 놀라운 기억력과 날카로운 두뇌 회전으로 주변에서 벌어진 살인 사건을 해결한다.

그리고 마플 양과 상반되는 성격을 지닌 에르퀼 푸아로는 자신만만하고 콧수염을 포함한 자신의 외모와 벨기에라는 국적에 대한 자부심이 상당하다. 그는 이집트와 이라크를 비롯한 세계 각지에서 수수께끼를 해결하며 『오리엔트 특급 살인*Murder On The Orient Express*』, 『나일 강의 죽음*Death On The Nile*』, 『애크로이드 살인 사건*The Murder Of Roger Ackroyd*』 등 애거서 크리스티의 여러 대표작에 모습을 드러낸다.

황금가지의 대담하고 참신한 표지와 전반적인 디자인 덕분에 작품의 성격이 잘 살아난 것 같아 기쁘다. 또한 한국 독자들이 할머니의 원작이 지닌 참된 묘미를 느낄 수 있도록 충실한 번역을 위해 애써 준 점도 높이 사고 싶다.

할머니의 작품이 20세기의 그 어떤 작가들보다 많이 팔리고 있는 이유는 나이와 국적에 상관없이 읽을 수 있는 재미와 감동을 갖추었기 때문이다. 모쪼록 한국 독자들도 황금가지에서 선보이는 애거서 크리스티 작품들을 즐겁게 감상하기를 바란다.

매튜 프리처드

애거서 크리스티의 손자

ACL 이사장

눈먼 쥐 세 마리

달리는 것 좀 봐.

달리는 것 좀 봐.

모두들 농부의 아내를 쫓아 달리네.

여자가 식칼로 쥐들의 꼬리를 자르네.

혹시 이런 광경을 보신 적이 있나요.

—「눈먼 쥐 세 마리」

차례

정식 한국어 판 출간에 부쳐 — 5

쥐덫 — 11

괴상한 장난 — 132

줄자 살인 사건 — 154

완벽한 하녀 사건 — 177

관리인 사건 — 199

공동주택 4층 — 222

조니 웨이벌리 사건 — 255

검은 딸기로 만든 '스물네 마리 검은 새' — 278

사랑의 탐정 — 302

쥐덫

몹시 추운 날씨였다. 하늘은 금방이라도 눈이 올 것처럼 어둡게 가라앉아 있었다.

목도리로 얼굴을 감싸고 챙 모자를 눈 위까지 눌러쓴 진한 색 외투 차림의 사내가 컬버 가를 따라 걸어와서는 74번지 건물의 층계를 올라갔다. 그는 손가락으로 초인종을 누르고 저 아래 지하층에 울리는 그 소리에 귀를 기울였다.

개수대에서 바삐 설거지를 하던 중이던 케이시 부인이 짜증스럽게 말했다.

“지겨운 초인종 소리. 도무지 조용할 때가 없다니까.”

그녀는 약간 숨을 헐떡이며 지하층의 층계를 힘들여 올라와 문을 열었다.

바깥의 나지막한 하늘을 배경으로 윤곽만 보이며 서 있던 사내가 속삭이는 듯한 작은 소리로 물었다.

"라이언 부인이십니까?"

"3층이에요. 쭉 올라가시면 돼요. 그런데 부인은 당신이 오시는 걸 알고 계신가요?"

사내는 천천히 고개를 내저었다.

"오, 그럼, 올라가서 문을 두드리세요."

그녀는 낡은 카펫이 깔린 층계를 올라가는 남자를 지켜보았다. 나중에 그녀는 그 사내가 "기묘한 느낌을 주었다."고 말하게 된다. 그러나 당시에는 '저 사람 꽤 지독한 감기에 걸려서 저렇게 속삭이듯 말할 수밖에 없는 모양이군. 이런 날씨면 감기에 걸리는 것도 무리는 아니지.' 하고 생각했을 뿐이었다.

층계 모퉁이를 돈 사내는 나직하게 휘파람을 불기 시작했다. 「눈먼 쥐 세 마리」의 곡조였다.

몰리 데이비스는 도로 쪽으로 물러나서 대문 옆에 달린 새로 칠한 간판을 올려다보았다.

몽스웰 장원

하숙집

그녀는 흡족한 듯 고개를 끄덕였다. 그것은 정말이지 전문가의 솜씨처럼 보였다. 아니 '거의 전문가 솜씨 같다'고 해야 할 터였다.

'하숙집'의 '숙'자가 약간 비뚤어져서 위로 올라가고 '장원'의 끝부분이 약간 한데 몰리긴 했지만 자일스는 그 일을 대체로 멋지게 해냈다. 자일스는 정말이지 무척 똑똑했다. 그는 아주 많은 것을 할 줄 알았다. 그녀는 그런 자기 남편에게서 언제나 새로운 점을 발견하곤 했다. 자일스는 자기 자신에 대해 거의 이야기를 하지 않았으므로 그녀는 그가 가진 많은 다양한 재능을 한 번에 조금씩밖에 알 수 없었다. 이래서 해군 출신의 사내는 '손재주가 있다'고들 하는 모양이었다.

그러니까 자일스는 그들의 새로운 사업에 자신의 모든 재능을 발휘해야 할 터였다. 자신과 자일스만큼 하숙집 운영에 미숙한 사람도 없을 터였다. 하지만 이 일은 몹시 재미있을 것 같았다. 그리고 그럼으로써 주거지 문제가 해결되지 않는가.

이건 몰리의 아이디어였다. 캐서린 숙모가 죽고 변호사들이 편지로 숙모가 그녀에게 몽스웰 장원을 남겨 주었다는 소식을 알려 왔을 때, 젊은 부부의 자연스러운 반응은 그 집을 판다는 것이었다.

"그 집 어때?"

자일스의 질문에 몰리는 이렇게 대꾸했다.

"오, 커다랗고 어수선한 낡은 집이야. 빅토리아 시대의 구식 가구들로 가득 차 있지. 뜰은 그런대로 멋지지만, 전쟁 이후로는 잡초가 우거졌어. 뜰을 가꿀 사람이라고는 늙은 정원사 한 사람밖에 안 남았거든."

그래서 그들은 그 집을 팔려고 내놓고 자신들이 살 작은 단독주택이나 공동주택에서 쓸 만한 가구만을 챙기기로 결정했다.

그런데 당장 두 가지 문제가 생겼다. 우선 작은 단독주택이나 공동주택 중 어느 것도 구할 수가 없었고, 두 번째는 가구들이 모두 너무 컸다.

"그럼 가구들도 모두 팔아 버리겠어요. 팔리겠죠?"

사무 변호사는 요즘은 뭐든 다 팔 수 있다고 그들에게 장담했다.

"누군가 호텔이나 하숙집을 할 생각으로 그 집을 살 가능성이 높아요. 그럴 경우 가구가 완비된 상태로 사고 싶어 할 거예요. 다행히 그 집은 수리가 잘 되어 있습니다. 돌아가신 에모리 양이 전쟁 직전에 큰돈을 들여 수리를 하고 시설을 개비했지요. 그 뒤로 손상된 데가 거의 없죠. 그래요, 그 집은 상태가 아주 좋답니다."

몰리에게 그 아이디어가 떠오른 것은 바로 그때였다.

"여보, 우리가 직접 하숙집을 운영하는 건 어떨까?"

처음에 그녀의 남편은 그 아이디어에 코웃음을 쳤지만 몰리는 주장을 굽히지 않았다.

"처음에는 사람을 그렇게 많이 받을 필요가 없어. 그 집은 하숙집으로 제격이야. 욕실에 온수도 나오고 중앙난방인 데다 가스 조리대도 있어. 또 닭과 오리를 길러 알을 얻고 채소도 키울 수 있다고."

"누가 그 일을 다 한다는 거야? 일하는 사람을 구하는 게 힘들지 않겠어?"

"오, 그 일은 우리가 해야 해. 우리가 어디에 살든 어차피 해야 할 일이잖아. 시람 수가 좀 는다고 해서 반드시 할 일이 더 많아지는 건 아냐. 시작만 잘하면 얼마 지나지 않아 일할 아줌마 한 명 정도는 쓸 수 있을 거야. 다섯 사람만 받고, 각 사람당 매주 7기니를 받는다면……."

몰리는 낙관적인 계산에 골몰하기 시작했다.

"그리고 생각해 봐, 여보, 그건 우리 소유의 집이 되는 거야. 우리 소유의 물건들과 함께 말이야. 사실 말이지 우리가 어딘가에 살만한 집을 사려면 몇 년이 걸릴지 모르잖아."

"그건 맞는 말이지."

자일스가 인정했다.

그들은 서둘러 결혼한 다음 함께 지낸 시간이 거의 없었으므로 둘 다 한 집에 정착하고 싶었다.

이렇게 해서 대대적인 실험이 시작되었다. 지역 신문과 《타임스》에 광고를 내자 반응이 좋았다.

그리고 오늘 손님 한 사람이 처음으로 오기로 했다. 자일스는 군용 철망을 판다는 광고를 보고 그것을 구하기 위해 아침 일찍 차를 타고 주(州) 반대편으로 떠나고 없었다. 몰리는 최종적으로 몇 가지 물건을 더 구입하기 위해 읍내에 걸어서 다녀오겠다고 말해 두었다.

유일한 문제는 날씨였다. 지난 이틀 동안 혹한이 몰아친 데다 눈까지 내리기 시작했다. 몰리는 차도를 서둘러 걸어갔다. 치밀한 깃털 같은 눈송이가 방수천으로 된 옷을 입은 그녀의 어깨와 구불거리는 밝은 빛의 머리카락 위에 내리고 있었다. 일기예보의 내용은 극도로 우울했다. 폭설이 내릴 예정이었다.

그녀는 불안한 심정으로 관들이 모두 얼어 버리는 일이 없기를 바랐다. 막 시작한 참에 모든 것이 틀어진다면 너무 가혹한 일이 될 터였다. 그녀는 흘긋 손목시계를 보았다. 차 마실 시간이 지났다. 남편은 이미 돌아와 있을까? 자신이 어디에 있는지 걱정하고 있는 건 아닐까?

그렇다면 자신은 이렇게 말하리라.

"깜박 잊은 것이 있어서 읍내에 다시 가야 했어."

그러면 그는 웃으면서 이렇게 말할 것이다.

"통조림 말이군?"

통조림이란 그들 사이에서만 통하는 농담이었다. 그들은 언제나 식품 통조림이 떨어지지 않도록 주의를 기울이고 있었다. 식품 저장실은 비상시에 대비해 정말이지 제대로 채워져 있었다.

몰리는 찌푸린 얼굴로 하늘을 올려다보면서 생각했다.

'금방이라도 비상시가 닥쳐올 기세로군.'

집에는 아무도 없었다. 자일스는 아직 돌아오지 않았다. 몰리는 먼저 부엌에 갔다가 이어 위층에 올라가 새로 꾸며 놓은 방들을 둘러보았다. 보일 부인이 쓰기로 되어 있는 남쪽 방에는 마호가니 가구와 기둥 달린 침대가 있었다. 메트카프 소령이 쓸 청색 방에는 떡갈나무 가구가 놓여 있었다. 렌 씨가 쓸 동쪽 방에는 퇴창이 나 있었다. 모든 방들이 아주 멋져 보였다. 캐서린 숙모가 시트를 이렇게 많이 갖고 있었다니 얼마나 다행인가. 몰리는 침대 덮개를 토닥여 바로잡아 놓고는 다시 아래층으로 내려왔다. 날은 거의 어두워져 있었다. 갑자기 집 안이 무척 고요하고 텅 빈 느낌이 들었다. 그 집은 마을로부터 3킬로미터 가량 떨어져 있는 외딴집이었다. 몰리의 말처럼 그건 세상에서 3킬로미터 떨어진 것이나 다름없었다.

그녀는 전에도 종종 집에 혼자 있었지만, 빈 집에 혼자 있다는 사실을 이렇게 의식한 것은 처음이었다.

부드러운 바람에 날아온 눈송이가 창유리를 두드려 댔다. 그러자 마음을 불안하게 하는, 속삭이는 듯한 소리가 났다. 만약 자일스가 돌아올 수 없다면? 눈이 너무 많이 쌓여서 자동차가 뚫고 나올 수 없다면? 자신이 이곳에 홀로 있어야 한다면, 혹시 며칠 동안 그래야 한다면?

그녀는 부엌을 둘러보았다. 자신이 턱을 규칙적으로 움직여 롤케이크를 먹고 홍차를 마시는 동안, 몸집이 크고 유쾌해 보이는 요리사가 식탁을 차려야 할 것 같은 커다랗고 안락한 부엌이었다. 한옆에서는 키 크고 나이 지긋한 가정부가, 다른 한옆에서는 통통하고 뺨이 붉은 하녀가 서 있고, 식탁 맞은편에서는 부엌 하녀가 겁에 질린 눈길로 윗사람들 눈치를 보며 서 있어야 할 것 같았다. 그런데 거기에 있는 것은 몰리 데이비스, 그리 어울리는 것 같지 않는 역할을 하고 있는 자신뿐이었다. 그 순간 그녀에겐 스스로의 인생 전체가 비현실적으로 보였다. 자일스 역시 비현실적으로 느껴졌다. 그녀는 하나의 배역, 그저 하나의 배역을 연기하고 있는 것뿐이었다.

창밖으로 그림자 하나가 지나가는 것을 본 그녀는 펄 듯이 놀랐다. 낯선 사내 하나가 눈을 뚫고 다가오고 있었다. 옆문이 덜거덕거리는 소리가 들려왔다. 낯선 이가 열린 문간에 서서 눈을 털고 있었다. 낯선 사내가 빈 집 안으로 걸어 들어오고 있었다.

이윽고 환영이 물러갔다.

"자일스, 당신이 돌아와서 정말 다행이야!"

"안녕, 여보! 정말 지독한 날씨군! 맙소사, 몸이 얼어붙었어."

자일스는 발을 구르며 두 손에 입김을 불었다.

몰리는 반사적으로 남편이 자기 방식대로 떡갈나무 궤 위에 던져놓은 외투를 집어 들었다. 그녀는 그것을 옷걸이에 걸고 불룩한 주머니에서 목도리와 신문, 끈 뭉치, 그날 아침에 온 우편물을 꺼냈다. 남편이 나가면서 되는대로 쑤셔 넣어 둔 것들이었다. 부엌으로 가는 길에 그녀는 그 물건들을 조리대 위에 내려놓고 가스 화덕에 주전자를 올려놓았다.

"철망은 구했어? 정말 오래 걸렸네."

그녀가 물었다.

"내가 찾던 게 아니었어. 우리에게 전혀 도움이 되지 않겠더라고. 다른 집에도 갔었지만 그곳 물건 역시 좋지 않더군. 그런데 당신은 뭘 하고 있었어? 아직 아무도 오지 않은 것 같은데?"

"보일 부인은 어쨌든 내일이 되어야 올 거잖아."

"메트카프 소령과 렌 씨는 오늘 여기에 도착해야 하는데."

"메트카프 소령은 내일이 되어야 이곳에 올 수 있겠다는 엽서를 보내왔어."

"그러면 렌 씨가 우리와 함께 저녁 식사를 하게 되겠네. 당신 생각엔 어떤 사람 같아? 내 생각에는 영락없이 은퇴한 공무원일 것 같은데."

"아니, 내 생각엔 화가일 것 같아."

"그렇다면 일주일치 방세를 미리 받아 두는 게 좋겠네."

"아냐, 여보. 그들은 짐을 가져오잖아. 방세를 제대로 내지 않으면 우리가 짐을 잡으면 돼."

"그런데 그들의 짐이 신문지로 둘둘 말아 놓은 돌덩이라면 어떡하지? 사실 말이지 몰리, 우리는 이 사업의 문제점을 전혀 모르고 있어. 사람들이 우리가 이런 일을 처음 하는 사람들이라는 걸 눈치 채지 못했으면 좋겠는데."

"보일 부인은 분명히 알아볼 거야. 그런 여자 같아."

"당신이 그걸 어떻게 알아? 그 부인 본 적 있어?"

몰리는 몸을 돌렸다. 그녀는 식탁 위에 신문지를 깔고 치즈를 가져와 강판에 갈기 시작했다.

"그건 뭐야?"

그녀의 남편이 물었다.

"웨일스 식 토스트인 웰시 레어빗을 만들 거야. 빵가루와 으깬 감자, 치즈 조금만 있으면 그 이름에 합당한 요리가 되지."

"당신 혹시 대단한 요리사 아냐?"

그녀의 남편이 감탄하며 물었다.

"글쎄. 난 한 번에 한 가지만 할 수 있을 뿐이야. 여러 가지 요리를 조합하는 데는 정말 많은 훈련이 필요해. 아침 식사가 제일 힘들

것 같아."

"어째서?"

"왜냐하면 모든 걸 한꺼번에 준비해야 하거든, 달걀과 베이컨, 데운 우유, 커피, 토스트를 말이야. 우유는 끓어 넘치고 토스트는 타고 베이컨은 너무 타 버리고 달걀은 딱딱해진다고. 그래서 모든 것을 한꺼번에 지켜보면서 불에 덴 고양이처럼 재빠르게 움직여야 해."

"내일 아침 살그머니 내려와서 불에 덴 고양이가 된 당신 모습을 봐야겠군."

"물이 끓고 있네. 차 쟁반을 서재로 가져가서 라디오를 들으며 차를 마실까? 뉴스 시간이 다 됐어."

몰리가 말했다.

"우리가 앞으로는 부엌에서 거의 모든 시간을 보낼 것 같으니까 여기에도 라디오를 갖다 놔야겠어."

"그래, 부엌이란 얼마나 좋은 곳인지. 난 이 부엌이 마음에 들어. 단연코 이 집에서 가장 멋진 곳 같아. 찬장과 접시들도 마음에 들고, 정말이지 거대한 화덕이 주는 호사스러운 느낌이 좋아. 물론 저기에서 요리를 하지 않아도 돼서 다행이긴 하지만 말이야."

"1년치 연료를 하루에 모조리 써 버릴 것 같은데."

"거의 그럴 거야. 하지만 저 안에 큼직한 고깃덩이를 넣고 굽는다고 생각해 봐. 소 안심과 양 등심 같은 것 말이야. 어마어마하게 큰 잼 냄비에다 설탕을 잔뜩 쏟아 부어 집에서 딸기잼을 만드는 거야. 빅토리아 시대는 정말이지 멋지고 안락한 시대였어. 위층의 가구들을 봐. 큼직하고 견고하고 좀 장식적이긴 하지만 오! 무척 편리하잖아. 자주 입는 옷을 넣어 둘 공간도 많고 서랍은 모두 너무나도 부드럽게 여닫히고 말이야. 우리가 세 들었던 그 말쑥한 현대식 주택 기억 나? 모든 것이 맞춰져 있고 여닫히게 되어 있었지만 제대로 매끄럽게 여닫히는 것은 하나도 없이 언제나 뭔가에 걸렸었지. 그리고 문은 꽝 하고 닫힌 다음 금방 다시 열리거나, 한번 닫히면 열기가 힘들었고 말이야."

"그래, 잠금 장치들이 최악이었지. 제대로 작동하질 않으면 그걸로 끝장이라니까."

"자, 우리 가서 뉴스 듣자."

뉴스는 주로 날씨에 대한 우울한 경고, 언제나처럼 교착상태에 빠진 외교 문제, 의회에서 벌어진 격한 언쟁, 패딩턴 컬버 가에서 벌어진 살인 사건에 관한 것이었다.

몰리가 라디오를 끄며 말했다.

"이런, 온통 우울한 소식뿐이잖아. 연료를 아끼자는 호소를 또다시 듣고 싶진 않아. 우리에게 뭘 기대하는지 모르겠어. 가만히 앉아서 얼어 죽으라는 거야? 겨울에 하숙집을 시작하지 말 걸 그랬나 봐. 봄까지 기다렸어야 했는데."

그녀는 어조를 바꾸었다.

"살해당한 여자가 어떤 사람이었는지 궁금해."

"라이언 부인 말이야?"

"그런 이름이었어? 누가 왜 그 여자를 죽이고 싶어 했는지 궁금한걸."

"그 여자가 마루 밑에 큰돈을 넣어 두었는지도 모르지."

"경찰이 근처에서 목격된 남자를 심문하고 싶어 한다는 건 그 남자가 살인범이라는 뜻일까?"

"대개는 그렇겠지. 그저 표현을 좀 순하게 한 것뿐이야."

순간 날카로운 초인종 소리에 두 사람 모두 펄쩍 뛸 듯이 놀랐다.

"현관에 누가 왔네. 살인범, 등장하다."

자일스가 익살맞은 어조로 말했다.

"연극에서라면 물론 그렇겠지. 어서 나가 봐. 분명히 렌 씨일 거야. 이제 그에 대해 우리 두 사람 중 누가 한 말이 맞는지 알 수 있겠네."

크리스토퍼 렌과 눈보라가 한꺼번에 집 안으로 쏟아져 들어왔다. 서재 문간에 서 있던 몰리의 눈에 새로 온 사람에게서 보이는 것이라고는 하얀 바깥세상을 배경으로 한 윤곽뿐이었다.

'도시 사람 차림새를 하면 모두가 비슷비슷해 보이는걸.'

몰리는 생각했다.

사내는 검은 외투, 회색 챙 모자에 목도리를 두르고 있었다.

자일스는 눈보라를 막기 위해 즉각 현관문을 닫았다. 렌은 목도리를 풀고 여행가방을 던지듯 내려놓고 챙 모자를 벗어던졌다. 그는 이 모든 동작을 동시에 하면서 입을 열었다. 거의 불평을 늘어놓는 것 같은 높은 톤의 목소리였다. 현관의 전등 빛에 드러난 것은 햇빛에 바랜 듯한 밝은 머리카락에 불안정한 연한 눈빛을 한 청년의 모습이었다.

"정말, 정말이지 충격적이군요."

그가 말을 이었다.

"지독하기 짝이 없는 영국의 겨울 날씨예요. 디킨스 소설의 한 장면 같아요. 스크루지와 타이니 팀이 등장하는 작품 말이에요. 이런 날씨를 견뎌 내려면 정말이지 강해야 했을 거예요. 그렇게 생각지 않으세요? 게다가 전 웨일스에서 여기까지 끔찍한 횡단을 했답니다. 데이비스 부인이신가요? 어쨌든 반갑군요!"

뼈가 두드러진 손이 재빨리 몰리의 손을 잡았다.

"제 상상과는 전혀 다르시군요. 전 알다시피 인도 주둔군 장성의 미망인 모습을 떠올렸지요. 무서우리 만큼 엄격한 멤사히브 그러니까 바라나시의 마나님, 진짜 빅토리아 시대의 마나님 말입니다. 멋지군요, 정말 멋지군요. 혹시 밀랍으로 된 조화 같은 거 있나요? 아니면 극락조는요? 오, 이곳이 마음에 들 것 같네요. 너무 고풍스럽지 않을까, 지나치게 장원 같진 않을까 걱정했지요. 제 말은 그러니까 바라나시 고관의 저택처럼 말입니다. 그런데 이곳은 멋지군요. 진짜 빅토리아 시대의 견고한 품위가 느껴지네요. 혹시 그 시대의 아름다운 찬장, 그러니까 멋진 과일 조각이 아로새겨진 자줏빛 마호가니 찬장은 없나요?"

"사실 여기 그런 게 있답니다."

상대가 쏟아 내는 말에 제대로 숨도 못 쉬고 있던 몰리가 재빨리 대답했다.

"그럴 리가! 좀 볼 수 있습니까? 당장 말입니다. 여기 있나요?"

그의 날쌘 행동은 거의 당혹스러울 정도였다. 그는 재빨리 식당 문 손잡이를 돌리고는 전등을 켜 놓았다. 몰리는 청년을 따라 안으로 들어가면서 왼쪽에 서 있는 남편이 못마땅한 옆얼굴을 하고 있는 것을 의식했다.

크리스토퍼 렌은 감탄의 외침을 나직하게 내지르며 길쭉하고 뼈가 두드러진 손가락으로 묵직한 찬장의 화려한 조각 부분을 쓸었다. 그러더니 몸을 돌려 하숙집 여주인에게 나무라는 듯한 눈길을 던졌다.

"이곳엔 커다란 마호가니 식탁은 없나요? 이런 조그만 탁자 몇 개뿐인가요?"

"우린 사람들이 이런 식을 더 좋아할 줄 알았답니다."

몰리가 대답했다.

"부인, 물론 부인 말씀이 맞습니다. 제가 잠시 감정에 휩쓸렸군요. 그런 식탁을 갖고 계시려면 물론 그 식탁에 빙 둘러앉을 가족도 있어야겠죠. 턱수염을 기른 엄하지만 잘생긴 아버지, 아이를 여럿 낳아 젊음이 시들어 버린 어머니, 열한 명의 아이들과 엄격한 가정교사, 그리고 '가엾은 해리엇'이라고 불릴 만한 사람, 그러니까 자신에게 좋은 집이 주어진 것에 몹시 고마워하며 온갖 집안일을 도와주는 가난한 친척이 있어야겠죠. 저 벽난로 좀 보세요. 굴뚝 속으로 올라가는 저 불꽃이 가엾은 해리엇의 등을 벌겋게 데우는 거죠."

"제가 선생님의 짐 가방을 위층으로 올려다 놓겠습니다. 동쪽 방이었던가?"

자일스가 물었다.

"그래."

몰리가 대답했다.

자일스가 위층으로 올라가자 렌은 재빨리 다시 현관으로 나왔다.

"장미 무늬 무명 커튼이 달린 기둥 달린 침대가 있나요?"

"아니, 없습니다."

자일스는 렌의 말에 이렇게 대답하고는 층계참 모퉁이를 돌아 올라갔다.

"부군께서는 저를 좋아하시지 않을 것 같군요. 부군께서는 전에 뭘 하셨죠? 해군에 계셨나요?"

"예."

"그럴 거라고 생각했지요. 해군은 육군이나 공군보다 참을성이 적답니다. 결혼하신 지는 얼마나 됐습니까? 부인께서는 남편을 몹시 사랑하고 계신가요?"

"선생님도 이제 올라가서 방을 보시는 게 좋을 것 같군요."

"예, 물론 이건 부적절한 질문이죠. 하지만 전 정말 알고 싶답니다. 제 말은, 사람들에 대해 시시콜콜 아는 게 재미있지 않으세요? 그러니까 단순히 그들이 누구며 뭘 하는가가 아니라 어떤 느낌, 무슨 생각을 하는지 알아보는 거 말이에요."

"선생님이 렌 씨죠?"

몰리가 격식을 차리는 어조로 물었다.

청년은 갑자기 걸음을 멈추더니 두 손으로 자신의 머리카락을 힘껏 잡아당겼다.

"정말 어이가 없어요. 도대체 일을 순서대로 해 본 적이 없답니다. 예, 제가 크리스토퍼 렌입니다. 이런, 웃지 마세요. 제 부모님은 낭만적인 분들이셨죠. 그분들은 제가 건축가가 되기를 바라셨어요. 그래서 제 이름을 크리스토퍼라고 짓는 게 좋은 아이디어라고 여기셨지요. 반쯤은 소원대로 된 셈이죠."

"그럼 선생은 건축가이신가요?"

몰리가 어쩔 수 없이 미소를 지으며 물었다.

"예, 그렇습니다. 거의 그렇다고 할 수 있죠. 아직 자격을 다 갖추지는 못했습니다. 하지만 제 경우는 뭔가를 간절히 원하면 한 번쯤은 실현되는 멋진 본보기라고 할 수 있답니다. 그런데 사실은 이 이름이 불리하게 작용할 거예요. 저는 그 크리스토퍼 렌 같은 건축가는 될 수 없을 테니까요. 하지만 '크리스 렌의 조립식 주택'이 언젠가 명성을 가져다줄지도 모르죠."

자일스가 층계를 내려오자 몰리가 말했다.

"이제 방을 보여 드리죠, 렌 씨."

잠시 후 그녀가 아래층으로 내려오자 자일스가 말했다.

"그 사람 멋진 떡갈나무 가구를 마음에 들어 해?"

"그 사람이 기둥 달린 침대를 하도 원해서 결국 내가 장밋빛 방을 줬어."

자일스는 끙 소리를 내면서 "……애송이 녀석."으로 끝나는 말을 뭐라 중얼거렸다.

“자, 나 좀 봐, 자일스. 우린 지금 집에서 파티를 열고 있는 게 아냐. 이건 사업이야. 당신이 크리스토퍼 렌이 마음에 들든 않든…….”

몰리가 엄한 태도로 말했다.

“난 그가 마음에 안 들어.”

자일스가 끼어들었다.

“……그게 중요한 게 아니라고. 그가 일주일에 7기니를 낸다는 것, 중요한 건 그거야.”

“그가 돈을 낸다면 그렇지.”

“그는 돈을 내기로 했어. 우리에겐 그의 편지가 있잖아.”

“그의 여행가방을 장밋빛 방으로 옮겼어?”

“그가 직접 옮겼지, 물론.”

“아주 예의바르군. 하지만 당신이 옮겼다고 해도 그다지 힘들지 않았을 거야. 신문지에 싸인 돌덩이가 아닌 건 분명해. 너무 가벼워서 아무것도 들어 있지 않은 것 같더라고.”

“쉿. 그 사람이 오고 있어.”

몰리가 경고하듯 말했다.

크리스토퍼 렌은, 커다란 의자와 통나무 벽난로가 있는, 몰리가 생각하기에 아주 멋진 서재로 안내되었다. 저녁 식사가 30분 내에 준비될 거라고 몰리가 말했다. 그의 질문을 받고 그녀는 지금은 다른 손님들이 없다고 설명했다. 부엌으로 들어가 도우면 어떻겠느냐고 크리스토퍼가 물었다.

"괜찮으시다면 오믈렛을 만들 수도 있습니다."

그가 애교 있게 말했다.

부엌에서 크리스토퍼 렌은 자신이 말한 대로 오믈렛을 만들고 설거지를 도왔다.

몰리는 왠지 이 일이 일반적인 하숙집에 어울리지 않는다는 느낌이 들었고, 자일스는 몹시 못마땅했다.

'이런, 내일 다른 사람들이 도착하면 상황이 달라지겠지.'

몰리는 잠 속으로 빠져들며 생각했다.

다음 날 아침은 어두운 하늘과 쏟아지는 눈으로 시작되었다. 자일스는 침울해 보였고, 몰리는 가슴이 철렁 내려앉았다. 날씨 때문에 만사가 예상과 전혀 다르게 펼쳐질 것 같았다.

보일 부인은 읍내에서부터 바퀴에 체인을 감은 택시를 타고 왔는데, 택시 기사는 도로 상태에 대해 비관적인 소식을 들려주었다.

"저녁까지는 눈이 꽤 쌓일 겁니다."

보일 부인은 전반적으로 침울한 분위기를 가볍게 해 주지 못했다. 그녀는 몸집이 크고 무서운 얼굴에 목청이 쩌렁쩌렁 울렸고 태도가 거만했다. 그녀의 타고난 공격적인 성격은 전쟁 당시 오랫동안 전투적으로 활동했던 경력으로 강화되어 있었다.

"만약 이곳이 제대로 운영되는 집이라는 생각이 들지 않았더라면 난 결코 오지 않았을 거예요. 난 여기가 당연히 합리적인 방침에 따라 원활하게 운영되는 안정된 하숙집인 줄 알았지요."

"불만스러우시다면 꼭 계셔야 할 의무는 없습니다, 보일 부인."

자일스가 말했다.

"물론 그럴 의무는 없죠. 나도 그럴 생각은 없어요."

"그렇다면 보일 부인, 전화로 택시를 부르시면 됩니다. 아직 길이 막히진 않았습니다. 어떤 오해가 있었다면 다른 곳으로 가시는 편이 나을 것 같군요."

그런 다음 그는 이렇게 덧붙였다.

"방을 원하는 분들이 많아서 부인이 쓰실 방은 곧 새 주인을 맞을 겁니다. 사실 앞으로 방세를 좀 올릴 생각이랍니다."

보일 부인은 그에게 날카로운 눈길을 던졌다.

"이곳이 어떤 곳인지 알아보기 전에는 물론 떠나지 않을 거예요. 그리고 좀 큰 타월을 가져다주셨으면 좋겠네요, 데이비스 부인. 손수건으로 물기를 닦는 데는 익숙지 않으니까요."

보일 부인이 한 걸음 물러서자 자일스는 그녀의 등 뒤에 있는 몰리에게 씩 웃어 보였다.

"여보, 당신 아주 잘했어. 그 여자와 그렇게 맞선 것 말이야."

"천하의 악한도 맞수 앞에서는 맥을 못 추는 법이거든."

"오, 여보. 저 여자가 크리스토퍼 렌과 잘 지낼지 모르겠어."

"그러지 못할걸."

자일스가 대답했다.

그리고 실제로 바로 그날 오후 보일 부인은 몰리에게 못마땅한 기색이 역력한 말투로 한마디 했다.

"정말 희한한 청년이더군요."

이틀 걸러 들르기로 한 빵장수가 북극 탐험가 같은 모습으로 와서는 빵을 건네주며 다음번 약속을 지키지 못할 것 같다고 미리 말했다.

"사방이 다 막혔어요. 식품을 많이 비축해 두셨어야 할 텐데요?"

"그래요. 통조림은 많아요. 하지만 밀가루 여분이 더 있으면 좋을 텐데."

몰리가 말했다.

그녀는 소다빵이라고 불리는, 아일랜드 인들이 잘 만들어 먹는 빵을 막연하게 떠올렸다. 최악의 사태가 닥치면 그거라도 만들어야 할 터였다.

빵장수가 신문도 가져다주었으므로 그녀는 현관 탁자에 신문을 펼쳤다. 외교 문제는 중요한 기사에서 밀려나 있었다. 날씨와 라이언 부인 살인 사건이 1면을 차지하고 있었다.

몰리가 죽은 여인의 흐릿한 얼굴 사진을 보고 있는데, 등 뒤에서 크리스토퍼 렌의 목소리가 들려왔다.

"좀 구질구질한 살인 사건이라고 생각지 않으세요? 우중충해 보이는 여자도 그렇고 우중충한 거리도 그렇고요. 이면에 무슨 이야깃거리가 있을 것 같지 않죠?"

"틀림없이 그 여자는 마땅히 받아야 할 벌을 받았을 거예요."

보일 부인이 콧김을 내뿜으며 말했다.

렌이 애교 섞인 열의를 보이며 그녀 쪽으로 고개를 돌렸다.

"그렇다면 부인께서는 이게 성적인 범죄일 거라고 보시는 거죠?"

"난 그런 식의 말은 전혀 하지 않았는데요, 렌 씨."

"하지만 그 여자는 교살되지 않았나요? 그런데……."

그는 희고 갸름한 두 손을 앞으로 뻗었다.

"누군가의 목을 조를 때 과연 어떤 기분이 들지 궁금해요."

"너무하는군요, 렌 씨!"

크리스토퍼는 목소리를 낮추며 그녀 쪽으로 좀 더 다가섰다.

"그런데 보일 부인, 부인께서는 목이 졸릴 때의 기분이 어떨지 상상해 보신 적 있나요?"

보일 부인은 한층 더 분개해서 다시 말했다.

"너무한다고요, 렌 씨!"

몰리는 서둘러 기사 내용을 소리 내어 읽었다.

"'경찰이 사건 조사를 위해 찾고 있는 사내는 짙은 색 외투에 연한 색의 중절모를 쓴 중키의 인물로 모직 목도리를 두르고 있었다고 한다.'"

크리스토퍼 렌이 말했다.

"그렇다면 누구라도 그 사람이 될 수 있다는 얘기지요."

그렇게 말하고 크리스토퍼 렌은 웃음을 터뜨렸다.

"그래요. 누구라도 될 수 있죠."

몰리가 말했다.

파민터 경감은 런던 경시청의 자기 방에서 케인 경사에게 말하고 있었다.

"그 인부 둘을 지금 만나 보겠네."

"알겠습니다, 경감님."

"그들은 어떻던가?"

"그런대로 괜찮은 노동자들입니다. 반응이 좀 느리긴 하지만 믿을 만한 것 같습니다."

"좋아."

파민터 경감은 고개를 끄덕였다.

가장 좋은 옷을 골라 입고 온 듯한 두 사내가 당황한 얼굴로 그의 방으로 들어섰다. 파민터는 재빠른 눈으로 그들을 살펴보았다. 그는 사람들을 안심시키는 데 유능했다.

"그러니까 두 분께서 라이언 부인 사건에 도움이 될 수 있는 정보를 갖고 계시는 거군요. 이렇게 와 주셔서 감사합니다. 좀 앉으시죠. 담배 피우시겠습니까?"

그들이 담배를 받아 들고 불을 붙이는 동안 파민터 경감은 기다렸다.

"바깥 날씨가 정말 고약하지요."

"그렇습니다, 경감님."

"자, 그럼 이제 시작해 볼까요."

두 남자는 길게 이야기를 해야 한다는 어려운 문제에 부딪히자 당황한 듯 서로의 얼굴을 쳐다보았다.

"자네가 말하게, 조."

둘 중 키 큰 사내가 말했다.

조가 입을 열었다.

"그건 이렇습니다. 우리에겐 성냥이 없었지요."

"그곳이 어디였나요?"

"자먼 가였습니다. 저희는 그곳 도로에서 일을 하고 있었어요. 가스관 공사를요."

파민터 경감은 고개를 끄덕였다. 시간과 장소에 대한 정확한 세부 사항은 나중에 알아볼 터였다. 그가 알기로 자먼 가는 그 비극이 일어난 컬버 가에서 가까웠다.

"두 분께 성냥이 없었단 말씀이죠?"

그는 격려하듯 상대의 말을 되풀이했다.

"예, 제 성냥갑은 바닥이 나고 빌의 라이터는 켜지지 않아서 지나가는 사람에게 말을 걸었지요. '성냥불 좀 빌려 주시겠어요, 선생님?' 하고 말입니다. 특별한 점은 전혀 느껴지지 않았어요. 그때는 그랬답니다. 그 사람은 다른 많은 사람들처럼 우리 곁을 지나가고 있었고, 전 그저 우연히 그에게 말을 걸었던 것뿐이니까요."

파민터는 다시 한 번 고개를 끄덕였다.

"음, 그 사람은 우리에게 성냥을 주었어요. 그랬어요. 아무 말도 하지 않고 말입니다. '지독히 춥군요.' 빌이 그에게 말하자 그는 그저 속삭이는 듯한 목소리로 이렇게 대답했을 뿐이었어요. '예, 그렇군요.' 기침 감기에 걸린 모양이군 하고 생각했습니다. 어쨌든 그는 목도리로 목을 둘둘 감고 있었어요. '고맙습니다, 선생님.' 제가 그렇게 말하고 성냥갑을 돌려주었더니 그는 재빨리 자리를 뜨더군요.

어찌나 서둘렀던지 내가 뭔가 떨어진 것을 보고 그를 불러 세우기도 전에 가 버렸답니다. 작은 수첩이었는데 그 사람이 주머니에서 성냥갑을 꺼낼 때 딸려 나온 것 같았어요. '이봐요, 뭔가 떨어졌어요.' 저는 그의 뒤에 대고 소리를 쳤죠. 하지만 그는 듣지 못한 것 같았어요. 그저 걸음을 빨리하더니 번개처럼 모퉁이를 돌아가더군요. 그렇지, 빌?"

"바로 그랬지. 마치 쫓기는 토끼 같았어."

"해로 가 쪽으로 갔는데 우리로서는 그를 따라잡을 것 같지 않았어요. 그의 발걸음을 따라잡을 수 없었으니까요. 어쨌든 이미 좀 늦은 시각이었고, 떨어진 물건도 지갑 같은 것이 아니라 작은 수첩에 지나지 않았어요. 제 생각에는 그다지 중요한 것 같지 않더군요. '웃기는 친구로군. 모자를 눈 위까지 눌러쓰고 단추를 목까지 채웠잖아. 영화에 나오는 악당처럼 말이야.' 저는 빌에게 그렇게 말했지요. 안 그래, 빌?"

"바로 그렇게 말했지."

"웃긴다고 말하기는 했지만 당시에는 별다른 생각은 하지 않았어요. 그저 서둘러 집에 가는 모양이라고 생각했고, 그런 그를 나무랄 수 없었죠. 날씨가 여간 춥지 않았으니까요!"

"여간 춥지 않았지."

빌이 맞장구쳤다.

"그래서 제가 빌에게 말했습니다. '이 수첩을 열어서 중요한 건지 보자.' 그래서요 경감님, 제가 수첩을 열어 보았습니다. '주소 두어

개가 적혀 있을 뿐이군.' 제가 빌에게 말했죠. 컬버 가 74번지와 무슨 장원인가 하는 곳이었어요."

"호화로운 이름이었지."

빌이 불만스럽다는 듯 콧방귀를 뀌며 말했다.

일단 발동이 걸리자 조는 자못 즐거운 기색으로 이야기를 이어나갔다.

"'컬버 가 74번지라면 여기서 저 모퉁이만 돌아가면 되잖아. 일 끝나면 한번 가 보자고.' 제가 빌에게 말했지요. 그때 페이지 위쪽에 뭔가 적혀 있는 게 보이더군요. '이게 뭐지?' 제가 빌에게 물었지요. 그러자 이 친구가 수첩을 받아 들어 소리 내어 읽었습니다. '눈먼 쥐 세 마리라. 이건 틀림없이 욕일 거야.' 빌이 이렇게 말했지요. 바로 그때, 예, 바로 그 순간이었답니다, 경감님. 어떤 여자가 두어 블록 떨어진 곳에서 '살인이야!'라고 외치는 소리가 들려왔습니다!"

이 대목에서 조는 극적 효과를 노리기라도 하듯 잠시 말을 끊었다가 이었다.

"거의 울부짖는 것 같았죠, 그렇지 않나? 저는 빌에게 말했습니다. '이런, 자네가 후딱 가 봐.' 잠시 후 빌이 돌아와서는, 사람들이 잔뜩 모이고 경찰도 와 있고 어떤 여자가 목이 잘렸든가 졸렸든가 해서 죽었는데 시체를 발견한 집주인 여자가 경찰에게 소리를 치고 있었다더군요. '그게 어딘데?' 제가 그에게 물었죠. '컬버 가야.' 하고 그가 대답하더군요. '몇 번지인데?' 제가 물었더니 그는 제대로 못 보았다고 하더군요."

빌은 헛기침을 하고는 일을 제대로 처리하지 못해 부끄럽다는 듯 두 발을 이리저리 움직거렸다.

"그래서 제가 말했지요. '우리 가서 확인해 보세.' 그리고 그곳이 우리가 이야기하던 74번지라는 걸 알았지요. 그러자 빌이 말하더군요. '그 수첩에 이 주소가 씌어 있었던 것과 이 일은 상관이 없을지도 몰라.' 그래서 저는 상관이 있을 수도 있다고 했죠. 어쨌든 그런 얘기를 하고 나서 경찰이 그 시각에 그 집에서 나간 사람을 찾고 있다는 소식을 듣고 이곳으로 와서 사건을 맡으신 어르신을 만나 뵙자고 했던 겁니다. 우리가 공연히 경감님의 시간만 빼앗은 게 아니었으면 좋겠군요."

"아주 잘하셨습니다."

파민터가 칭찬하듯 말했다.

"그 수첩은 가지고 오셨나요? 고맙습니다. 그럼……."

그의 질문들이 예리해지고 전문적으로 되었다. 그는 장소, 시간, 날짜를 알아냈다. 그가 알아내지 못한 것은 수첩을 떨어뜨린 사내의 인상착의였다. 흥분 상태에 있는 집주인에게서 이미 들은 것과 똑같은 설명, 곧 모자를 눈까지 눌러쓰고 외투 단추를 끝까지 잠그고 목도리로 얼굴 아래쪽을 다 가린 모습으로 속삭이는 듯한 목소리에 손에는 장갑을 끼고 있었다는 것이었다.

인부들을 돌려보낸 뒤 경감은 책상에 펼쳐 놓은 작은 수첩을 물끄러미 응시했다. 이제 그것은 해당 부서에 보내져 지문 같은 증거가 나올지 알아보게 될 터였다. 지금 그는 두 개의 주소와 페이지 상단에 작은 글씨로 적어 놓은 한 줄의 글귀에 관심이 끌렸다.

케인 경사가 방으로 들어서자 경감은 고개를 돌렸다.

"이리 와 보게, 케인. 이걸 좀 봐."

케인은 그의 뒤에 서서 그 글귀를 소리 내어 읽고는 나직하게 휘파람을 불었다.

"'눈먼 쥐 세 마리'라! 이거 충격적인데요!"

"그렇다네."

파민터는 서랍을 열고 반 장짜리 노트지를 꺼내 책상 위의 수첩 옆에 놓았다. 그것은 살해된 여자의 몸에 조심스럽게 핀으로 꽂혀 있던 것이었다.

그 위에는 이런 글귀가 씌어 있었다. "이것이 첫 번째다." 그 아래에는 어린애의 솜씨인 듯한 세 마리의 쥐 그림과 악보 한 줄이 그려져 있었다.

케인이 나직하게 그 곡조를 휘파람으로 불었다.

"눈먼 쥐 세 마리, 달리는 것 좀 봐……."

"바로 그걸세. 이게 주제곡인 셈이지."

"미치광이 짓이죠. 그렇잖습니까, 경감님?"

"그래."

파민터가 미간을 찌푸렸다.

"죽은 여자의 신분은 확실한가?"

"예, 경감님. 여기 지문 감식반의 보고서가 있습니다. 자칭 라이언 부인이라는 그 여자의 본명은 모린 그레그입니다. 두 달 전 홀로웨이 감옥에서 형기를 마치고 그녀는 출소했습니다."

파민터가 생각에 잠긴 어조로 말했다.

"그녀는 컬버 가 74번지로 가서 모린 라이언이라는 이름으로 집을 얻었네. 이따금 좀 취하도록 마셨고 한두 차례 남자를 데리고 집에 온 것으로 알려져 있네. 무엇이든 누구든 두려워하는 기색 같은 건 없었네. 자신이 위험한 상태에 있다고 스스로 생각할 이유가 없었던 걸세. 이 남자가 초인종을 누르고 그녀가 사는 곳을 묻자 집주인 여자는 3층으로 올라가라고 대답했네. 집주인 여자는 그의 인상착의를 제대로 설명하지 못하고 있네. 그저 중키에 지독한 감기에 걸려 목소리가 제대로 나오지 않았다는 말뿐일세. 주인 여자는 다시 아래층으로 돌아갔고 수상쩍은 소리 같은 건 전혀 듣지 못했다고 하네. 그 남자가 나가는 소리도 듣지 못했지. 10분쯤 후 세 든 사람에게 차를 들고 간 주인 여자는 그녀가 목이 졸려 죽어 있는 것을 발견했네. 이건 흔한 살인 사건이 아닐세, 케인. 신중하게 계획된 사건일세."

그는 말을 끊었다가 불쑥 이렇게 덧붙였다.

"영국 내에 몽스웰 장원으로 불리는 집이 몇 채쯤 될까?"

"아마 한 곳뿐일 겁니다, 경감님."

"그렇다면 정말 다행일 텐데. 한번 알아보게. 우물쭈물할 시간이 없네."

경사의 눈길이 감식이라도 하듯 수첩에 적힌 두 개의 주소, 곧 '컬버 가 74번지'와 '몽스웰 장원'에 머물렀다.

"그럼 경감님 생각은……."

파민터가 재빨리 대답했다.

"그렇다네. 자네는 그렇게 생각하지 않나?"

"그럴 수도 있지요. 몽스웰 장원이라……. 이런, 경감님, 최근에 틀림없이 그 이름을 본 적이 있는데요."

"어디서 말인가?"

"지금 그걸 기억해 내려고 애쓰는 중입니다. 잠시만요. 신문이었어요……. 《타임스》였지요. 뒤쪽 페이지 말입니다. 잠깐만요, 호텔과 하숙집 소개란이었습니다. 잠깐만요, 경감님. 지난 신문입니다. 전 낱말 퀴즈를 풀고 있었지요."

그는 서둘러 방을 나갔다가 의기양양해하며 돌아왔다.

"여기 있습니다, 경감님. 보세요."

경감은 경사가 가리키는 손끝을 눈으로 좇았다.

"버크셔 주 하플던 시 몽스웰 장원……."

그는 전화기를 끌어당겼다.

"버크셔 주 경찰을 대 주게."

메트카프 소령의 도착으로 몽스웰 장원은 영업 중인 하숙집답게 틀이 잡히기에 이르렀다. 메트카프 소령은 보일 부인처럼 무시무시하지도 않았고 크리스토퍼 렌처럼 유별나지도 않았다. 복무 기간 대부분을 인도에서 보낸 그는 말쑥한 군인의 풍모를 한 신경이 무딘 중년 남자였다. 그는 자기 방과 그 방에 딸린 가구에 만족한 것 같았고, 보일 부인과 직접 친구 사이는 아니었지만 푸나의 '요크셔 분대'에 복무했던 부인 친구의 사촌들과 아는 사이였다. 게다가 돼지 가죽으로 된 묵직한 가방 두 개는 의심 많은 성격의 자일스까지 만족시켜 주었다.

솔직히 말해서 몰리와 자일스는 손님들에 대해 깊이 생각할 시간이 별로 없었다. 두 사람은 손님들 사이에서 저녁 식사를 요리해 차리고 먹고 만족스럽게 설거지까지 했다. 메트카프 소령이 커피 맛을 칭찬하자 피곤하지만 의기양양하게 잠자리에 들었던 자일스와 몰리는 새벽 2시 끈질기게 울려 대는 초인종 소리에 잠에서 깼다.

"빌어먹을, 현관문이야. 도대체……."

자일스가 투덜거렸다.

"어서 나가 봐."

몰리가 말했다.

자일스는 아내에게 비난의 눈길을 던지며 실내복 가운으로 몸을 감싸고는 층계를 내려갔다. 몰리는 빗장을 푸는 소리와 현관에서 나직하게 이야기하는 소리를 들었다. 호기심을 느낀 그녀는 침대를 빠져나와 층계 꼭대기로 가서 아래를 내려다보았다. 아래층 현관에서 자일스가 턱수염이 난 낯선 이를 거들어 눈으로 뒤덮인 외투를 벗기고 있었다. 그들의 대화가 그녀가 있는 곳까지 토막토막 들려왔다.

"이런……."

파열음이 많이 섞인 외국인의 말투였다.

"손가락이 곱아서 감각이 없어요. 그리고 발도……."

발 구르는 소리가 들려왔다.

"이리 들어오십시오."

자일스가 서재 문을 열어젖혔다.

"여긴 따뜻하답니다. 방을 준비할 동안 여기서 기다리시는 게 좋겠습니다."

"난 정말 운이 좋군요."

낯선 사람이 예의바르게 말했다.

몰리는 난간 사이로 살펴보았다. 짤막한 검은 턱수염에 메피스토펠레스 눈썹을 한 나이 든 사내의 모습이 보였다. 귀밑머리가 허연데도 젊은 사람처럼 걸음걸이가 팔팔한 사내였다.

자일스는 서재 문을 닫고 재빨리 층계를 올라왔다. 웅크리고 있던 몰리가 몸을 일으켰다.

"대체 누구야?"

몰리가 다그치듯 물었다.

자일스는 씩 웃어 보였다.

"하숙집을 찾아온 또 다른 손님이야. 쌓인 눈 더미 속에서 차가 뒤집혔대. 차에서 빠져나와 온 힘을 다해 길을 따라 걸어왔다는군. 아직도 눈보라가 몰아치고 있어. 소리 좀 들어 봐. 그러다가 우리 집 간판을 보았다더군. 저 사람 말이 자신의 기도가 응답을 받은 것 같았대."

"그 사람…… 괜찮겠지?"

"여보, 오늘 같은 날 강도가 돌아다닐 리가 없잖아."

"외국인인 것 같던데, 아냐?"

"맞아. 이름이 파라비치니라더군. 그의 지갑을 봤어. 일부러 보여 준 것 같아. 지폐가 가득 차 있더군. 저 사람에게 어떤 방을 줄까?"

"녹색 방이지. 정돈도 해 놨고 준비도 다 돼 있거든. 잠자리만 봐 주면 돼."

"내 잠옷을 빌려 줘야 할 것 같아. 짐은 모두 차에 있대. 그의 말이 창문으로 기어 나와야 했다더군."

몰리가 시트와 베갯잇과 수건을 가져왔다.

그들이 서둘러 잠자리 준비를 끝냈을 때 자일스가 말했다.

"눈발이 빽빽해지는군. 이러다가 눈 속에 갇히고 말겠어, 몰리. 외부와 완전히 단절된 채 말이야. 어떤 점에서는 좀 흥분되는걸, 그렇지 않아?"

"난 잘 모르겠어. 내가 소다빵을 만들 수 있을까, 자일스?"

몰리가 확신할 수 없다는 듯 물었다.

"물론 만들 수 있지. 당신은 뭐든 만들 수 있어."

그녀의 충실한 남편이 대답했다.

"난 빵을 만들어 본 적이 없는걸. 당연하지. 신선하든 오래됐든 간에 빵장수가 갖다 주는 걸 먹으니까 말이야. 하지만 눈에 갇혀 버리면 빵장수도 오지 않을 거야."

"고기장수도, 우편배달부도 오지 않겠지. 신문도 안 올 테고. 그리고 전화도 끊어질지도 몰라."

“라디오만 우리에게 해야 할 바를 알려 주겠네?”

“어쨌든 우리에겐 발전기가 있으니까.”

“당신은 내일 발전기를 다시 돌려 봐야 해. 그리고 중앙난방 연료도 떨어지지 않게 해야겠어.”

“내 생각엔 이제 코크스는 더 이상 배달되지 않을 것 같아. 별로 남지 않았는데.”

“오, 이런. 여보, 우리 정말 이상한 시기에 접어든 것 같아. 얼른 파라인가 뭔가 하는 그 사람을 데려와. 난 자러 갈게.”

아침이 되자 자일스의 예감이 적중했다. 눈은 150센티미터 높이로 쌓여서 문과 창문들을 가로막았다. 밖에는 여전히 눈이 내리고 있었다. 세상은 온통 하얗고 조용하고 왠지 미묘하게 으스스했다.

보일 부인은 아침 식사를 하려고 식탁에 앉았다. 식당에는 아무도 없었다. 옆 탁자의 메트카프 소령의 자리는 이미 깨끗이 치워져 있었다. 렌의 식탁에는 아직 아침 식사가 차려져 있었다. 한 사람은 일찍 일어나는 쪽이고, 다른 한 사람은 늦잠을 자는 쪽이었다. 보일 부인 자신은 아침 식사 시간으로 적당한 시간은 9시뿐이라고 확신하고 있었다.

보일 부인은 자기 몫의 맛있는 오믈렛을 다 먹은 다음 희고 강한 치아로 토스트를 씹는 중이었다. 그녀는 불편하고 결정을 내리기 어려운 상태였다. 몽스웰 장원은 그녀가 상상했던 곳과 전혀 달랐다. 그녀는 브리지 게임을 할 수 있고, 자신의 사회적 지위와 연줄로 감명을 주고 전시에 자신이 수행한 중대하고도 비밀스러운 과업을 넌지시 언급할 수 있는 한물간 노처녀들이 있으리라고 기대했다.

전쟁이 끝나자 보일 부인은 말하자면 버림받은 신세가 되고 말았다. 그녀는 능률과 조직에 대해 유창하게 말하는 언제나 분주한 여자였다. 사람들은 그 활력과 추진력에 밀려 실제로 그녀가 정말로 탁월하고 유능한 조직가인지 의문을 품을 엄두를 내지 못했다. 전시 활동이야말로 그녀에게 어울리는 일이었다. 그녀는 사람들을 쥐고 흔들고 들볶아 대고 군의 관구장들을 물고 늘어져 괴롭히고 자신이 받아야 할 것을 어김없이 받아 냈다. 추종하는 여자들은 그녀가 조금만 얼굴을 찌푸려도 겁을 먹고 이리저리 뛰어다녔다. 그런데 이제 그 모든 짜릿하고 흥미진진한 나날이 끝나고 말았다. 그녀는 시민으로서의 생활로 돌아왔는데, 예전의 사생활은 이미 사라져 버리고 없었다. 군에 징발되었던 그녀의 집에 다시 들어가기 위해서는 전면적인 보수와 개조가 불가피했다. 게다가 하녀의 도움을 받기 어려운 상황이었으므로 집으로 돌아간다는 것이 어차피 소용없는 일이었다. 친구들은 대부분 뿔뿔이 흩어져 버렸다. 조만간 틀림없이 자신에게 맞는 장소를 찾아낼 테지만 지금은 탐색기였다. 호텔이나 하숙집이 해답이 될 것 같았다. 그래서 그녀는 몽스웰 장원에 오기로 했던 것이다.

그녀는 경멸의 눈길로 주위를 둘러보며 생각했다.

'자신들이 이 사업에 초심자라는 사실을 밝히지 않다니 정말이지 부정직해.'

그녀는 접시를 멀찌감치 밀어 놓았다. 훌륭하게 조리된 아침 식사가 차려졌고 커피와 집에서 만든 마멀레이드가 맛있다는 사실이 이상하게도 그녀를 더욱 짜증스럽게 했다. 그 때문에 정당하게 불평할 기회를 박탈당한 셈이었다. 수놓인 시트와 푹신한 베개가 갖추어진 침대 역시 안락했다. 보일 부인은 안락함을 좋아했지만 탈잡는 것 역시 좋아했다. 어쩌면 후자에 대한 열정이 더 강할지도 몰랐다.

오만하게 자리에서 일어선 보일 부인은 식당을 나서다가 문간에서 빨강머리를 한 몹시 괴상한 청년과 엇갈렸다. 오늘 아침 청년은 눈꼴사나운 녹색의 모직 체크 넥타이를 매고 있었다.

'정상이 아니로군. 완전히 돌았어.'

보일 부인은 생각했다.

연한 빛의 눈으로 자신을 옆으로 바라보는 그의 태도 역시 마음에 들지 않았다. 희미하게 조롱기가 어린 그 눈길에는 속을 뒤집어 놓는 무엇인가가 있었다.

'정신적으로 문제가 있는 게 분명해.'

보일 부인은 속으로 생각했다.

고개를 살짝 기울여 그의 요란한 인사를 받은 다음 그녀는 커다란 거실로 성큼성큼 걸어 들어갔다.

'이곳 의자들은 제법 안락하군. 특히 커다란 장밋빛 안락의자가 말이야.'

그것이 '자신의 의자'라는 사실을 분명히 해 두는 것이 좋겠다고 그녀는 생각했다. 만일의 사태에 대비해 그 위에 뜨개질감을 올려 놓고는 난방기 쪽으로 가서 손을 대보았다. 짐작대로 난방기는 뜨겁지 않고 미지근했다. 보일 부인의 눈빛이 호전적으로 번쩍거렸다. 저 문제에 대해 한마디 할 수 있게 된 것이다.

그녀는 창밖으로 시선을 던졌다. 지독한 날씨였다. 정말이지 지독했다. 음, 그녀는 이곳에 오래 머물지 않을 작정이었다. 사람들이 좀 더 와서 이곳이 재미있어지지 않는 한.

쉭 하는 부드러운 소리와 함께 지붕에서 눈이 떨어져 내렸다. 보일 부인은 소스라치게 놀랐다.

"그래, 이곳에 길게 있지 않겠어."

그녀는 입 밖에 내어 말했다.

누군가 웃음을 터뜨렸다. 나직하지만 고음의 킬킬거리는 웃음소리였다. 그녀는 고개를 홱 돌렸다. 렌 청년이 예의 그 호기심이 가득한 표정으로 문간에 서서 그녀를 바라보고 있었다.

"그렇지요. 저도 부인께서 그러시리라고 생각합니다."

메트카프 소령은 자일스를 도와 뒷문에 쌓인 눈을 삽으로 치우고 있었다. 그는 훌륭한 일꾼이었다. 자일스는 요란하게 감사의 뜻을 표했다.

"좋은 운동입니다. 사람은 매일 운동을 해야 하지요. 건강을 유지하려면 말입니다."

메트카프가 말했다.

그러니까 소령은 운동광이었다. 자일스는 그래서 걱정하지 않았던가. 그것은 아침 7시 30분에 아침 식사를 달라는 그의 요구와도 부합했다.

자일스의 생각을 꿰뚫어 보기라도 한 것처럼 메트카프 소령이 말했다.

"부인께서 내게 그렇게 이른 시간에 아침 식사를 만들어 주셔서 얼마나 좋은지 모르겠습니다. 갓 낳은 신선한 달걀도 훌륭하고 말입니다."

자일스 자신도 숙박업이 요구하는 일 때문에 7시 전에 일어났다. 그와 몰리는 달걀을 삶고 차를 끓이고 거실을 치웠다. 모든 것이 말쑥해졌다. 자일스는 만약 자신이 하숙집 손님이었다면 무슨 일이 있더라도 마지막 순간까지 침대에서 나오지 않았으리라고 생각했다.

그런데 소령은 일찍 일어나 아침 식사를 마치고 넘치는 활력을 배출할 출구를 찾아 온 집 안을 돌아다닌 것이다.

'아무튼 치울 눈은 잔뜩 있으니까.'

자일스는 생각했다. 그리고 함께 삽질을 하고 있는 사내를 곁눈으로 쳐다보았다. 정말이지 무어라 잘라 말하기 어려운 사람이었다. 산전수전 다 겪은, 중년을 넘긴 사내의 눈빛에는 묘하게 경계하는 빛이 서려 있었다. 기회를 놓칠 인물이 아니었다. 그런 사람이 어째서 몽스웰 장원을 찾아온 것인지 자일스는 궁금했다.

'아마도 제대하고 딱히 할 만한 일이 없었나 보군.'

파라비치니는 느지막이 아래층으로 내려왔다. 그는 커피와 토스트 한 쪽을 먹었다. 소박한 대륙식 아침 식사였다.

몰리가 식사를 가져오자 그는 벌떡 일어나 과장된 몸짓으로 절을 해서 그녀를 당황하게 만들었다.

"매력적인 안주인이시죠? 제 말이 맞지 않나요?"

몰리는 짤막하게 맞다고 대답했다. 그 시각 그녀로서는 찬사를 들을 기분이 아니었다.

그녀는 사기그릇들을 개수대에 되는대로 쌓으면서 말했다.

"도대체 어째서 모두들 따로따로 아침 식사를 하는 걸까? 이건 좀 힘이 드는걸."

그녀는 접시들을 접시걸이에 서둘러 꽂고는 침대를 정리하기 위해 층계를 올라갔다. 오늘 아침에는 남편의 도움을 기대할 수 없었다. 자일스는 보일러실과 닭장에 이르는 길을 내야 했다.

몰리는 최고 속도로 침대를 정리했다. 가능한 한 빨리 시트를 펴고 자락을 당기는 정도에 그치는, 그야말로 약식 정리였다.

그녀가 욕실을 치우고 있는데 전화벨이 울렸다.

몰리는 처음에 방해를 받은 것에 대해 욕설을 터뜨렸지만, 다음 순간 적어도 전화가 아직 작동한다는 사실에 일말의 안도감을 느끼며 전화를 받기 위해 달려 내려갔다.

그녀는 약간 숨을 헐떡이며 서재에 도착해서는 수화기를 집어 들었다.

"예?"

듣기 좋은 시골 사투리가 약간 섞인 굵직한 남자의 음성이 들려왔다.

"몽스웰 장원입니까?"

"몽스웰 장원 하숙집인데요."

"데이비스 중령과 통화를 할 수 있을까요?"

"지금 당장은 전화를 받기가 곤란할 것 같은데요. 제가 데이비스 부인입니다. 누구신가요?"

"버크셔 경찰서의 호그벤 서장입니다."

몰리는 가볍게 헉 하고 소리를 내며 숨을 멈추었다.

"오, 그러세요……. 어…… 그런데 무슨 일이신가요?"

"데이비스 부인, 좀 급한 사건이 일어났습니다. 전화로는 자세히 말씀드릴 수 없고, 제가 트로터 경사를 그곳으로 보냈으니 이제 곧 도착할 겁니다."

"하지만 그분은 이곳에 오시지 못할 거예요. 우린 눈에 갇혔어요. 완전히 갇혔다고요. 도로가 모두 막혔답니다."

수화기 저편에서 들리는, 확신이 어려 있는 음성에는 변화가 없었다.

"어쨌든 트로터가 부인 댁에 도착할 겁니다. 그러니 부군께 잘 말해 주십시오, 데이비스 부인. 트로터가 두 분께 하는 말을 귀담아 듣고 그의 지시를 무조건 따르라고 말입니다. 이상입니다."

"하지만 호그벤 서장님, 도대체……."

그러나 찰칵 하고 전화가 끊기는 소리가 들려왔다. 호그벤은 자신이 해야 할 말을 다하고 전화를 끊은 것이다. 몰리는 수화기 걸이를 한두 차례 당겨 보고는 이윽고 단념했다. 그녀가 몸을 돌렸을 때 문이 열렸다.

"오, 여보 자일스. 당신이야?"

자일스의 머리에는 눈이, 얼굴에는 석탄 검댕이 잔뜩 묻어 있었다. 그는 더운 것 같았다.

"무슨 전화야, 여보? 석탄 통을 채워 놓고 장작을 가져왔어. 이제 닭장까지 길을 낸 다음 보일러를 살펴봐야지. 괜찮아? 무슨 일이야, 몰리? 겁에 질린 것 같은데?"

"자일스, 경찰에서 온 전화였어."

"경찰?"

자일스가 믿어지지 않는다는 듯 물었다.

"응, 형사인지 경사인지를 보냈대."

"그런데 왜? 우리가 무슨 짓을 저지르기라도 했대?"

"모르겠어. 혹시 아일랜드에서 들여온 버터 900그램 때문일까?"

자일스가 미간을 찌푸렸다.

"라디오 수신권은 받아 둔 것 같은데, 그렇지 않아?"

"그래, 책상 속에 있잖아. 여보, 비들록 부인이 내 낡은 트위드 코트를 받고 자기 쿠폰 다섯 장을 줬어. 그게 잘못된 모양이야. 하지만 내 생각에 그건 정말이지 정당했어. 나는 코트 한 벌을 넘겼는데 쿠폰을 받아서 안 될 이유가 어디 있겠어? 오, 여보, 그것 말고 우리가 또 무슨 잘못을 했을까?"

"저번 날 하마터면 다른 자동차를 긁을 뻔한 적이 있었어. 하지만 그건 명백히 상대방 잘못이었어. 분명해."

"우리가 무슨 일인가 저지른 게 분명해."

몰리가 서글픈 어조로 말했다.

"문제는 실제로 요즘엔 무엇을 하든 불법이라는 거야."

자일스가 우울한 어조로 말했다.

"그래서 사람은 줄곧 죄책감을 느끼게 되는 거지. 실제로 내 생각엔 이건 이곳의 경영과 관계있는 것 같아. 하숙집을 경영하는 데에는 어쩌면 우리로서는 듣지도 못한 장애물들이 넘치는지도 몰라."

"문제가 되는 건 술 파는 일뿐인 줄 알았는데. 우린 아무에게도 술 같은 건 준 적이 없잖아. 그런 문제가 아니라면 우리가 마음대로 우리 집을 사용해서 안 될 이유가 어디 있겠어?"

"나도 알아. 당신 말이 맞는 것 같아. 하지만 조금 전에 말했듯이 요즘은 모든 게 어느 정도 불법이라니까."

몰리가 한숨을 내쉬었다.

"오, 여보. 이 일을 시작하지 않았으면 좋았을걸. 우린 며칠 동안 눈에 갇힐 테고, 모두들 까다로워져서는 우리가 비축해 둔 통조림들을 모조리 먹어 치우겠지……."

"기운 내, 여보. 지금은 잠시 어려움을 겪고 있지만 결국엔 다 잘 될 거야."

그는 약간 방심한 채 그녀의 이마에 입을 맞춘 다음 그녀를 떼어 놓으며 달라진 어조로 말했다.

"그런데 여보, 한번 생각해 봐. 이런 와중에 여기에 경사를 보낸다는 건 뭔가 꽤 심각한 일인 게 분명해."

그는 창밖의 눈을 향해 한 손을 흔들었다.

"분명 정말이지 긴급한 뭔가가……."

그들이 서로를 응시하고 있는데 문이 열리더니 보일 부인이 들어섰다.

"아, 여기 계셨군요, 데이비스 씨. 거실 중앙 난방기가 지금 돌처럼 차갑다는 사실을 알고 계신가요?"

"죄송합니다, 보일 부인. 석탄이 좀 모자라서……."

보일 부인은 가차 없이 말허리를 잘랐다.

"난 이곳에서 매주 7기니씩 내고 있어요. 7기니 말이에요. 그렇다면 얼어 죽을 걱정 같은 건 하지 않아야겠죠."

자일스는 얼굴을 붉혔다.

"가서 불을 좀 때지요."

그가 방에서 나가자 보일 부인은 몰리에게 몸을 돌렸다.

"이렇게 말하는 게 어떨지 모르지만, 데이비스 부인, 이곳에 아주 괴상한 청년을 묵게 하셨더군요. 태도며 넥타이, 그리고 머리에 빗질은 아예 안 하는 것 같던데요?"

"그는 아주 탁월한 젊은 건축가랍니다."

몰리가 대답했다.

"뭐라고 하셨죠?"

"크리스토퍼 렌은 건축가고……."

보일 부인이 딱딱거리는 투로 말했다.

"친애하는 부인, 크리스토퍼 렌 경에 대해서는 나도 당연히 들은 적이 있어요. 물론 그분은 건축가셨죠. 성 바오로 대성당을 지으셨고요. 당신네 젊은 사람들은 교육이란 게 교육법이 있고 나서야 실시된 줄 아는 것 같군요."

"제 말은 이곳의 렌을 말한 거예요. 그 청년 이름이 크리스토퍼예요. 그의 부모님이 그가 건축가가 되었으면 하는 희망에서 그런 이름을 지었다더군요. 그런데 그가 이제 건축가가 되었으니, 거의 그렇게 된 셈이니까 결국 이름을 제대로 지은 셈이죠."

"흥."

보일 부인이 콧방귀를 뀌었다.

"내게는 몹시 수상쩍은 얘기로 들리는군요. 내가 당신이라면 그에 대해 뒷조사를 좀 해 보겠어요. 부인은 대체 그 사람에 대해서 뭘 아시죠?"

"제가 부인에 대해 알고 있는 만큼이지요, 보일 부인. 부인과 그 청년 둘 다 매주 7기니를 내고 있다는 사실 말이에요. 전 그것만 알면 되죠, 그렇지 않을까요? 제게 중요한 건 그것뿐이에요. 그러니까 손님들이 제 마음에 들든……."

몰리는 보일 부인을 빤히 쳐다보며 말을 이었다.

"들지 않든 그건 중요한 게 아니죠."

보일 부인은 화가 나서 얼굴을 붉혔다.

"젊고 경험 없는 사람들은 자신보다 식견 있는 사람의 충고를 고맙게 받아들여야 해요. 그리고 저 수상한 외국인은 또 뭐죠? 저 사람 도대체 언제 온 건가요?"

"한밤중에 도착했어요."

"저런. 정말 이상하군요. 이런 데 오기에 별로 적절한 시간은 아니라고요."

"선량한 여행자를 쫓아내는 건 법에 저촉되는 일이지 않을까요, 보일 부인."

몰리는 나긋나긋한 어조로 이렇게 덧붙였다.

"그런 의식은 없으신 모양이죠."

"내가 말할 수 있는 건 다만 그 파라비치니인지 뭔지 하는 사람이 내가 보기에는……."

"이런, 조심하세요, 친애하는 부인. 악마 얘기를 하면 악마가 실제로 나타날지도……."

보일 부인은 진짜 악마가 자신에게 말을 걸기라도 한 것처럼 소스라치게 놀랐다. 두 여자가 알아채지 못하는 사이에 살그머니 그곳에 들어온 파라비치니가 웃음을 터뜨리며 짓궂은 쾌감에 사로잡힌 노인처럼 양손을 부비고 있었던 것이다.

"깜짝 놀랐잖아요. 당신이 들어오는 소리를 못 들었는데."

보일 부인이 말했다.

"발끝으로 걸어 들어와서 그럴 겁니다. 아무도 제가 왔다갔다하는 소리를 듣지 못하죠. 그건 무척 재미있답니다. 이따금 저는 여러 가지 것들을 엿듣게 되지요. 그것 역시 재미있답니다."

그렇게 말한 다음 파라비치니는 부드러운 어조로 다음과 같이 덧붙였다.

"그리고 한번 들은 말은 절대로 잊지 않는답니다."

보일 부인이 맥없이 말했다.

"그래요? 전 뜨개질이나 해야겠군요. 뜨개질감을 거실에 두고 왔답니다."

그녀는 서둘러 방을 나갔다. 몰리는 당혹스러운 표정으로 파라비치니를 바라보며 서 있었다. 그가 깡충 걸음으로 그녀를 향해 다가왔다.

"매력적인 우리 안주인께서 언짢으신 것 같군요."

그녀가 미처 제지할 틈도 없이 그는 몰리의 손을 잡고 입을 맞추었다.

"무슨 일이신가요, 친애하는 부인?"

몰리는 한 걸음 뒤로 물러섰다. 그녀는 파라비치니가 괜찮은 사람인지 아닌지 확신할 수가 없었다. 그는 늙은 호색한처럼 그녀에게 추파를 던지고 있었다.

"오늘 아침엔 모든 게 좀 힘들게 느껴지는군요. 아마도 눈 때문인가 봐요."

그녀가 가벼운 어조로 말했다.

파라비치니는 고개를 돌려 창밖을 내다보았다.

"그래요. 눈이 모든 걸 아주 힘들게 하고 있어요, 그렇지 않습니까? 눈만 아니라면 모든 게 한결 쉬울 텐데요."

"무슨 말씀이신지 모르겠군요."

"그러실 겁니다. 부인께서는 모르는 게 아주 많습니다. 우선 하숙집 운영에 대해 별로 아는 게 없으신 것 같군요."

그가 생각에 잠긴 어조로 말했다.

몰리는 싸우기라도 할 것처럼 턱을 치켜들었다.

"우리가 아는 게 별로 없을 수는 있어요. 하지만 잘해 보려고 애쓰고 있답니다."

"브라보. 브라보."

"어쨌든 전 그렇게 형편없는 요리사는 아니니까요……."

몰리의 어조에는 불안의 기미가 어렸다.

"부인은 틀림없이 굉장한 요리사입니다."

'외국인이란 정말 귀찮은 사람들이군.'

몰리는 생각했다.

파라비치니는 그녀의 생각을 읽기라도 한 것 같았다. 갑자기 그의 태도가 바뀌었다. 그는 나직하지만 아주 진지한 어조로 말했다.

"한마디 경고를 해 드려도 될까요, 데이비스 부인? 부인과 남편께서는 사람을 너무 믿으셔서는 안 됩니다. 지금 묵고 있는 하숙집 손님들에 대해 좀 알고 계신가요?"

"원래 그렇게 해야 하나요?"

몰리는 혼란스러운 듯했다.

"전 사람들이 그냥…… 와도 되는 줄 알았는데요."

"한 지붕 밑에서 자는 사람들에 대해서는 좀 알아 두는 편이 언제나 현명한 법입니다."

그는 상체를 앞으로 기울이더니 협박이라도 하는 것처럼 그녀의 어깨를 두드렸다.

"일례로 저를 보십시오. 저는 한밤중에 나타났습니다. 눈 더미에 차가 뒤집혔다고 하면서 말입니다. 저에 대해 뭘 아시죠? 전혀 없으실 겁니다. 부인은 아마도 다른 손님들에 대해서도 아무것도 모르시겠죠."

"보일 부인은……."

몰리는 말을 시작했지만 그 장본인이 뜨개질감을 손에 든 채 다시 방으로 들어오는 것을 보고 말을 멈추었다.

"거실이 너무 춥군요. 여기 앉아 있어야겠어요."

그녀는 벽난로 앞으로 성큼성큼 다가갔다.

파라비치니는 재빨리 발끝으로 몸을 돌려 그녀를 마주 보았다.

"부인을 위해 제가 장작을 넣도록 해 주십시오."

어젯밤에도 그랬듯이 몰리는 그의 젊고 경쾌한 걸음걸이에 충격을 받았다. 또한 그는 언제나 빛을 등지려 애쓰는 것 같았다. 지금 무릎을 꿇고 앉아 불을 뒤적이고 있는 그를 보고 그녀는 그 이유를 알 것 같았다. 파라비치니의 얼굴은 노련한 솜씨이긴 했지만 분명히 '화장'이 되어 있었던 것이다.

그러니까 저 어리석은 늙은이는 실제 나이보다 더 젊어 보이고 싶었던 것일까? 그렇다면 그는 성공하지 못한 셈이었다. 그는 나이보다 더 들어 보였다. 다만 젊은 걸음걸이만이 그와 어울리지 않았다. 아마도 그것 역시 조심스럽게 위장된 것일 터였다.

메트카프 소령이 돌연히 등장하는 반갑잖은 상황 때문에 그녀는 생각에서 벗어났다.

"데이비스 부인. 제 생각엔 어…… 그러니까……."

그는 점잖게 목소리를 낮추었다.

"아래층 화장실 관이 얼어붙었어요."

"오, 이런. 맙소사. 정말 끔찍한 날이로군요. 처음엔 경찰, 이번엔 배관이라니요."

몰리가 투덜거렸다.

파라비치니가 쨍그랑 소리를 내며 벽난로의 쇠살대에 불쏘시개를 떨어뜨렸다. 보일 부인은 뜨개질을 멈추었다. 메트카프 소령을 바라보고 있던 몰리는, 갑작스럽게 경직되는 그의 태도와 얼굴에 떠오른 형언할 수 없는 표정에 어리둥절했다. 그녀로서는 그 표정이 무엇을 뜻하는지 알 수가 없었다. 마치 얼굴로부터 모든 감정이 빠져나가고 나무 조각(彫刻)만 남은 것 같았다.

그가 딱딱 끊기는 숨찬 어조로 물었다.

"경찰이라고 했습니까?"

그녀는 그의 경직된 태도 이면에 어떤 격한 감정이 소용돌이치고 있음을 느낄 수 있었다. 그것은 두려움이나 경계심이나 흥분일 수도 있었다. 어쨌든 '무엇인가'가 있었다.

'이 사람은 위험 인물일지도 몰라.'

그녀는 생각했다.

그가 다시 입을 열었는데 이번에 그의 목소리에는 가벼운 호기심만이 담겨 있을 뿐이었다.

"경찰이라니 무슨 말인가요?"

"경찰에서 전화가 걸려 왔더군요. 조금 전에요. 이곳으로 경사를 한 사람 보냈다는군요."

그녀는 창 쪽을 쳐다보았다.

"하지만 내 생각엔 그 사람은 여기 도착할 수 없을 거예요."

그녀는 그러기를 바란다는 투로 말했다.

"어째서 이곳에 경찰을 보내는 겁니까?"

소령은 그녀 쪽으로 한 걸음 다가섰지만 그녀가 무어라 대답하기 전에 문이 열리고 자일스가 들어왔다.

"이 지긋지긋한 석탄은 반 이상이 돌덩이야."

그가 화난 어조로 말한 다음 날카롭게 덧붙였다.

"무슨 일이라도 있나요?"

메트카프 소령이 그에게로 몸을 돌리고는 말했다.

"방금 경찰이 이곳으로 오고 있다는 얘기를 들었습니다. 이유가 뭡니까?"

"오, 괜찮습니다. 이런 눈 속을 뚫고 올 수 있는 사람은 없으니까요. 이런, 눈이 150센티미터나 쌓였습니다. 길들은 모두 눈에 묻혀 버렸지요. 오늘은 아무도 이곳에 오지 못할 겁니다."

그런데 바로 그 순간 창을 세 차례 두드리는 소리가 또렷하게 들려왔다.

그 소리에 모두 소스라치게 놀랐다. 한순간 그들은 그 소리가 어디에서 난 것인지 알 수 없었다. 그 소리는 불길한 경고처럼 뚜렷하고도 위협적이었다. 이윽고 몰리는 비명을 지르며 프랑스 식 창(마루면까지 열리는 쌍여닫이 창문으로 뜰, 발코니, 베란다 등으로 통한다 — 옮긴이)을 가리켰다. 한 남자가 그곳에 서서 창유리를 두드리고 있었다. 그가 어떻게 이곳에 도착할 수 있었는가 하는 의문은 그가 신은 스키로 설명되었다.

자일스가 찬탄하며 방을 가로질러 달려가 걸쇠를 더듬어 벗기고 프랑스 식 창을 활짝 열어젖혔다.

"고맙습니다."

새로 도착한 남자가 말했다. 그의 음성은 평범하지만 쾌활했고 얼굴은 볕에 그을었다.

"저는 트로터 경사라고 합니다."

그가 자신을 소개했다.

보일 부인이 뜨개질감 너머로 불만에 찬 눈길로 그를 건너다보았다. 그녀가 인정할 수 없다는 듯 말했다.

"당신은 경사일 수가 없어요. 그러기에는 너무 어린걸."

실제로 아주 젊어 보이는 그 청년은 이런 비난에 모욕을 느낀 듯 약간 짜증 섞인 어조로 대답했다.

"보기만큼 어리지는 않답니다, 마담."

그가 모여 있는 사람들을 둘러보고는 자일스를 짚어 냈다.

"데이비스 씨죠? 이 스키를 벗어서 어디 둘 만한 데가 있을까요?"

"물론입니다. 따라오세요."

그들이 나가고 현관으로 통하는 문이 닫히자 보일 부인이 신랄하게 말했다.

"요즘은 경찰들이 우리가 내는 세금으로 겨울 스포츠나 즐기며 돌아다니는 모양이군요."

파라비치니가 몰리 곁으로 가까이 다가와 있었다. 빠르고 낮은 어조로 말하는 그의 목소리에는 새된 소리가 섞여 있었다.

"어째서 경찰을 보내 달라고 한 거죠, 데이비스 부인?"

적대감에 찬 그의 시선 앞에서 그녀는 약간 주춤했다. 그것은 파라비치니 씨의 새로운 모습이었다. 한순간 그녀는 두려움을 느꼈다. 그녀가 무력하게 말했다.

"제가 요청한 게 아녜요. 제가 연락한 게 아니라고요."

이윽고 크리스토퍼 렌이 흥분한 표정으로 문을 통해 들어와서는, 높고 파고드는 목소리로 속삭였다.

"현관에 있는 저 사람 누굽니까? 저 사람 어디서 온 거죠? 무척 기운차더군요. 온통 눈을 뒤집어쓰고서도 말입니다."

뜨개바늘이 움직이면서 내는 짤각 소리 너머로 보일 부인의 목소리가 우렁차게 들려왔다.

"믿어지든 안 믿어지든 저 사람은 경찰이라는군요. 스키를 타는 경찰이라고요!"

하층 계급의 기강 문란이 극에 달했군. 그녀의 태도는 이렇게 말하고 있는 것 같았다.

메트카프 소령이 몰리에게 나직하게 말했다.

"죄송합니다만, 데이비스 부인, 전화 좀 써도 될까요?"

"물론이죠, 메트카프 소령님."

소령이 전화기 쪽으로 간 순간 크리스토퍼 렌이 새된 소리로 말했다.

"저 사람 정말 잘생겼군요, 그렇게 생각지 않으세요? 난 언제나 경찰들이 너무나도 매력적으로 여겨진답니다."

"여보세요, 여보세요……."

메트카프 소령이 짜증을 내며 전화기를 흔들어 댔다. 그는 몰리에게 몸을 돌렸다.

"데이비스 부인, 전화가 되질 않아요. 완전히 먹통이에요."

"조금 전까지도 됐었는데. 제가……."

그녀는 말을 채 끝맺지 못했다. 크리스토퍼 렌이 거의 병적으로 여겨질 만큼 날카로운 고음으로 웃음을 터뜨렸던 것이다.

"그럼 이제 우리는 완전히 갇힌 거로군요. 완전히 고립되었다고요. 재미있죠, 그렇잖아요?"

"뭐가 웃을 일이라는 건지 모르겠군."

메트카프 소령이 딱딱한 어조로 말했다.

"정말 맞는 말씀이에요."

보일 부인이 말했다.

크리스토퍼는 여전히 웃고 있었다.

"이건 저만 아는 농담입니다."

그러더니 그는 '쉿' 하고 손가락을 입술에 갖다 댔다.

"경찰 양반이 오고 있어요."

자일스가 트로터 경사를 따라 들어왔다. 스키를 벗고 눈을 털어 낸 경사는 손에 커다란 수첩과 연필을 들고 있었다. 그는 차근히 법적인 절차를 진행하는 분위기를 풍겼다.

"몰리, 트로터 경사가 우리 두 사람하고 따로 할 이야기가 있대."

자일스가 말했다.

몰리가 두 사람을 따라 방을 나갔다.

"서재로 갑시다."

자일스가 말했다.

그들은 서재라고 부르기엔 좀 초라한 현관 뒤편의 작은 방으로 들어갔다. 트로터 경사는 방에 들어온 다음 주의 깊게 문을 닫았다.

"저희가 무슨 잘못이라도 저질렀나요, 경사님?"

몰리가 사정조로 물었다.

"잘못이라고요?"

트로터 경사가 그녀를 물끄러미 응시했다. 그런 다음 그는 활짝 웃었다.

"오, 이건 그런 종류의 일이 아닙니다, 마담. 뭔가 오해가 있었다면 죄송합니다. 예, 데이비스 부인, 이건 전혀 다른 일이랍니다. 이건 경호에 더 가깝습니다. 무슨 말씀인지 이해하실지 모르겠지만 말입니다."

그의 말을 조금도 이해하지 못한 그들 두 사람은 묻는 듯한 눈길로 그를 바라보았다.

트로터 경사는 거침없이 말을 계속했다.

"이건 라이언 부인의 죽음과 관계가 있습니다. 이틀 전 런던에서 피살된 모린 라이언 부인 말입니다. 신문에서 이 사건에 대해 읽으셨을 줄 압니다."

"예."

몰리가 대답했다.

"제가 제일 먼저 알고 싶은 것은 두 분이 라이언 부인과 아시는 사이인가 하는 겁니다."

"그 부인에 대해 한 번도 들은 적이 없어요."

자일스가 대답하자 몰리도 그렇다고 중얼거리듯 말했다.

"음, 저희가 예상했던 대로군요. 하지만 사실 라이언은 피살된 여자의 본명이 아닙니다. 그녀는 전과자로 경찰에 지문이 등록되어 있어서 우리는 어렵지 않게 신분을 확인할 수 있었죠. 그녀의 진짜 이름은 그레그입니다. 모린 그레그죠. 그녀의 죽은 남편 존 그레그는 여기서 그리 멀지 않은 롱리지 농장에 살던 농부였습니다. 두 분께서 롱리지 사건에 대해서 들어 보신 적이 있을지 모르겠네요."

방 안은 무척 조용했다. 그 정적을 깨뜨리는 것은 지붕에서 미끄러진 눈 더미가 바깥 땅 위에 털썩 하고 떨어지는 부드럽지만 갑작스러운 소리뿐이었다. 그것은 거의 불길하게까지 느껴지는 은밀한 소리였다.

트로터는 말을 계속했다.

"1940년에 전쟁 때문에 피난 온 아이 셋이 롱리지 농장의 그레그 부부에게 맡겨졌습니다. 그 아이들 중 하나는 범죄에 가까운 방치와 학대로 인해 죽었어요. 그 사건은 세상을 떠들썩하게 했고, 그레그 부부는 둘 다 재판을 받고 투옥되었지요. 그레그는 감옥으로 호송되는 도중 탈출해서 차를 훔쳐 경찰을 피해 달아나다 충돌 사고를 일으켰습니다. 그는 즉사했지요. 그레그 부인은 형기를 마치고 두 달 전 출소했습니다."

"그랬는데 피살된 거로군요. 도대체 누가 그런 짓을 했다고 생각하십니까?"

자일스가 말했다.

하지만 트로터 경사는 서두르지 않았다. 그가 물었다.

"그 사건을 기억하시지요, 선생님?"

자일스가 고개를 저었다.

"1940년에 저는 지중해 지방에서 해군 수습사관으로 복무 중이었어요."

"전…… 전 그 사건에 대해 들은 기억이 있는 것 같아요."

몰리가 가볍게 숨을 헐떡이며 말했다.

"그런데 어째서 저희에게 오신 거죠? 그 일과 저희가 무슨 관계가 있나요?"

"왜냐하면 그건 두 분이 위험에 빠졌기 때문이랍니다, 데이비스 부인!"

"위험이라고요?"

자일스가 믿어지지 않는다는 듯 물었다.

"일이 그렇게 된 겁니다, 선생님. 범죄 현장 근처에서 수첩 하나가 발견되었습니다. 거기에 주소가 두 줄 적혀 있었지요. 처음 것은 컬버 가 74번지였죠."

"그 여자가 피살된 곳인가요?"

"그렇습니다, 데이비스 부인. 또 다른 주소는 몽스웰 장원이었습니다."

"뭐라고요? 정말 이상하군요."

몰리의 어조는 도저히 믿을 수 없다는 듯한 투였다.

"예. 그래서 호그벤 서장님은 두 분이나 이 집이 롱리지 농장 사건과 어떤 관련이 있는지 반드시 알아내야겠다고 생각하셨지요."

"관련 없습니다. 전혀 없어요. 우연의 일치가 분명해요."

자일스가 말했다.

트로터 경사가 부드럽게 말했다.

"호그벤 서장님은 우연의 일치가 아니라고 여기고 계십니다. 사정이 허락했다면 그분이 직접 이곳에 오셨을 겁니다. 날씨가 이렇기 때문에 스키 타는 데 능숙한 저를 보내신 거죠. 이 집에 있는 사람들 모두의 특이점을 알아내서 전화로 보고하고, 숙박자들의 안전을 위해 필요하다고 생각되는 모든 조치를 취하라는 지시와 함께 말입니다."

자일스가 날카롭게 물었다.

"안전이라고요? 맙소사! 혹시 '이곳'에서 누군가가 살해당할 거라고 생각하는 건 아닐 테죠?"

트로터가 변명하듯 말했다.

"부인을 불안하게 하고 싶지는 않지만 그렇습니다. 그 점이 바로 호그벤 서장께서 우려하고 있는 점입니다."

"하지만 도대체 무슨 이유로……."

자일스가 말을 멈추자 트로터가 말을 이었다.

"그것이야말로 제가 이곳에서 알아내야 할 사항이죠."

"하지만 이 모든 이야기가 정말이지 정상이 아닙니다."

"바로 그렇습니다, 선생님. 이것이 정상이 아니라서 위험하다는 겁니다."

몰리가 말했다.

"우리에게 아직 말씀하지 않으신 무엇인가가 더 있지요, 그렇지 않은가요, 경사님?"

"예, 마담. 그 수첩의 같은 페이지 상단에 '눈먼 쥐 세 마리'라는 글귀가 씌어 있었습니다. 죽은 여자의 시신에도 '이것이 첫 번째다'라는 글귀가 적힌 쪽지가 핀으로 꽂혀 있었는데, 그 아래에는 세 마리의 쥐 그림과 악보 한 소절이 그려져 있었답니다. 「눈먼 쥐 세 마리」라는 동요의 한 소절이었지요."

몰리가 나직하게 노래를 불렀다.

눈먼 쥐 세 마리

달리는 것 좀 봐.

농부의 아내를 쫓아 달리네.

여자가 식칼로…….

그녀가 노래를 멈추었다.

"오, 이 일은 너무 무시무시해요. 끔찍하다고요. 아이들이 셋 있었다고 했죠?"

"예, 데이비스 부인. 열다섯 살짜리 소년, 열네 살짜리 소녀, 그리고 열두 살짜리 소년이 있었고, 그 아이가 죽은 겁니다."

"다른 아이들은 어떻게 되었나요?"

"여자애는 누군가에게 입양된 것 같습니다. 저희는 그 아이의 행방을 추적할 수 없었습니다. 남자애는 이제 스물세 살이 되었을 겁니다. 우리는 그의 행방을 추적하는 데에도 실패했습니다. 그의 행동은 언제나 좀 괴상했다더군요. 그는 열여덟 살에 군에 입대했습니다. 나중에 탈영을 했고요. 그 후로 사라졌습니다. 군의 정신과 의사 말이 그는 정상이 아니라더군요."

"경사님은 그가 라이언 부인을 죽였다고 생각하시나요? 그리고 그가 살인광이고 어떤 알 수 없는 이유로 이곳에 나타날 거라고 보시나요?"

자일스가 물었다.

"우리는 이곳의 누군가가 롱리지 농장 사건과 연관이 있는 게 분명하다고 생각합니다. 일단 어떤 관련이 있는지를 알게 되면 대비할 수 있을 겁니다. 그런데 분명히 말씀하셨죠, 선생님, 자신이 그 사건과 관련이 없다고 말입니다. 마찬가지로 그 사건과 관련이 없으신가요, 데이비스 부인?"

"전…… 오, 그럼요. 그래요."

"이 집에 있는 사람들에 대해서 정확히 말씀해 주시겠습니까?"

그들은 하숙인들의 이름을 알려 주었다. 보일 부인, 메트카프 소령, 크리스토퍼 렌, 파라비치니였다. 경사는 수첩에 그 이름들을 적었다.

"일하는 사람들은요?"

"저희 집엔 일하는 사람이 없어요. 그 말씀을 들으니 감자를 요리해야 할 일이 생각나네요."

몰리는 이렇게 말하고는 불쑥 서재를 나갔다.

트로터가 자일스에게 몸을 돌렸다.

"이 사람들에 대해 무엇을 알고 계신가요, 선생님?"

"전…… 저희는……."

자일스는 잠시 말을 멈추었다가 나직하게 말을 이었다.

"사실 저흰 이들에 대해 아무것도 모릅니다, 트로터 경사님. 보일 부인은 본머스에 있는 한 호텔에서 편지를 보내왔더군요. 메트카프 소령은 레밍턴에서, 렌 씨는 사우스 켄징턴에 있는 한 사설 호텔에서 왔고요. 파라비치니 씨는 난데없이 출현했답니다. 아니 하얀 눈 속에서 나타났다고 해야겠군요. 그의 차가 이 근처 눈 더미에서 뒤집혔다더군요. 하지만 이들은 신분증이나 배급통장 같은 것을 갖고 있지 않을까요?"

"물론 그 점을 모두 알아볼 겁니다."

"어떤 점에선 날씨가 이렇게 지독해서 다행이군요. 이런 날씨에 살인자가 찾아올 순 없을 테니까요, 그렇잖습니까?"

"그는 어쩌면 그럴 필요가 없을지도 모릅니다, 데이비스 씨."

"무슨 말씀이신가요?"

트로터 경사는 한순간 망설이다가 말했다.

"'그 사람'은 어쩌면 '이미 여기에 와 있는지도 모른다'는 겁니다, 선생님."

자일스가 그를 물끄러미 응시했다.

"그게 무슨 말씀이십니까?"

"그레그 부인은 이틀 전 살해되었습니다. 이곳의 방문객들 모두 그 이후에 이곳에 도착했습니다, 데이비스 씨."

"예, 하지만 이분들은 미리 예약을 하셨어요. 한참 전에요. 파라비치니 씨는 예외지만 말입니다."

트로터 경사는 한숨을 내쉬었다. 그의 목소리는 피곤한 듯했다.

"이 범죄들은 사전에 계획되었습니다."

"범죄들이라고요? 하지만 아직 한 건의 범죄만 일어났을 뿐입니다. 어째서 또 다른 범죄가 일어나리라고 확신하는 겁니까?"

"범죄가 일어날 거라고요? 아닙니다. 전 그 일을 막고 싶습니다. 그 일이 시도되긴 하겠지요."

"하지만 그렇다면, 경사님 말씀이 맞다면 말입니다."

자일스가 흥분한 어조로 말했다.

"가능성이 있는 사람은 하나뿐이죠. 바로 그 나이 또래인 사람이 딱 하나 있다는 겁니다. 크리스토퍼 렌 말입니다!"

트로터 경사는 부엌에 있는 몰리에게 갔다.

"데이비스 부인, 저와 함께 서재로 가 주시면 좋겠습니다. 모든 사람들에게 전체적인 설명을 하고 싶습니다. 친절하게도 데이비스 씨께서 미리 알려 주시러 가셨습니다만……."

"좋아요……. 이 감자 요리만 끝내게 해 주세요. 때때로 전 월터 롤리 경이 이 몹쓸 감자를 우리나라에 들여오지 않았으면 좋았을 거란 생각이 들어요."

트로터 경사는 불만스럽다는 듯 침묵을 지켰다. 몰리가 사과하듯 말했다.

"전 정말 믿어지지가 않아요. 알다시피 이건 너무 소설 같은 얘기 잖아요……."

"이건 소설이 아닙니다, 데이비스 부인. 분명한 '사실'이지요."

"그 사내의 인상착의를 알고 계시나요?"

몰리가 호기심이 끌리는 듯 물었다.

"중간 키와 여윈 몸매에 검은 외투를 입고 밝은 빛깔의 챙 모자를 쓰고 속삭이듯 나지막하게 말하고 얼굴은 목도리로 가리고 있었다 더군요. 누구라도 그런 사람이 될 수 있죠."

그는 잠시 말을 끊었다가 덧붙였다.

"이곳 현관에 보니까 검은 외투와 밝은 빛깔의 챙 모자가 세 개씩 걸려 있더군요, 데이비스 부인."

"여기 계신 분들이 런던에서 온 것 같진 않은데요."

"런던에서 온 것 같지 않다고요, 데이비스 부인?"

트로터 경사는 날랜 동작으로 조리대 쪽으로 가서 신문을 집어 들었다.

"2월 19일자 《이브닝 스탠더드》입니다. 이틀 전 신문이죠. '누군가'가 저 신문을 여기로 가져온 겁니다, 데이비스 부인."

"하지만 정말 이상하네요."

희미한 기억의 실마리가 당겨지기라도 한 것처럼 몰리가 허공을 응시했다.

"그 신문이 어디서 온 걸까요?"

"항상 사람을 겉보기로 판단해서는 안 되는 법입니다, 데이비스 부인. 부인께서는 이 집에 받아들인 저 사람들에 대해 정말이지 아무것도 모르시는군요."

그런 다음 그는 이렇게 덧붙였다.

"두 분은 하숙업이 처음이신 것 같은데요?"

"예, 그래요."

몰리가 시인했다. 그녀는 문득 자신이 경험 없고 어리석은 아이 같은 느낌이 들었다.

"결혼하신 지도 그리 오래 되지 않았을 테죠?"

"꼭 1년 됐어요."

그녀는 살짝 얼굴을 붉혔다.

"갑작스럽게 하게 된 결혼이었죠."

“첫눈에 사랑에 빠지셨군요.”

트로터 경사가 충분히 알겠다는 듯 말했다.

몰리는 그의 말에 반박할 수 없을 것 같은 느낌이 들었다.

“그래요.”라고 말한 다음 그녀는 갑작스럽게 확신에 차서 이렇게 덧붙였다.

“우린 겨우 2주 동안 사귀었답니다.”

그녀의 생각은 격렬한 구애의 그 14일간으로 돌아갔다. 거기에는 어떤 의혹도 없다는 것을 그들 둘 다 알고 있었다. 근심과 피로에 둘러싸인 세상에서 그들은 기적처럼 서로를 발견하지 않았던가. 그녀의 입가에 살짝 미소가 떠올랐다.

정신을 차린 그녀는 트로터 경사가 자신을 너그러운 눈길로 지켜보고 있는 것을 보았다.

“남편께서는 이곳 출신이 아니시죠?”

“예, 그이는 링컨셔 출신이에요.”

몰리가 애매하게 대답했다.

그녀는 자일스의 어린 시절과 성장 환경에 대해 아는 것이 거의 없었다. 그의 부모는 세상을 떠났고, 그는 어린 시절에 대해 이야기하기를 한사코 피했다. 불행한 어린 시절을 보낸 모양이라고 그녀는 짐작했다.

“이런 말씀을 드리는 게 어떨지 모르지만 두 분은 이런 종류의 하숙집을 운영하기엔 무척 젊으시군요.”

트로터 경사가 말했다.

"오, 잘 모르겠네요. 전 스물두 살이고……."

문이 열리고 자일스가 들어오자 그녀는 말을 멈췄다.

"모든 게 준비됐습니다. 제가 사람들에게 대충 설명했어요. 그래도 괜찮겠죠, 경사님?"

"시간을 벌게 될 테죠. 준비되셨나요, 데이비스 부인?"

트로터가 물었다.

트로터 경사가 서재에 들어서자마자 네 사람이 한꺼번에 입을 열었다.

가장 높고 새된 목소리는 크리스토퍼 렌의 것으로, 이 일이 너무나, 너무나 짜릿해서 자신은 오늘 밤 눈을 붙이지 않겠다면서, 부디, 부디 이 처참한 이야기를 빠짐없이 들려 달라는 것이었다.

더블베이스 반주 같은 낮은 목소리는 보일 부인의 것이었다.

"정말이지 어처구니가 없군요. 이렇게 무능할 수가 없어요. 경찰은 살인범들이 이런 시골을 돌아다니도록 내버려 두어서는 안 된다고요."

파라비치니는 주로 손놀림으로 감정을 표현했다. 그의 손짓은, 더블베이스 반주 같은 우렁찬 목소리에 묻혀 잘 들리지 않는 말보다 더욱 웅변적이었다. 메트카프의 음성은 짤막짤막 끊어지는 고함처럼 들렸다. 그는 사실을 말해 달라고 요구하고 있었다.

트로터가 잠시 기다린 다음 권위 있는 태도로 한 손을 치켜들자 놀랍게도 모두 입을 다물었다.

"고맙습니다, 여러분. 제가 이곳에 온 이유를 데이비스 씨가 대충 설명해 드렸을 겁니다. 저는 한 가지, 오직 한 가지 사실을 알고 싶고, 그것도 가능한 한 빨리 알고 싶습니다. 여러분 가운데 어느 분이 롱리지 농장 사건과 관계가 있으신가요?"

아무도 입을 열지 않았다. 네 개의 멍한 얼굴이 트로터 경사를 바라보았다. 조금 전의 감정들, 흥분과 분개, 히스테리, 의문 등은 지우개로 지운 칠판 위의 분필 글씨처럼 깨끗이 사라지고 없었다.

트로터 경사가 좀 더 긴박하게 다시 말했다.

"부디 제 입장을 이해해 주십시오. 여러분 가운데 한 분이 지금 위험에 처했다고, 그것도 죽음의 위험에 처했다고 믿을 만한 이유가 있습니다. 저는 그게 여러분 중 누구인지 알아야 합니다!"

하지만 여전히 아무도 입을 열거나 움직이지 않았다.

트로터의 음성에 분노 같은 무엇인가가 서렸다.

"좋습니다. 제가 한 분씩 묻겠습니다. 파라비치니 씨?"

파라비치니의 얼굴에 아주 희미한 미소가 스쳤다. 그는 외국인이 항의를 표하듯 두 손을 치켜들었다.

"하지만 난 이 근처가 처음입니다, 형사님. 아무것도 몰라요. 오래전 이 지방에서 벌어진 사건 같은 것은 전혀 모른단 말입니다."

트로터는 시간을 낭비하지 않았다. 그는 딱딱거리며 질문을 이어갔다.

"보일 부인은요?"

"정말이지 이유를 모르겠군요……. 그러니까 내 말은 어째서 내가 그런 참혹한 일과 관계가 있어야 하는 거죠?"

"렌 씨?"

크리스토퍼가 새된 소리로 대답했다.

"당시 난 어린애에 지나지 않았어요. 그 사건에 대해 들은 기억조차 없다고요."

"메트카프 소령님?"

소령이 퉁명스럽게 대답했다.

"신문에서 그 사건에 대해 읽은 적이 있습니다. 당시 난 에든버러에 배치되어 있었습니다."

"그 외에 하실 말씀 없나요?"

다시 침묵이 흘렀다.

트로터가 과장되게 한숨을 내쉬었다.

"만일 여러분 중 한 분이 살해당한다면 그분은 스스로를 탓해야 할 겁니다."

그는 몸을 홱 돌려 방에서 나가 버렸다.

"맙소사. 정말 멜로드라마 같군!" 하고 말한 뒤 크리스토퍼는 이렇게 덧붙였다.

"저 사람 정말 잘생겼지요, 그렇지 않습니까? 전 경찰이 정말 감탄스러워요. 너무나도 엄격하고 냉철하죠. 이 모든 일이 정말이지 짜릿하군요. 「눈먼 쥐 세 마리」라고 했죠. 그 노래 곡조가 어떻게 되더라?"

그가 부드럽게 휘파람으로 그 곡조를 불자 몰리가 무심결에 소리쳤다.

"그만하세요!"

그는 몰리 쪽으로 빙글 몸을 돌리고는 소리 내어 웃었다.

"하지만 부인, 이건 제 주제가랍니다. 전 한 번도 살인자 취급을 받아 본 적이 없어서 그런지 이 일이 너무나도 짜릿한걸요!"

"감상적이고 한심해요. 난 한마디도 믿지 못하겠어요."

보일 부인이 말했다.

크리스토퍼의 연한 눈빛에 개구쟁이 같은 짓궂은 기운이 어렸다.

"하지만 좀 기다리세요, 보일 부인."

그러더니 그는 목소리를 낮추었다.

"제가 부인 등 뒤로 살그머니 다가가 부인 목을 두 손으로 감을 때까지 말이에요."

몰리가 몸을 움찔했다.

자일스가 화를 내며 말했다.

"당신은 지금 내 아내를 괴롭히고 있어요, 렌. 어쨌든 그건 정말 지독한 장난이에요."

"이건 장난할 일이 아닙니다."

메트카프도 동의했다.

"오, 하지만 이건 장난입니다. 바로 그렇습니다. 어떤 미치광이의 농담이지요. 그 점이 이 일을 더욱 기막히게 섬뜩하게 만들고 있는 겁니다."

크리스토퍼가 말했다. 그런 다음 그는 사람들을 둘러보고는 다시 웃음을 터뜨렸다.

"여러분 스스로의 얼굴을 한번 보시지요."

그런 다음 그는 재빨리 방을 나갔다.

보일 부인이 먼저 정신을 차렸다.

"정말이지 행동도 엉망이고 정서적으로도 불안한 청년이에요. 아마 양심적 병역 거부자일 거예요."

"저 친구가 내게 말하기를, 공습 때 48시간 동안 흙더미에 묻혀 있다가 구조되었다고 하더군요. 그 일에 커다란 영향을 받은 모양입니다."

메트카프가 말했다.

"신경증 증세를 갖고 있는 이들에겐 갖가지 핑계가 있게 마련이죠. 난 전쟁을 그 어떤 사람보다 많이 겪었지만 내 신경엔 이상이 없답니다."

보일 부인이 신랄하게 말했다.

"정말 운이 좋았던 모양이군요, 보일 부인."

"무슨 뜻으로 하시는 말씀이죠?"

메트카프가 조용히 대답했다.

"1940년에 부인은 실제로 이 지역 숙소 할당관이었던 것으로 알고 있습니다만, 보일 부인."

그는 몰리를 쳐다보았고, 몰리는 진지하게 고개를 끄덕여 보였다.

"그렇잖습니까?"

보일 부인의 얼굴에 분노의 홍조가 어렸다.

"그게 어쨌다는 거죠?"

메트카프가 심각하게 말했다.

"당신은 바로 그 세 아이들을 롱리지 농장으로 보낸 책임자였지 않습니까."

"사실 말이죠, 메트카프 소령님, 내가 그곳에서 벌어진 일까지 책임질 수는 없잖아요. 그 농장 사람들은 꽤 괜찮은 사람들처럼 보였고 아이들을 몹시 데리고 있고 싶어 했어요. 어떤 식으로든 어째서 내가 비난을 받아야 하는지 알 수가 없군요. 어째서 책임이 있다는 건지……."

그녀가 말꼬리를 흐렸다.

자일스가 날카롭게 물었다.

"부인은 왜 그 사실을 트로터 경사에게 말하지 않으셨나요?"

"경찰과는 전혀 상관없는 일이니까요. 난 내 몸 하나쯤은 돌볼 수 있어요."

보일 부인이 딱딱거리며 대답했다.

메트카프 소령이 나직하게 말했다.

"조심하는 게 좋을 겁니다."

그런 다음 그 역시 방을 나갔다.

몰리가 나직하게 말했다.

"당신이 숙사 할당관이었어요. 기억나요."

"몰리, 당신도 알고 있었어?"

자일스가 그녀를 물끄러미 응시했다.

"부인은 공유지에 커다란 집을 갖고 계셨죠, 그렇지 않은가요?"

"징발당했지요. 그런 다음 완전히 망가졌어요."

그녀가 원통해하는 어조로 덧붙였다.

"폐허가 되어 버렸지요. 그런 건 불법이에요."

그러자 파라비치니가 아주 나직하게 소리 내어 웃기 시작했다. 그는 고개를 뒤로 젖히고는 참지 못하고 웃음을 터뜨렸다.

"죄송합니다."

그가 헉 하고 숨을 멈추었다.

"하지만 정말이지 이 모든 일이 기막히게 재미있군요. 정말 즐겁습니다. 예, 무척 즐겁답니다."

그 순간 트로터 경사가 다시 방으로 들어왔다. 그는 불만 어린 눈길로 파라비치니를 흘긋 바라보고는 신랄한 어조로 말했다.

"기쁘군요. 모두들 이 일을 그렇게 재미있어 하시니 말입니다."

"사과드립니다, 형사 양반. 정식으로 사과드립니다. 내가 당신의 장중한 경고를 망쳐 놓고 있군요."

트로터 경사는 어깨를 으쓱해 보였다.

"전 최선을 다해 지금 상황을 명확히 했을 뿐입니다. 그리고 전 형사가 아닙니다. 경사일 뿐이죠. 전화를 좀 썼으면 합니다, 데이비스 부인."

"그럼 전 이만 조용히 물러나겠습니다."

파라비치니가 말했다.

하지만 그는 조용히 물러나기는커녕 몰리가 주목한 적 있는, 젊은이 같은 팔팔한 걸음걸이로 방을 나갔다.

"저 사람 좀 수상하군요."

자일스가 말했다.

"범죄형이죠. 결코 신뢰해선 안 됩니다."

트로터가 말했다.

"오, 경사님 생각엔 저 사람이……. 하지만 나이가 너무 많잖아요. 아니 정말 나이가 많은 걸까요? 저 사람은 화장을 하고 있어요. 아주 진한 화장을 말이에요. 그리고 걸음걸이는 젊은 사람 같아요. 어쩌면 나이 들어 보이도록 변장했는지도 모르죠. 트로터 경사님, 혹시……."

몰리가 말했다.

트로터 경사는 그녀를 엄하게 타박했다.

"쓸데없는 추측으로는 아무것도 해결할 수 없습니다, 데이비스 부인. 전 호그벤 서장님께 보고를 해야겠습니다."

그는 방을 가로질러 전화기 쪽으로 갔다.

"하지만 그러실 수 없을 거예요. 전화가 불통이거든요."

몰리가 말했다.

"뭐라고요?"

트로터가 홱 하고 몸을 돌렸다.

그의 목소리에 담긴 날카로운 경계심에 모인 사람들 모두 충격을 받았다.

"불통이라고요? 언제부터죠?"

"경사님이 도착하기 직전 메트카프 소령님이 전화를 걸려고 했을 때 알았어요."

"하지만 그 전에는 괜찮았겠죠. 호그벤 서장님 전화는 받으셨잖습니까?"

"예, 제 생각엔…… 아마도 10시 이후…… 눈 때문에 선이 나간 것 같아요."

하지만 트로터는 심각한 표정을 풀지 않았다.

"내 짐작으로는 누군가에 의해 잘린 것 같군요."

몰리가 그를 물끄러미 응시했다.

"그럴까요?"

"확인해 보겠습니다."

트로터는 서둘러 방을 나갔다. 자일스가 망설이다가 그의 뒤를 따랐다.

몰리가 외쳤다.

"맙소사! 점심 시간이 거의 다 됐네. 서둘러야지, 그러지 않으면 아무것도 먹을 게 없겠어요."

그녀가 황급히 방을 나가자 보일 부인이 투덜거렸다.

"무능한 여자로군! 이런 곳이 다 있나. 이런 집에 매주 7기니를 낼 수는 없지."

트로터 경사는 몸을 숙인 채 전화선을 따라갔다. 그가 자일스에게 물었다.

"또 다른 전화기가 있나요?"

"예, 2층 저희 침실에요. 제가 올라가서 살펴볼까요?"

"괜찮으시다면요."

트로터는 창을 열고 창턱에 쌓인 눈을 털어 내며 몸을 밖으로 내밀었다. 자일스는 서둘러 층계를 올랐다.

파라비치니는 커다란 거실에 있었다. 그는 방을 가로질러 그랜드 피아노로 가서 뚜껑을 열었다. 피아노 의자에 앉은 그는 손가락 하나로 조그맣게 동요를 연주했다.

눈먼 쥐 세 마리
달리는 것 좀 봐…….

크리스토퍼 렌은 자기 방에 있었다. 그는 활기차게 휘파람을 불며 방 안을 서성거렸다. 갑자기 휘파람 소리가 흔들리더니 잦아들었다. 그는 침대에 걸터앉았다. 그러고는 얼굴을 두 손에 묻고 흐느끼기 시작했다. 그는 어린애처럼 중얼거렸다.

"도저히 계속할 수가 없어."

다음 순간 그는 기분이 바뀐 모양이었다. 그는 자리에서 일어나 어깨를 폈다.

"난 이 일을 밀고 나가야 해. 해치워야 한다고."

자일스는 자신과 몰리가 쓰는 방 전화기 곁에 서 있었다. 그는 몸을 숙이고 걸레받이를 살펴보았다. 몰리의 장갑 한 짝이 거기 떨어져 있었다. 그는 그것을 집어 들었다. 분홍색 버스표가 장갑 속에서 떨어졌다. 자일스는 허리를 펴고 서서 바닥에 떨어진 버스표를 바라보았다. 그것을 지켜보던 그의 표정이 달라졌다. 그는 전혀 다른 사람이 되기라도 한 것처럼 꿈꾸듯 느린 걸음으로 문 쪽으로 가서 문을 열고는 층계 쪽 복도를 살펴보며 잠시 서 있었다.

몰리는 감자를 다 깎아 냄비 속에 넣고 불 위에 올려놓았다. 그녀는 오븐 속을 들여다보았다. 모든 것이 계획대로 진행되고 있었다.

식탁 위에는 이틀 전 날짜의 《이브닝 스탠더드》가 놓여 있었다. 그녀는 미간을 찌푸리고 신문을 쳐다보았다. 기억이 나면 좋을 텐데…….

갑자기 그녀는 두 손으로 눈을 가렸다.

"오, 아냐. 오, 아니라고!"

그녀는 천천히 두 손을 눈에서 뗐다. 그녀는 마치 낯선 장소를 바라보는 사람처럼 부엌을 둘러보았다. 음식이 익는 냄새가 희미하게 풍기는, 너무나도 따뜻하고 안락하고 널찍한 곳이었다.

"오, 아냐."

그녀는 다시 한 번 나직하게 중얼거렸다.

그녀는 몽유병자처럼 현관으로 통하는 문을 향해 천천히 걸어갔다. 그러고는 문을 열었다. 누군가 휘파람을 부르고 있을 뿐 집 안은 고요했다.

'저 곡조…….'

몰리는 부르르 몸을 떨며 뒤로 물러섰다. 그녀는 다시 한 번 낯익은 부엌을 둘러보며 잠시 서 있었다. 그랬다. 모든 것이 질서 있게 진행되고 있었다. 그녀는 다시 한 번 부엌문을 향해 걸어갔다.

메트카프는 소리 없이 뒤 층계를 내려왔다. 그는 현관에 잠시 서 있다가 층계 아래의 커다란 벽장문을 열고 안을 들여다보았다. 모든 것이 조용했다. 주위엔 아무도 없었다. 그가 하려는 일을 하기에는 어느 때보다도 좋았다…….

보일 부인은 서재에서 약간 짜증스러워하며 라디오 채널을 이리저리 돌리고 있었다.

그녀가 처음 맞춘 채널에서는 동요의 기원과 의미에 대한 대담이 진행되고 있었다. 그녀가 가장 듣고 싶지 않은 내용이었다. 신경질적으로 채널을 돌리자 교양 있는 목소리가 이렇게 말하는 소리가 들려왔다.

"공포의 심리에 대해 철저히 알아야 합니다. 당신이 방 안에 혼자 있다고 가정해 봅시다. 등 뒤에서 문이 살그머니 열리고……."

그 순간 문이 열렸다.

소스라치게 놀란 보일 부인이 홱 하고 몸을 돌렸다.

"오, 당신이군요."

그녀가 안도의 숨을 내쉬며 말했다.

"여기서 어리석은 프로그램을 진행하고 있네요. 도대체 들을 만한 프로를 찾을 수가 없어요!"

"나라면 라디오를 듣지 않을 겁니다, 보일 부인."

보일 부인이 콧방귀를 뀌었다.

"달리 할 일이라도 있나요? 살인자일 수도 있는 사람과 한 집 안에 갇혀 있는데 말이에요. 멜로드라마 같은 그 얘기를 한순간이라도 믿는 건 아니지만…….”

“그 얘기를 믿지 않으신다고요, 보일 부인?”

“이런…… 당신은 무슨 뜻으로…….”

레인코트의 벨트가 너무나도 재빨리 그녀의 목에 휘감기는 바람에 그녀로서는 그 행동의 의미를 미처 깨닫지조차 못했다. 라디오의 볼륨이 올라갔다. 공포 심리학 강사가 박학한 지식을 소리 높여 외침으로써 보일 부인이 죽으면서 내지른 우발적인 소음을 묻어 버렸다.

게다가 별다른 소리도 나지 않았다.

그러기에는 살인자가 너무나도 능숙했던 것이다.

모두들 부엌으로 몰려와 있었다. 가스 화덕에서는 감자가 기분 좋은 소리를 내며 부글부글 끓고 있었다. 오븐 속의 스테이크와 콩팥 파이에서 풍기는 맛좋은 냄새가 어느 때보다 강렬했다.

충격을 받은 네 사람은 서로의 얼굴을 응시하고 있었고, 몰리는 창백한 얼굴로 덜덜 떨면서 트로터 경사가 강권하는 위스키 잔을 받아 마시고 있었다.

트로터 경사 자신은 딱딱하고 성난 얼굴로 모여 있는 사람들을 둘러보았다. 겁에 질린 몰리의 비명을 듣고 그와 다른 사람들이 서재로 달려간 것이 겨우 5분 전이었다.

“그녀는 부인이 그곳에 도착하기 직전 살해되었습니다, 데이비스 부인. 현관을 지나갈 때 누군가 보거나 아무 소리도 듣지 못한 게 분명한가요?"

"누군가 휘파람을 불고 있더군요."

몰리가 기운 없는 어조로 대답했다.

"하지만 그건 그 전이었어요. 제 생각에는…… 분명하지는 않지만…… 어디선가 조용히 문이 닫히는 소리가 들린 것 같아요. 제가…… 제가…… 서재로 들어서던 순간에 말이에요."

"어느 문이죠?"

"모르겠어요."

"생각해 보세요, 데이비스 부인. 잘 생각해 보세요. 위층인가요, 아니면 아래층인가요……. 오른쪽인가요, 왼쪽인가요?"

"정말이지 모르겠어요. 정말 무슨 소리를 들었는지도 확신할 수가 없어요."

몰리가 울부짖듯 대답했다.

"아내를 괴롭히는 일을 그만둘 수 없습니까? 아내가 지금 상태가 어떤지 모르겠습니까?"

자일스가 화가 나서 말했다.

"전 지금 살인 사건을 수사 중입니다, 데이비스 씨, 죄송합니다. 데이비스 중령."

"전쟁 때 계급은 이제 쓰지 않습니다, 경사."

"그렇겠지요, 선생님."

트로터는 마치 뭔가 암시라도 하는 것처럼 잠시 말을 끊었다가

이었다.

“말씀드린 대로 전 지금 살인 사건을 수사 중입니다. 지금까지는 아무도 이 일을 진지하게 받아들이지 않았습니다. 보일 부인도 그랬지요. 그녀는 제게 알고 있는 바를 말해 주지 않았어요. 여러분 모두 제게 정보를 주지 않았지요. 자, 보일 부인은 죽었습니다. 우리가 이 사건의 진상을 빨리 알아내지 못한다면, 또 다른 살인이 일어날 겁니다.”

“또 다른 살인이라고요? 말도 안 되는 소리군요. 왜 그런 말을 하는 겁니까?”

“그건 세 마리 눈먼 쥐가 있었기 때문이지요.”

트로터가 심각하게 대답했다.

자일스가 믿기지 않는다는 듯 말했다.

“쥐 한 마리당 살인 하나라고요? 하지만 그렇다면 어떤 관련이 있어야 할 겁니다. 내 말은 그 사건과의 또 다른 관련 말입니다.”

“예, 그런 것이 있어야 하겠지요.”

“하지만 어째서 ‘이곳’에서 또 다른 살인이 벌어진다는 거지요?”

“그건 수첩에 적혀 있던 주소가 두 개뿐이기 때문이지요. 컬버 가 74번지에는 희생자가 될 가능성이 있는 사람이 하나밖에 없었습니다. 그 여자는 죽었고요. 하지만 몽스웰 장원은 보다 범위가 넓지 않습니까.”

“이치에 맞지 않는 말입니다, 트로터 경사. 롱리지 농장 사건에 관련 있는 사람 둘이 우연히 이곳에 오는 일은 거의 일어날 성싶지 않아요."

"어떤 조건에서는 우연이 아닐 수도 있습니다. 생각해 보십시오, 데이비스 씨."

그는 다른 사람들에게로 몸을 돌렸다.

"보일 부인이 살해되었을 때 여러분 모두 어디 있었는지 대답을 들었습니다. 그걸 확인해 보겠습니다. 렌 씨, 당신은 당신 방에서 데이비스 부인의 비명 소리를 들었다고 했죠?"

"예, 경사님."

"데이비스 씨, 당신은 위층 당신 침실에서 내선 전화선을 조사하고 있었다고요?"

"그렇습니다."

자일스가 대답했다.

"파라비치니 씨는 거실에서 피아노를 치고 있었다고 하셨죠. 그런데 아무도 선생님이 치는 피아노 소리를 듣지 못한 것 같군요, 파라비치니 씨?"

"난 아주 작게 피아노를 치고 있었습니다, 경사 양반. 손가락 하나로 말이죠."

"무슨 곡조였지요?"

"「눈먼 쥐 세 마리」였습니다."

그는 미소를 지어 보였다.

"렌 씨가 위층에서 휘파람으로 불던 것과 같은 곡조지요. 그 곡조가 모두의 머리 속에 울려 퍼지고 있었던 겁니다."

"무시무시한 곡조예요."

몰리가 말했다.

"전화선은 어떻던가요? 고의적으로 절단된 겁니까?"

메트카프가 물었다.

"예, 메트카프 소령님. 거실 창문 바로 밖에서 절단되었더군요. 제가 막 절단된 위치를 발견한 순간 데이비스 부인의 비명 소리가 들려 왔습니다."

"하지만 그건 미친 짓이에요. 그자는 어떻게 들키지 않을 거라고 생각했을까요?"

크리스토퍼가 날카로운 어조로 물었다.

경사는 그를 주의 깊게 관찰했다.

"아마도 그자는 들키는 것에 그다지 개의하지 않는지도 모릅니다. 아니면 또다시 자기가 우리보다 더 영리하다고 확신하고 있든지 말이지요. 살인범들은 그런 짓을 좋아하죠."

그런 다음 그는 이렇게 덧붙였다.

"아시겠지만 훈련 과정에서 우리는 심리학 강의를 듣는답니다. 분열증 환자의 정신 상태는 아주 흥미롭지요."

"불필요한 얘기는 그만하는 게 어떻겠습니까?"

자일스가 말했다.

"물론이죠, 데이비스 씨. 지금 우리의 모든 관심을 집중시키는 것은 두 개의 단어지요. 하나는 '살인'이고 다른 하나는 '위험'입니다. 우리가 집중해야 하는 것은 이 두 가지입니다. 자, 메트카프 소령님,

당신의 행동에 대해 분명히 설명해 주십시오. '지하실'에 계셨다고 했는데, 거긴 왜 가셨습니까?"

"그냥 둘러보고 있었습니다. 층계 밑의 벽장을 들여다보다가 그곳에 문이 있기에 열어 보았더니 층계가 보이더군요. 그래서 내려갔던 겁니다. 이 집 지하실은 정말 멋지더군요."

그가 자일스를 보고 말했다.

"오래 된 수도원의 지하실처럼 말입니다."

"우리는 지금 무슨 골동품 조사를 하고 있는 게 아닙니다, 메트카프 소령님. 살인 사건을 조사 중입니다. 잠시 귀를 기울여 주시겠습니까, 데이비스 부인? 이제 부엌문을 열어 놓겠습니다."

그는 부엌을 나갔다. 곧 이어서 희미하게 삐걱 소리를 내며 문이 닫혔다.

"부인이 들은 소리가 이건가요, 데이비스 부인?"

열린 문 앞에 다시 모습을 나타내며 그가 물었다.

"음…… 그랬던 것 같아요."

"그건 층계 아래 벽장문을 닫는 소리였습니다. 알다시피 살인범은 보일 부인을 죽인 다음 현관으로 나오다가 당신이 부엌에서 나오는 소리를 듣고는 재빨리 벽장 안으로 들어가 안에서 문을 잡아당겨 닫은 겁니다."

"그렇다면 그자의 지문이 벽장 안쪽에 있겠군요."

크리스토퍼가 외쳤다.

"거기엔 이미 내 지문이 있을 겁니다."

메트카프가 말했다.

"그렇고말고요. 그런데 당신의 지문에 대해서는 우리가 만족할 만한 설명을 들었지요, 그렇지 않습니까?"

트로터 경사가 매끄러운 어조로 물었다.

"이것 보세요, 경사님. 당신이 이 사건을 맡고 있는 것은 분명하지만 여긴 제 집입니다. 전 이곳에 묵고 있는 분들에게 어느 정도 책임감을 느껴요. 우리가 예방 조치를 취하면 안 되겠습니까?"

"어떤 조치 말인가요, 데이비스 씨?"

"음, 솔직히 말하자면 주된 용의자로 보이는 인물을 감금해 놓는다든가 하는 일 말이지요."

그는 크리스토퍼 렌을 똑바로 쳐다보았다.

크리스토퍼 렌이 앞으로 뛰쳐나왔다. 그의 목소리가 날카롭고 히스테리컬하게 올라갔다.

"아니에요! 이건 사실이 아니라고요! 모두들 나를 적대시하고 있어요. 모두들 언제나 나를 싫어하죠. 당신들은 이 사건을 내게 덮어씌우려고 하고 있어요. 이건 박해예요, 박해라고요……."

"진정해요, 젊은이."

메트카프 소령이 말했다.

"괜찮을 거예요, 크리스토퍼."

몰리가 앞으로 나섰다. 그녀는 그의 팔에 한 손을 얹었다.

"아무도 당신을 적대시하지 않아요. 이 사람에게 괜찮을 거라고 말해 주세요."

그녀가 트로터 경사에게 말했다.

"우리는 아무 사람에게나 죄를 덮어씌우지 않습니다."

트로터 경사가 말했다.

"이 사람을 체포하지 않을 거라고 말해 주세요."

"전 아무도 체포하지 않을 겁니다. 그러려면 증거가 있어야 합니다. 아무런 증거도 없어요. 지금으로서는요."

자일스가 소리쳤다.

"당신은 제정신이 아닌 것 같군, 몰리. 그리고 당신도 그렇고요, 경사님. 조건에 딱 맞는 단 한 사람이 있어요. 그건……."

"잠깐만, 자일스, 잠깐만……."

몰리가 끼어들었다.

"오, 제발 입 좀 다물어요. 트로터 경사님, 저하고…… 잠깐 이야기 좀 할 수 있을까요?"

"난 남아 있겠어."

자일스가 말했다.

"안 돼요, 자일스. 부디 당신도 나가 주세요."

자일스의 얼굴이 몹시 어두워졌다.

"대체 왜 이러는지 모르겠군, 몰리."

그는 다른 사람들과 함께 방을 나간 다음 소리 나게 문을 닫았다.

"예, 데이비스 부인, 무슨 말씀이죠?"

"트로터 경사님, 당신이 저희에게 롱리지 농장 사건에 대해 말했을 때, 당신은 이 모든 일을 가장 나이 많은 소년이 저질렀을 거라고 여기시는 것 같더군요. 하지만 정말 그런지는 모르시는 거죠?"

"그렇습니다, 데이비스 부인. 하지만 그럴 가능성이 높습니다. 불안정한 정신 상태, 탈영 사실, 정신과 의사의 보고서 등에 의하면 말입니다."

"오, 저도 알아요. 그래서 모든 정황이 크리스토퍼를 겨누고 있는 것 같아요. 하지만 전 크리스토퍼가 범인이라고는 생각하지 않아요. 다른 가능성들도 있을 거예요. 그 세 아이에게는 친척이 없었나요? 이를테면 부모라든가?"

"있었어요. 아이들의 어머니는 죽었지요. 하지만 그들의 아버지는 당시 해외 복무 중이었어요."

"그럼 그 사람은 어떤가요? 그는 지금 어디 있죠?"

"우리에겐 정보가 전혀 없습니다. 그가 작년에 제대했다는 것 외에는."

"그런데 만약 아들의 정신 상태가 불안정하다면 그 아버지도 그럴 수 있겠지요."

"그럴 겁니다."

"그렇다면 살인범은 중년의 나이거나 그보다 더 늙은 사람일 수도 있어요. 잊지 마세요, 메트카프 소령님에게 제가 경찰이 전화했다고 말하자 깜짝 놀라더군요. 정말 놀란 것 같았어요."

트로터 경사가 조용히 말했다.

"부디 제 말을 믿어 주세요, 데이비스 부인. 전 처음부터 모든 가능성을 염두에 두고 있습니다. 그 소년, 짐과 그의 아버지, 그의 누이동생까지 말입니다. 범인은 알다시피 여자일 수도 있습니다. 전 아무것도 간과하지 않았습니다. 마음속으로는 거의 확신을 하고 있는지도 모르지요. 하지만 알 수 없는 일입니다. 아직은 말입니다. 특히 요즘 같은 때에는 말이죠. 경찰로서 어떤 일을 겪는지 아시면 놀라실 겁니다. 특히 결혼이 그렇지요. 서둘러서 한 결혼…… 전쟁 중의 결혼 말입니다. 아시다시피 상대방의 배경을 전혀 모른답니다. 가족도 친척도 만나 보지 않지요. 사람들은 상대방의 말을 곧이곧대로 받아들이죠. 남자가 자신이 전투기 조종사라거나 육군 소령이라고 하면, 여자는 그의 말을 무조건 믿어 버립니다. 한두 해가 지나서야 그가 처자가 딸린 은행 직원으로 도망자 신분이거나 탈영병이라는 사실을 알게 되는 경우도 간혹 있답니다."

그는 잠시 말을 끊었다가 다시 이었다.

"당신이 속으로 무슨 생각을 하고 계신지 잘 알고 있습니다, 데이비스 부인. 제가 드리고 싶은 말씀은 이것뿐입니다. '살인범은 이 일을 즐기고 있다'는 겁니다. 제가 확신하고 있는 건 그것뿐입니다."

그는 문 쪽으로 향했다.

몰리는 두 뺨을 붉게 물들인 채 그 자리에 꼿꼿이 서서 움직이지 않았다. 잠시 뻣뻣하게 서 있던 그녀는 스토브 쪽으로 천천히 걸어가 무릎을 굽히고 스토브 문을 열었다. 맛있고 친숙한 냄새가 풍겨 나왔다. 그녀의 마음이 한결 가벼워졌다. 마치 사랑스럽고도 낯익은 일상의 세계로 문득 되돌아온 것 같았다. 요리, 가사, 살림 같은 평범하고 단조로운 일상생활로.

그러니까 오랜 옛날부터 여자들은 자기 남자를 위해 음식을 요리해 온 셈이었다. 그럼으로써 위험하고 광기 어린 세상을 멀리 할 수 있었다. 자기 집 부엌에 있는 여자는 안전했다……, 영원히.

부엌문이 열렸다. 고개를 돌린 그녀는 크리스토퍼 렌이 들어서는 것을 보았다. 그는 약간 숨을 헐떡이고 있었다.

"맙소사, 이런 소동이 있나! 누군가 경사의 스키를 훔쳐 갔어요!"

"경사님 스키를요? 하지만 대체 누가 무엇 때문에 그런 짓을 했을까요?"

"정말이지 상상이 되질 않아요. 그러니까 내 말은, 경사가 우리를 놓아둔 채 이 집을 떠나는 게 살인범으로서는 다행스러운 일이라는 거죠. 정말이지 앞뒤가 맞지 않아요, 그렇지 않아요?"

"자일스가 스키를 층계 아래 벽장에 넣어 두었을 텐데요."

"그런데 이제 거기에 없답니다. 재미있지 않아요?"

그는 몹시 즐거운 듯 소리 내어 웃었다.

"경사는 그 일에 몹시 화가 났어요. 거북이처럼 딱딱거리더군요. 그는 가엾은 메트카프 소령님을 몰아붙였죠. 그 영감님은, 보일 부인이 살해되기 직전 벽장 속을 들여다보았을 때 스키가 있었는지 보지 못했노라고 줄곧 주장하고 있어요. 트로터 경사는 그걸 못 보았을 리가 없다고 말하고 있고요. 제 의견을 물으신다면 말이에요."

크리스토퍼는 목소리를 낮추고 상체를 앞으로 내밀었다.

"트로터 경사는 이 사건에 지치기 시작한 것 같아요."

"우리 모두 지치고 있어요."

몰리가 대답했다.

"전 그렇지 않아요. 전 이 일이 정말 짜릿해요. 유쾌할 정도로 비현실적이잖아요."

몰리가 날카로운 어조로 말했다.

"만약 당신이…… 당신이 그 여자를 발견했다면 그렇게 말하지 못할 거예요. 보일 부인 말예요. 난 그 생각에서 벗어날 수가 없어요. 그 일을 잊을 수가 없어요. 그 여자의 얼굴…… 온통 부풀고 시뻘게진……."

몰리는 부르르 몸을 떨었다. 크리스토퍼가 다가와 그녀의 어깨에 한 손을 얹었다.

"알아요. 내가 어리석었어요. 미안해요. 난 그 점은 생각하지 못했어요."

몰리의 목에서 메마른 흐느낌 소리가 높아졌다.

"조금 전까지만 해도 모든 게 잘 돌아가는 것 같았는데…… 부엌에서…… 음식을 만들고 있었지요."

그녀는 맥락이 닿지 않는 말을 두서없이 지껄이고 있었다.

"그런데 갑자기…… 그 모든 것이 또다시 떠올랐어요. 악몽처럼 말이에요."

크리스토퍼 렌의 얼굴에 호기심 어린 표정이 떠올랐다. 그는 고개를 숙인 그녀를 내려다보았다.

"알아요. 알고말고요."

그는 몸을 돌렸다.

"난 사라지는 편이 낫겠군요. 당신을 방해하지 말고 말이에요."

그의 손이 문손잡이에 닿는 순간 몰리가 외쳤다.

"가지 마세요!"

그는 무슨 일이냐고 묻는 듯한 표정으로 그녀를 바라보며 몸을 돌렸다. 그런 다음 다시 천천히 다가왔다.

"정말로 하시는 말씀인가요?"

"뭐가요?"

"당신은 정말 내가…… 곁에 있기를 바라시나요?"

"예, 정말이에요. 난 혼자 있고 싶지 않아요. 혼자 있는 게 너무 두려워요."

크리스토퍼가 식탁 옆에 앉았다. 몰리는 오븐을 향해 몸을 굽혀 파이를 위 선반으로 옮기고 오븐 문을 닫은 다음 그의 곁으로 왔다.

"정말 재미있군요."

크리스토퍼가 차분해진 목소리로 말했다.

"뭐가요?"

"당신이 두려워하지 않으신다니 말이에요. 나와 단둘이 있는걸요. 그렇죠, 아닌가요?"

그녀가 고개를 끄덕였다.

"그래요. 두렵지 않아요."

"어째서 두려워하지 않는 거죠, 몰리?"

"모르겠어요……. 하지만 두렵지 않아요."

"그런데 나는 유일하게…… 조건에 딱 들어맞는 사람이잖아요.

각본에 맞는 살인범이지요."

"그렇지 않아요. 다른 가능성들도 있어요. 그 문제에 대해 트로터 경사님과 이야기하던 중이었어요."

"그가 당신 생각에 동의하던가요?"

"반대하지는 않더군요."

몰리가 천천히 대답했다.

그녀의 머릿속에서 몇 마디 말이 거듭 울리고 있었다. 특히 '부인께서 무슨 생각을 하고 계신지 잘 알고 있습니다, 데이비스 부인.'이라는 마지막 구절이 그러했다. 하지만 그는 정말 알고 있을까? 그가 알 수 있을까? 그는 또 말하기를, 살인범은 이 일을 즐기고 있다고 했다. 사실일까?

그녀가 크리스토퍼에게 말했다.

"당신은 이 일을 정말로 즐기고 있는 건 아니죠, 그렇죠? 조금 전 그런 말을 했지만 말이에요."

"맙소사, 그럼요. 정말 이상한 말을 하시는군요."

크리스토퍼가 그녀를 물끄러미 응시하며 말했다.

"오, 이건 내가 한 말이 아네요. 트로터 경사님이 한 말이죠. 난 그 사람이 싫어요! 그 사람은…… 그 사람은 우리에게 주입시키고 있어요, 사실과 다른 것을……. 도저히 사실일 수가 없는 것을 말이에요."

그녀는 두 손을 올려 두 눈을 가렸다. 크리스토퍼가 아주 부드럽게 그 손을 떼어 냈다.

"이것 보세요, 몰리. 도대체 왜 이러세요?"

그녀는 그가 부드럽게 이끄는 대로 식탁 옆 의자에 앉았다. 그의 태도는 더 이상 신경질적이지도, 어린애 같지도 않았다.

"무슨 일이에요, 몰리?"

몰리는 그를 바라보았다……. 뭔가 가늠하는 듯한 오랜 응시였다. 그녀가 불쑥 물었다.

"내가 당신을 안 지 얼마나 되죠, 크리스토퍼? 이틀인가요?"

"그쯤 될 겁니다. 당신은 지금, 그렇게 짧은 시간이었는데도 우리가 서로에 대해 상당히 잘 알고 있다고 생각하고 계시군요."

"그래요. 이건 좀 이상해요, 그렇지 않아요?"

"오, 잘 모르겠어요. 우리 사이엔 호감 같은 게 있어요. 우리 둘 다…… 그런 걸 받지 못하고 살아 왔기 때문인지도 모르죠."

그것은 질문이 아니었다. 진술이었다. 몰리는 그 말에 대답하지 않았다. 그녀는 아주 나직하게 말했는데, 그것 역시 질문이라기보다는 진술이었다.

"크리스토퍼 렌은 당신 본명이 아니에요."

"그래요."

"어째서 당신은 하필……."

"그런 이름을 골랐느냐고요? 오, 그게 유쾌하고 기발해 보이더군요. 학교에서는 나를 크리스토퍼 로빈이라고 놀리곤 했죠. 로빈…… 렌…… 연상 작용을 일으킨 것 같아요.(둘 다 굴뚝새라는 의미가 있음 — 옮긴이)"

"당신의 본명은 뭔가요?"

크리스토퍼가 차분한 어조로 대답했다.

"우리 거기까지는 이야기하지 않는 게 좋을 것 같군요. 당신에겐 아무 의미도 없을 테니까요. 난 건축가가 아니에요. 사실은 탈영병이랍니다."

한순간 몰리의 눈에 경계의 빛이 스쳐 갔다.

크리스토퍼는 그것을 보았다.

"그래요. 우리의 베일에 싸인 살인범처럼 말이죠. 아까도 말했지만 난 각본에 딱 들어맞는 유일한 사람이에요."

"어리석은 말 마세요. 난 당신이 살인범이라는 걸 믿지 않는다고 했잖아요. 계속할까요? 당신에 관한 이야기를 해 주세요. 왜 탈영을 했죠? 신경이 날카로워졌나요?"

"겁이 났느냐는 뜻인가요? 아뇨. 이상하게 들리겠지만 난 두렵지 않았어요. 그러니까 보통 사람보다 더 겁이 난 건 아니라는 거예요. 사실은 포화 속에서 상당히 침착하다는 평까지 들었어요. 아니요, 그건 전혀 다른 일 때문이었죠. 그건…… 어머니 때문이었어요."

"당신 어머니요?"

"그래요……. 짐작하겠지만 우리 어머니는 돌아가셨어요. 공습으로요. 잔해에 파묻혔지요. 사람들은 잔해를 파헤쳐 어머니의 시신을 꺼내야 했어요. 그 소식을 들었을 때 내게 무슨 일이 일어난 건지 잘 모르겠더군요. 머리가 좀 잘못된 것 같아요. 그 일이 내게 일어난 거라는 생각이 들었어요. 어서 돌아가서 나 자신을 파내야 한다는 느낌이 들었지요. 설명할 수는 없어요. 온통 뒤죽박죽이었지요."

그는 두 손에 얼굴을 묻고는 입을 가린 채 말했다.

"난 오랫동안 방황했어요. 어머니를 찾기 위해서였는지 나 자신을 찾기 위해서였는지 모르겠어요. 그러고 나서 정신이 맑아지자 돌아가기가 두려웠죠……. 아니 보고할 일이 두려웠을 거예요. 그걸 도저히 설명할 수 없으리라는 걸 알고 있었으니까요. 그 후 난 그저…… 아무것도 아니에요."

크리스토퍼는 그녀를 응시했다. 그의 젊은이다운 얼굴은 절망감으로 공허해 보였다.

"그런 기분에 계속 잠겨 있으면 안 돼요. 당신은 다시 시작할 수 있어요."

몰리가 부드럽게 말했다.

"정말 그럴 수 있을까요?"

"물론이에요. 당신은 아주 젊잖아요."

"그래요, 그렇지만 당신도 알다시피…… 난 이미 끝장났어요."

"아뇨. 당신은 끝장나지 않았어요. 당신 자신이 그렇다고 생각할 뿐이죠. 누구나 인생에서 적어도 한번쯤은 그런 기분을 느끼는 것 같아요. 끝장이라는, 더 이상 나아갈 수 없다는 느낌 말이에요."

"당신도 그런 적이 있죠, 몰리? 분명 그럴 거예요. 그렇게 말할 수 있는 걸 보면요."

"그래요."

"당신은 어떤 일 때문이었죠?"

"내가 겪은 일은 많은 사람들에게 일어났던 거예요. 난 젊은 전투기 조종사와 약혼했었죠. 그런데 그가 죽었어요."

"그것 말고 다른 일은 없었나요?"

"있었던 것 같아요. 좀 더 어렸을 때 지독한 충격을 받은 적이 있어요. 그때 난 잔인하고 야수 같은 어떤 일과 맞닥뜨렸지요. 그 일로 인해 나는 인생이란 언제나…… 끔찍한 거라는 생각을 하게 되었죠. 잭이 죽었을 때, 그 일은 인생 전체가 잔인하고 미덥지 못한 것이라는 내 생각을 확인시켜 주었지요."

"알겠어요. 그 후 자일스가 나타난 거군요."

크리스토퍼가 그녀를 지켜보며 말했다.

"그래요."

그녀의 입가에 거의 수줍게까지 보이는 부드러운 미소가 천천히 떠올랐다.

"자일스가 나타나자…… 모든 것이 정당하고 안전하고 행복하게 느껴졌어요……. 자일스!"

그녀의 입가에서 미소가 사라졌다. 얼굴이 갑자기 일그러졌다. 그녀는 추운 사람처럼 몸을 부르르 떨었다.

"무슨 일이에요, 몰리? 뭘 두려워하고 있는 거죠? 당신은 지금 겁에 질려 있어요, 그렇죠?"

그녀가 고개를 끄덕였다.

"그리고 그건 자일스와 상관있는 거죠? 그가 한 말이나 행동하고 상관이 있는 거죠?"

"사실은 자일스 때문이 아니에요. 이건 다 그 무시무시한 사람 때문이에요!"

"무서운 사람이 누구죠? 파라비치니인가요?"

크리스토퍼가 놀라서 물었다.

"아니, 아니에요. 트로터 경사님이에요."

"트로터 경사라고요?"

"그 사람은 여러 가지 일들을 환기시키지요. 이것저것을 암시해요. 자일스에 대해 무시무시한 생각을 내 마음속에 집어넣고 있어요. 그런 게 있는 줄도 몰랐던 생각들을요. 오, 난 그 사람이 싫어요. 정말 싫다고요."

서서히 피어오르는 놀라움 속에서 크리스토퍼의 눈썹이 치켜 올라갔다.

"자일스? 자일스! 그래요, 물론 그와 난 같은 또래죠. 그는 나보다 훨씬 더 나이 들어 보이지만 사실은 그렇지 않을 거예요. 그래요, 자일스 역시 조건에 맞는 사람일 수 있어요. 하지만 이것 보세요, 몰리. 이 모두가 터무니없는 말이에요. 그 여자가 런던에서 살해된 날, 자일스는 당신과 함께 이곳에 있었잖아요."

몰리는 대답하지 않았다.

크리스토퍼가 그녀를 날카롭게 쳐다보았다.

"그가 여기 있지 않았나요?"

몰리가 숨을 헐떡이며 말했다. 단어들이 앞뒤가 맞지 않게 뒤죽박죽이 되어 흘러나오고 있었다.

"그이는 온종일 나가 있었어요. 차를 타고 나갔죠. 철망을 사러 이 지방 저쪽으로 갔죠. 적어도 그가 한 말에 의하면 그래요. 난 그런 줄로 알고 있었죠. 그런데…… 그런데……."

"그런데요?"

천천히 내밀어진 몰리의 손이 식탁 모서리에 놓인《이브닝 스탠더드》의 날짜를 짚었다.

크리스토퍼가 그것을 보고 말했다.

"이틀 전 런던 판이군요."

"돌아왔을 때 이 신문이 자일스의 주머니 속에 들어 있었어요. 그는…… 런던에 갔던 게 분명해요."

크리스토퍼는 물끄러미 허공을 바라보았다. 그는 신문과 몰리를 응시했다. 그는 입술을 오므리고 휘파람을 불기 시작하다가는 돌연 자신의 행동을 억제했다. 지금은 그 곡을 휘파람으로 불 때가 아니었다.

아주 조심스럽게 단어를 고르고 그녀의 눈길을 피하며 크리스토퍼가 말했다.

"당신은 실제로 자일스에 대해 얼마나 알고 있나요?"

"말하지 마세요. 하지 말라고요! 그것이 바로 저 잔인한 트로터 경사님이 한 말이에요. 아니, 암시한 말이지요. 여자들이 자신이 결혼한 남자에 대해 아무것도 모르는 경우가 종종 있다고요. 전시에 결혼한 경우가 특히 그렇다고요. 여자들은…… 여자들은 남자가 하는 말을 곧이곧대로 믿는다고요!"

"그건 사실인 것 같은데요."

"당신까지 그렇게 말하지 마세요! 견딜 수가 없어요. 이건 그저 우리 모두 이런 상태에서 지나치게 예민해져 있기 때문일 뿐이에요. 우리는…… 우리는 아무리 터무니없는 암시도 그대로 믿게 되어 있어요. 이건 사실이 아니에요! 난……."

그녀가 말을 멈추었다. 부엌문이 열렸던 것이다.

자일스가 들어왔다. 그의 얼굴에 딱딱한 표정이 떠올랐다.

"내가 방해가 된 거야?"

크리스토퍼가 식탁에서 슬쩍 일어서며 말했다.

"요리 강습에 대해 이야기하고 있던 중이었답니다."

"정말입니까? 음, 이것 봐요, 렌, 지금 같은 때에 테 타 테트(고개를 맞대고 있는 일)는 그리 좋지 않아요. 부엌에서 나가 주세요, 알겠습니까?"

"오, 하지만 정말이지……."

"내 아내에게 접근하지 마요, 렌. 그녀는 다음번 희생자가 되지 않을 겁니다."

"그것이야말로 제가 걱정하고 있는 바입니다."

크리스토퍼가 말했다.

그 말에 무슨 의미가 있었다 해도, 겉으로 보기에 자일스는 그 의미를 알아차리지 못한 것 같았다. 다만 그의 안색이 벽돌 색으로 변했을 뿐이었다.

"그런 걱정은 내가 할 겁니다. 내 아내는 내 힘으로 돌볼 수 있어요. 여기서 꺼져요."

몰리가 명료한 목소리로 말했다.

"가 주세요, 크리스토퍼. 예…… 진심이에요."

크리스토퍼는 문 쪽으로 천천히 걸어가며 말했다.

"그리 멀리 가지는 않을 겁니다."

그 말은 몰리에게 한 것이었고, 아주 명백한 의미가 담겨 있었다.

"이곳에서 나가 주겠습니까?"

크리스토퍼가 아이 같은 고음으로 킬킬거렸다.

"옛, 그럽죠, 중령님."

문이 닫혔다. 자일스가 몰리 쪽으로 몸을 돌렸다.

"맙소사, 몰리, 당신 지금 제정신이야? 위험한 살인광하고 단둘이 문까지 닫아 놓고 있다니!"

"저 사람은……."

말을 시작한 그녀는 재빨리 뒷말을 바꾸었다.

"저 사람은 위험하지 않아. 어쨌든 나도 경계는 하고 있어. 나도 내 몸은 지킬 수 있어."

자일스가 불쾌하게 느껴지는 웃음을 터뜨렸다.

"보일 부인도 그랬을 거야."

"오, 자일스, 그런 소리 하지 마."

"미안해, 여보. 하지만 난 화가 치밀어. 저 불쾌한 녀석 말이야. 당신이 대체 저 녀석의 어떤 점을 좋게 보는지 모르겠어."

몰리가 천천히 말했다.

"난 저 사람이 안됐다는 생각이 들어."

"살인광이 안됐다는 거야?"

몰리는 호기심 어린 눈길로 남편을 응시했다.

"상대가 살인광이라도 난 안됐다고 여길 수 있어."

"당신은 또 저 녀석을 크리스토퍼라고 부르더군. 언제부터 두 사람이 서로 이름을 부르는 사이가 된 거야?"

"오, 자일스, 어리석은 소리 마. 요즘은 누구나 이름을 부르잖아. 당신도 알다시피 말이야."

"겨우 이틀 만에? 하지만 어쩌면 그보다 더 전일지도 모르지. 혹시 당신 저 크리스토퍼 렌인가 하는 엉터리 건축가를 여기 오기 전부터 알고 있었던 거 아냐? 녀석에게 여기 와야 한다고 제안했던 거 아니냐고? 당신이 둘 사이의 모든 일을 꾸민 게 아니냐고?"

몰리는 그를 물끄러미 응시했다.

"자일스, 당신 정신 나갔어? 도대체 무슨 얘기를 하는 거야?"

"나는 지금 크리스토퍼 렌이 당신의 오랜 친구고, 두 사람이 내 앞에서 연출한 것보다 훨씬 더 가까운 사이가 아닐까 하는 말을 하고 있어."

"자일스, 당신은 미친 게 분명해!"

"당신은 저 녀석이 이곳에 오기 전까지는 그를 한 번도 본 적이 없다고 버티겠지. 저 녀석이 이런 외딴곳에 와서 머무는 것이 이상해, 안 그래?"

"메트카프 소령이나 보일 부인이 이곳에 온 것보다 더 이상하다는 거야?"

"그래, 그런 것 같아. 저런 나불대기 좋아하는 미치광이들이 여자들에게 독특한 매력을 행사한다는 이야긴 줄곧 읽어 왔지. 그게 사실이었던 것 같아. 그런데 그 녀석과 어떻게 알게 된 거야? 이 일이 얼마나 된 거냐고?"

"정말 어이가 없어, 자일스. 난 크리스토퍼 렌이 이곳에 오기 전엔 그를 본 적도 없어."

"이틀 전 당신이 런던에 가서 그자를 만나 서로 모르는 사이처럼 이곳에서 만나기로 한 거 아냐?"

"내가 몇 주 동안 런던에 가지 않았다는 건 당신이 너무나도 잘 알고 있잖아."

"런던에 가지 않았다고? 그것 재미있군."

자일스는 주머니에서 가장자리에 털이 달린 장갑 한 짝을 꺼내 펼쳤다.

"이거 당신이 그저께 끼고 있던 장갑이지, 그렇지? 내가 철망을 구하러 세일램에 갔던 날 말이야."

"당신이 철망을 구하러 세일램에 갔다는 그날 말이지."

몰리가 남편에게서 눈을 떼지 않은 채 말을 이었다.

"그래, 그날 외출할 때 그 장갑을 끼었어."

"당신은 마을에 다녀왔다고 했어. 만약 당신이 마을까지만 갔다면 이 장갑 속에 들어 있는 이건 어떻게 된 거지?"

그는 비난하듯 분홍색 버스표를 꺼냈다.

한순간 침묵이 흘렀다.

"당신은 런던에 갔었어."

자일스가 말했다.

"맞아. 난 런던에 갔었어."

그녀는 공격적으로 턱을 앞으로 내밀었다.

"저 크리스토퍼 렌이라는 녀석을 만나러 말이지."

"아니야, 크리스토퍼를 만나러 간 게 아니야."

"그럼 왜 간 거야?"

"자일스, 지금은 말할 수 없어."

"당신 말은 그럴듯한 얘기를 꾸며 낼 시간을 벌겠다는 거로군!"

"난 당신을 증오하는 것 같아!"

"난 당신을 증오하지 않아."

자일스가 천천히 말했다.

"하지만 차라리 증오스러웠으면 좋겠어. 그저 이런 기분이 들어. 이젠 더 이상 당신이란 사람을 모르겠어. 난 당신에 대해 아무것도 모르고 있어."

"나도 똑같은 느낌이야. 당신이…… 당신이 그저 낯설 뿐이야. 내게 거짓말을 하는 당신이 말이야."

"내가 언제 당신한테 거짓말을 했어?"

몰리가 소리 내어 웃었다.

"철망을 구하러 갔다는 당신 얘기를 내가 믿을 줄 알았어? 그날 당신 역시 런던에 있었어."

"그곳에서 나를 본 모양이군. 당신은 나를 충분히 믿어 주지 않았어……."

"당신을 믿어? 난 이제 아무도 믿지 않을 거야. 이제…… 다시는 말이야."

그들 둘 다 부엌문이 살며시 열린 것을 알아채지 못했다. 파라비치니가 가볍게 헛기침을 했다. 그가 나직하게 말했다.

"무척 당혹스럽군요. 젊은 두 분이 실제 의도보다 훨씬 심한 말씀을 하고 계신 것이 아니기를 빕니다. 이런 사랑싸움에서는 그러기 쉽거든요."

"사랑싸움이라. 그거 좋군요."

자일스가 비웃듯이 말했다.

"그럼요, 그렇고말고요. 난 두 분 기분이 어떤 건지 잘 압니다. 나도 젊었을 때 그 모든 걸 겪었지요. 그런데 내가 여기 온 것은 형사 양반이 우리 모두가 거실에 모여야 한다고 고집을 부리고 있다는 말을 하기 위해섭니다. 그에게 좋은 아이디어가 있는 모양입니다."

파라비치니는 조그맣게 킬킬거렸다.

"경찰은 단서를 갖고 있지요. 예, 종종 듣는 말입니다. 하지만 '아이디어'라니요? 이건 무척 의심스럽군요. 우리의 트로터 경사는 열성적이고 근면한 사람이 틀림없지만 내 생각에는 그렇게 머리가 좋지는 않은 것 같습니다."

"가 봐, 자일스. 난 음식이 익는지 봐야 해. 트로터 경사님도 괜찮다고 하실 거야."

파라비치니는 깡충 걸음으로 부엌을 가로질러 몰리 곁으로 재빨리 다가왔다.

"요리 얘기가 나왔으니 말인데요. 부인께서는 혹시 푸아그라와 프랑스 산 겨자를 곁들인 얇은 베이컨 조각을 듬뿍 얹은 닭간 요리를 만들어 보셨나요?"

"요즘은 푸아그라를 구하기가 쉽지 않습니다. 갑시다, 파라비치니 씨."

자일스가 말했다.

"제가 여기 남아서 좀 도와드릴까요, 친애하는 부인?"

"당신은 거실로 가야 해요, 파라비치니 씨."

자일스가 말했다.

파라비치니가 나직하게 웃음을 터뜨렸다.

"남편께서는 당신이 걱정스러운 모양입니다. 당연하지요. 부인을 나와 단둘이 있게 한다는 건 생각도 할 수 없겠지요. 남편께서 걱정하는 것은 나의 파렴치한 행동이 아니라 나의 가학적인 성향이지요. 나도 힘 앞에는 굴복해야죠."

그는 예의바르게 절을 하고는 자신의 손끝에 입을 맞춰 보였다.

몰리가 불편한 듯 말했다.

"오, 파라비치니 씨, 제 생각에는 분명……."

파라비치니는 고개를 내저었다. 그가 자일스에게 말했다.

"당신은 아주 현명해요, 젊은 양반. '기회를 주지 말라.'는 걸 알고 있으니 말이죠. 내가 살인광이 아니라는 사실을 당신에게, 혹은 저

형사에게 증명할 수 있겠습니까? 아니, 난 그럴 수 없죠. 아니라는 사실을 증명하기란 그렇게 어려운 법이니 말입니다."

그는 즐거운 듯 콧노래를 불렀다.

몰리가 움찔했다.

"제발 파라비치니 씨, 그 끔찍한 곡조만은 부르지 말아 주세요."

"「눈먼 쥐 세 마리」……. 그렇군요! 이 곡조가 내 머릿속에 자리를 잡았답니다. 그 생각을 하니 이 짤막한 가사가 섬뜩하군요. 전혀 기분 좋은 가사라는 생각이 들지 않네요. 하지만 아이들은 섬뜩한 것들을 좋아하죠. 그걸 눈치 채셨나요? 이 가사는 극히 영국적이에요. 목가적인 동시에 잔인한 영국의 시골 풍경이지요. '여자가 식칼로 쥐들의 꼬리를 자르네.' 물론 아이라면 이런 가사를 좋아하겠죠. 아이들에 대해 말씀드리자면……."

"제발 그러지 마세요."

몰리가 기운 없이 말했다.

"제가 보기엔 당신 역시 잔인해요."

그녀의 목소리가 신경질적으로 높아졌다.

"당신은 웃음을 터뜨리고 미소를 짓죠……. 마치 생쥐를 갖고 노는 고양이 같아요. 갖고 노는……."

그녀가 소리 내어 웃기 시작했다.

"진정해, 몰리. 갑시다. 우리 모두 거실로 갑시다. 트로터가 조바심을 칠 거야. 요리에는 신경 쓸 것 없어. 살인이 먹는 것보다 더 중요하니까."

“당신 생각에 동의해야 할지 확신할 수가 없군요.”

파라비치니가 깡충 걸음으로 두 사람을 따르며 말했다.

“사형수는 푸짐한 아침을 먹었다는 게 사람들이 항상 하는 얘기니까요.”

크리스토퍼 렌이 현관에서 그들과 합류했고, 자일스는 그를 보고 인상을 썼다. 그는 재빨리 몰리에게 걱정스러운 눈길을 던졌지만, 몰리는 고개를 꼿꼿이 든 채 똑바로 앞만 보고 걸음을 옮겼다. 그들은 무슨 행렬이라도 되는 것처럼 줄지어 거실을 향해 걸었다. 파라비치니가 예의 그 깡충 걸음으로 마지막으로 따라왔다.

트로터 경사와 메트카프 소령이 거실에 서서 그들을 기다리고 있었다. 소령은 부루퉁한 표정이었다. 트로터 경사는 상기되고 원기 왕성해 보였다.

그들이 방으로 들어가자 그가 말했다.

“됐습니다. 여러분 모두가 모이기를 바랐습니다. 한 가지 실험을 하고 싶습니다. 그러기 위해서는 여러분의 협조가 필요합니다.”

“오래 걸릴까요? 부엌 일이 좀 바빠서요. 어쨌든 언젠가는 식사를 해야 하니까요.”

몰리가 말했다.

“예, 그 점에 대해서는 감사하게 생각합니다, 데이비스 부인. 하지만 죄송하지만 밥 먹는 것보다 더 중요한 일이 있는 법입니다! 예를 들어 보일 부인은 이제는 더 이상 식사를 할 필요가 없게 됐지요.”

“정말이지 경사, 사태를 그렇게 보는 건 지나치게 무분별한 방식입니다."

메트카프 소령이 말했다.

"죄송합니다, 메트카프 소령님. 하지만 이 일에는 모든 분들의 협조가 필요합니다."

"스키는 찾았나요, 트로터 경사님?"

몰리가 물었다.

젊은이의 얼굴이 붉어졌다.

"아뇨, 못 찾았습니다, 데이비스 부인. 하지만 누가 그것을 가져갔는지 근거 있는 추정을 하고 있습니다. 그리고 왜 가져갔는지에 대해서도 말입니다. 지금으로서는 더 이상 말하지 않겠습니다."

"부디 그렇게 해 주시죠."

파라비치니가 애원조로 말했다.

"난 설명은 언제나 맨 나중에 해야 한다고 늘 생각해 왔답니다. 마지막 장을 흥미진진하게 만들면서 말이죠."

"이건 게임이 아닙니다, 선생님."

"그런가요? 그 점에서는 당신이 틀린 것 같은데요. 내 생각에 이건 하나의 게임이랍니다. 누군가에게는 말이죠."

"살인자는 이 일을 즐기고 있어요."

몰리가 조그맣게 중얼거렸다.

사람들이 깜짝 놀라 그녀를 바라보았다. 그녀는 얼굴을 붉혔다.

"전 다만 트로터 경사님이 한 말을 인용했을 뿐이에요."

트로터 경사는 이 말을 그리 달가워하는 기색이 아니었다.

"다 좋습니다, 파라비치니 씨. 마지막 장에 대한 언급도 그렇고 이 일이 마치 미스터리 스릴러인 양 이야기하는 것도 말이지요. 이건 현실입니다. 지금 일어나고 있는 일이란 말입니다."

"그 일이 내게 일어난다면 그렇겠죠."

크리스토퍼 렌이 자신의 목을 조심스럽게 만지며 말했다.

"자, 그런 소리 그만두게, 젊은이. 여기 경사님이 이제부터 우리가 해야 할 바를 말해 줄 걸세."

메트카프가 말했다.

트로터 경사가 목청을 가다듬었다. 그의 음성이 공식적인 것으로 바뀌었다.

"저는 좀 전에 여러분 모두에게 진술을 들었습니다. 보일 부인이 피살된 시각에 각자 어디 계셨나 하는 것이었죠. 렌 씨와 데이비스 씨는 각자의 방에 있었다고 하셨습니다. 데이비스 부인은 부엌에 계셨고요. 메트카프 소령님은 지하실에 계셨다고 했어요. 그리고 파라비치니 씨는 바로 여기 이 방에 계셨다고 했고요……."

그는 잠시 말을 끊었다가 이었다.

"이것이 여러분들이 진술한 내용입니다. 저로서는 그 진술들을 확인할 방법이 없습니다. 그것은 사실일 수도 있고 그렇지 않을 수도 있지요. 정확하게 말하자면 그 가운데 넷은 사실이지만 '하나는 거짓'입니다. 어떤 게 거짓일까요?"

그는 사람들의 얼굴을 하나하나 바라보았다. 아무도 입을 열지 않았다.

"여러분 가운데 네 분은 사실을 말하고 있지만 한 사람은 거짓말을 하고 있습니다. 거짓말을 한 사람을 가려내는 데 도움을 줄 계획이 하나 있습니다. 그리고 여러분 중 거짓말한 사람을 알게 되면 살인자가 누군지도 알게 될 겁니다."

자일스가 날카롭게 말했다.

"반드시 그런 건 아닙니다. 누군가 다른 이유 때문에 거짓말을 했을 수도 있으니까."

"그럴 것 같진 않은데요, 데이비스 씨."

"그런데 그 계획이란 게 뭡니까? 조금 전에 말하기를 우리의 진술을 확인할 방법이 없다고 했잖습니까?"

"그래요. 하지만 모두 그때의 행동을 다시 한 번 해야 한다면 그렇지도 않죠."

"하, 범죄의 재구성이군. 외국에서 쓰는 방식이야."

메트카프 소령이 경멸하듯 말했다.

"범죄의 재구성이 아닙니다, 메트카프 소령님. 표면상 결백한 행동을 재구성하는 거죠."

"그래서 그것을 통해 뭘 알아내려고 하는 겁니까?"

"괜찮으시다면 지금은 그 점은 말씀드리지 않겠습니다."

"같은 행동을 반복해 연기하라는 건가요?"

몰리가 물었다.

"어느 정도 그런 겁니다, 데이비스 부인."

침묵이 흘렀다. 왠지 불편한 침묵이었다.

'이건 함정이야. 이건 분명히 함정이라고. 하지만 잘 모르겠어, 어떻게…….'

몰리는 생각했다.

그 방에 범인 한 사람과 죄 없는 사람 넷이 있는 게 아니라 다섯 사람 모두가 범인인 것 같았다. 모두들 해로울 것 없어 보이는 이 계책을 제안하며 확신에 찬 미소를 짓고 있는 젊은이를 의혹이 가득한 눈길로 힐끔거리고 있었다.

크리스토퍼가 새된 소리로 외쳤다.

"하지만 나는 모르겠는데요. 도대체 모르겠어요. 사람들에게 전에 한 것과 똑같은 행동을 하게 함으로써 뭘 알아낼 수 있다는 건지 말입니다. 내가 보기엔 터무니없는 일처럼 여겨지는데요!"

"그럴까요, 렌 씨?"

"물론 당신 말대로 할 겁니다, 경사님. 우리 모두가 협조할 거라고요. 아까 했던 행동 그대로를 해야 하는 겁니까?"

자일스가 느릿하게 물었다.

"그렇지요. 똑같은 행동을 하시는 겁니다."

그 문장에 담긴 애매한 뉘앙스를 간파하고 메트카프 소령이 날카롭게 경사를 쳐다보았다. 트로터 경사는 말을 계속했다.

"파라비치니 씨는 피아노 앞에 앉아서 어떤 곡조를 연주했다고 하셨습니다. 자, 파라비치니 씨, 당신이 한 행동을 재연해 주시겠습니까?"

"물론입니다, 친애하는 경사 선생."

파라비치니는 재빨리 방을 가로질러 그랜드 피아노 앞으로 가서 앉았다.

"피아노의 거장께서 살인의 주제곡을 연주하시겠습니다."

그가 과장된 동작을 곁들이며 말했다.

그는 씩 웃고는 상투적인 몸짓을 애써 곁들이며 손가락 하나로 「눈먼 쥐 세 마리」의 곡조를 치기 시작했다.

'저 사람은 이 일을 즐기고 있어. 이 일을 즐기고 있다고.'

몰리는 생각했다.

커다란 방에 울리는 그 부드럽고 나직한 곡조는 거의 섬뜩한 느낌을 불러일으켰다.

"고맙습니다, 파라비치니 씨. 지난번 선생이 그 곡을 연주한 그대로 하시는 건가요?"

트로터 경사가 물었다.

"예, 경사님. 그렇습니다. 난 이 곡조를 세 차례 연주했답니다."

트로터 경사는 몰리에게 몸을 돌렸다.

"저 피아노는 보통 부인이 치시나요, 데이비스 부인?"

"예, 트로터 경사님."

"부인은 파라비치니 씨가 한 것과 똑같은 방식으로 그 곡을 연주하실 수 있나요?"

"할 수 있을 거예요."

"그러면 피아노로 가서 앉아 제가 신호할 때를 기다렸다가 그렇게 해 주시겠습니까?"

몰리는 약간 어리둥절한 것 같았다. 이윽고 그녀는 천천히 피아노 쪽으로 걸어갔다.

파라비치니가 피아노 의자에서 일어나며 새된 소리로 항의했다.

"하지만 경사, 우린 각자 자신이 전에 했던 역할을 반복하는 줄 알았는데요. 여기 피아노 앞에 있었던 것은 나고요."

"전에 한 것과 똑같은 행동이 반복될 겁니다. 하지만 반드시 같은 사람이 그 행동을 해야 하는 건 아닙니다."

"전…… 전 이 일의 요점을 모르겠습니다."

자일스가 말했다.

"요점이 있습니다, 데이비스 씨. 이것은 여러분이 하신 원래의 진술을 확인하는 하나의 방법입니다. 아니 그 가운데 특정한 하나라고 해야겠군요. 자, 그럼 이제 여러분이 각자 계실 곳을 배정하겠습니다. 데이비스 부인은 여기 피아노 앞에 계십시오. 렌 씨, 부엌으로 가 주시겠습니까? 그저 데이비스 부인이 저녁 식사를 위해 만들던 음식을 지켜보고 있기만 하면 됩니다. 파라비치니 씨, 렌 씨의 방으로 가 주시겠습니까? 거기서 렌 씨가 했던 대로 「눈먼 쥐 세 마리」를 휘파람으로 불면서 선생의 음악적 재능을 연마하시면 됩니다. 메트카프 소령님, 데이비스 씨 방으로 가셔서 그곳의 전화선을 조사해 주시겠습니까? 그리고 데이비스 씨, 당신은 현관 벽장을 들여다본 다음 지하실로 내려가 주시겠습니까?"

한순간 침묵이 흘렀다. 이윽고 네 사람은 문을 향해 천천히 걸어갔다. 트로터도 그들을 따랐다. 그는 어깨 너머로 돌아보며 말했다.

"오십까지 헤아린 다음 연주를 시작하세요, 데이비스 부인."

그는 다른 사람들을 따라 방을 나갔다. 문이 닫히기 직전 몰리는 이렇게 말하는 파라비치니의 새된 목소리를 들었다.

"경찰이 실내 게임을 좋아하는 줄 몰랐군요."

"마흔여덟, 마흔아홉, 쉰."

몰리는 시키는 대로 오십까지 헤아린 다음 연주를 시작했다. 그 나직하고 잔인한 곡조가 커다란 방에 다시 낭랑하게 울려 퍼졌다.

눈먼 쥐 세 마리
달리는 것 좀 봐…….

몰리는 심장이 점점 더 빨라지는 것을 느꼈다. 파라비치니가 말했듯 이것은 기묘하게도 뇌리를 떠나지 않는 섬뜩한 곡조였다. 여기에는 아이들 특유의 무자비함이 담겨 있었는데, 그것을 어른의 세계에 적용시키면 끔찍하기 짝이 없었다.

위층에서 같은 곡조를 아주 나직하게 휘파람으로 부르는 소리가 그녀의 귀에 들려왔다. 파라비치니가 크리스토퍼 렌의 행동을 재연하고 있는 모양이었다.

갑자기 옆방인 서재에서 라디오 소리가 들려왔다. 트로터 경사가 켠 것이 분명했다. 그러니까 경사 자신은 보일 부인의 역을 하고 있었던 것이다.

하지만 왜? 이 모든 것의 요점이 뭐란 말인가? 어디에 함정이 있을까? 이 일에 반드시 함정이 있으리라고 그녀는 확신했다.

서늘한 바람 한 줄기가 목덜미를 스쳤다. 몰리는 홱 하고 고개를 돌렸다. 문이 열렸던 것이 분명했다. 누군가 방 안에 들어왔다. 아니, 방에는 아무도 없었다. 갑자기 그녀는 신경이 날카로워지면서 겁이 났다. 누군가 이 방에 들어온 거라면? 파라비치니가 안으로 들어와 길쭉한 손가락을 만지작거리며 종종걸음으로 피아노로 다가온다면…….

'그러니까 당신은 자신의 장송곡을 연주하고 있군요, 친애하는 부인. 좋은 생각입니다…….'

'말도 안 되는 소리……. 어리석게 굴지 말자. 아무것도 상상하지 말자. 게다가 저 위에서 그가 부르는 휘파람 소리가 들리고 있잖은가. 내가 치는 피아노 소리가 그에게 들리는 것처럼.'

그 생각이 떠오르는 순간 그녀는 하마터면 건반에서 손가락을 뗄 뻔했다. 아까 파라비치니가 연주하는 소리를 들은 사람이 아무도 없잖은가. 그것이 함정이었을까? 파라비치니는 실제로 연주를 하고 있지 않았던 것일까? 그는 그때 거실에 있었던 게 아니라 서재에서 보일 부인의 목을 조르고 있었을까?

트로터가 몰리에게 대신 그 곡조를 피아노로 치라고 했을 때 파라비치니는 몹시, 정말이지 몹시 짜증스러워하지 않았던가. 그는 자신이 그 곡조를 아주 작게 연주했다는 사실을 강조했다.

그는 그 곡조가 너무 조그맣게 연주된 나머지 방 밖에서 들리지 않았으리라고 사람들이 생각해 주기를 바라고 나직하게 연주했다는 사실을 강조한 게 분명했다. 아까는 듣지 못했던 이 곡조를 누군가가 이번에는 듣게 된다면, 트로터는 자신이 원하던 것, 곧 자기에게 거짓말을 한 사람이 누구인지를 알게 될 터였다.

거실 문이 열렸다. 파라비치니를 생각하며 겁에 질려 있던 몰리는 하마터면 비명을 지를 뻔했다. 하지만 그녀가 세 번째로 연주를 마치고 났을 때 들어온 사람은 트로터 경사였다.

"고맙습니다, 데이비스 부인."

경사는 몹시 즐거운 기색이었고, 태도는 기민하고 확신에 차 있었다.

몰리는 건반에서 손을 뗐다.

"원하던 결과를 얻으셨나요?"

"예, 물론입니다."

그의 목소리는 의기양양했다.

"내가 원하던 바로 그 결과를 얻었습니다."

"어떤 거죠? 누구예요?"

"모르시겠습니까, 데이비스 부인? 이런, 이건 그리 어렵지 않은데요. 그런데 이렇게 말해도 될지 모르지만 당신은 정말이지 어리석었습니다. 제가 세 번째 희생자 근처에 있도록 하시다니요. 그래서 이제 부인은 심각한 위험에 처한 겁니다."

"제가요? 무슨 말씀을 하시는 건지 알 수가 없군요."

"제 말은 부인께서 제게 솔직하지 않으셨다는 겁니다, 데이비스 부인. 부인은 제게 뭔가를 숨기고 계셨지요. 죽은 보일 부인처럼 말입니다."

"무슨 말인지 모르겠군요."

"오, 아니요, 당신은 아실 겁니다. 제가 처음 롱리지 농장 사건에 대해 말했을 때 부인은 그 사건에 대해 전부 알고 있었습니다. 그래요, 당신은 알고 있었어요. 그래서 당황했지요. 보일 부인이 이 지역 전쟁 난민 아동 할당관이었다는 사실을 확인해 준 사람도 당신이었습니다. 당신과 그녀 둘 다 이 지역 출신이죠. 그래서 세 번째 희생자가 누가 될지에 대한 추론을 시작하면서 저는 제일 처음으로 당신을 떠올렸습니다. 당신은 롱리지 농장 사건에 대해 알고 있다는 사실을 직접적으로 드러낸 셈이니까요. 우리 경찰은 보이는 것처럼 바보가 아니랍니다."

몰리가 나지막한 소리로 말했다.

"당신은 이해할 수 없을 거예요. 전 그때 일을 되살리고 싶지 않았어요."

"그 점은 이해할 수 있습니다."

그의 목소리가 조금 달라졌다.

"당신의 처녀 때 성은 웨인라이트였죠, 그렇지 않나요?"

"그래요."

"그리고 당신은 지금 행세하고 있는 것보다는 나이가 좀 더 많을 겁니다. 1940년 그 사건이 일어났을 때 애비베일 학교 교사였으니까요."

"아니에요!"

"아니요, 그랬을 겁니다, 데이비스 부인."

"단언하는데 아니에요."

"아이는 죽기 전 천신만고 끝에 당신에게 편지를 부쳤어요. 그 애는 우표를 훔쳤죠. 그 편지는 도움을 갈구하는 것이었어요. 자상한 선생님께 도움을 요청했던 거죠. 아이가 학교에 오지 않으면 그 이유를 알아내는 것이 교사의 일이에요. 그런데 당신은 그러지 않았어요. 당신은 그 가엾은 개구쟁이의 편지를 묵살해 버린 겁니다."

"그만해요."

몰리의 두 뺨이 붉게 타오르고 있었다.

"당신이 지금 말하는 사람은 제 언니예요. 언니가 그 교사였어요. 그리고 언니는 그 애의 편지를 묵살한 게 아니었어요. 언니는 아팠어요. 폐렴이었죠. 그 아이가 죽고 난 뒤에야 언니는 그 편지를 보았어요. 그 일로 언니는 몹시 심한 충격을 받았어요. 언니는 너무나도 예민한 사람이었거든요. 하지만 그건 언니의 잘못이 아니었어요. 언니가 그 일을 너무나도 고통스럽게 받아들였기 때문에 전 그 일을 떠올리는 것조차 견딜 수 없었던 거예요. 제게 그 일은 줄곧 악몽이었어요."

몰리는 두 손으로 눈을 가렸다. 손을 뗀 그녀는 트로터가 자신을 빤히 응시하고 있는 것을 보았다.

그가 부드러운 어조로 말했다.

"그러니까 그건 당신의 언니였군요. 음, 어쨌든……."

그는 갑자기 야릇한 미소를 지었다.

"그건 별로 중요하지 않아요, 안 그래요? 그 여자가 당신의 언니라면 그 애는 내 동생이니까……."

그는 주머니에서 뭔가를 꺼냈다. 그는 이제 즐거운 듯 미소를 짓고 있었다.

몰리는 그가 들고 있는 물건을 응시했다.

"전 경찰이 권총을 갖고 다니지 않는 줄 알았어요."

"진짜 경찰은 갖고 다니지 않죠."

청년은 말을 계속했다.

"하지만 데이비스 부인, 난 경찰이 아닙니다. 난 짐이에요. 조지의 형이란 말입니다. 내가 마을 공중전화에서 전화를 걸어 트로터 경사가 오는 중이라고 했기 때문에 당신은 내가 경찰관이라고 생각했겠지요. 그런 다음 이곳에 도착해서 집 밖의 전화선을 잘랐어요. 당신이 경찰서로 확인 전화를 걸 수 없게 하려고 말이죠."

몰리는 그를 물끄러미 응시했다. 이제 권총이 그녀를 겨누고 있었다.

"움직이지 마세요, 데이비스 부인. 그리고 소리도 지르지 마세요. 안 그러면 난 즉각 방아쇠를 당길 거예요."

그는 여전히 미소를 짓고 있었다. 그것이 어린애의 미소라는 사실을 깨달으며 몰리는 공포에 사로잡혔다. 그리고 다시 입을 열었을 때 그의 목소리 역시 어린애의 목소리로 바뀌어 갔다.

"그래요, 난 조지의 형이에요. 조지는 롱리지 농장에서 죽었어요.

그 역겨운 여자가 우리를 그곳으로 보냈고, 농부의 아내는 우리를 학대했고, 당신은 우리를, 눈먼 쥐 세 마리를 도와주지 않았어요. 그때 난 나중에 어른이 되면 당신들 모두를 죽이겠다고 말했어요. 그건 진심이었어요. 난 그 이후 그 생각을 잊은 적이 없어요."

갑자기 그가 얼굴을 찌푸렸다.

"군대에서 사람들은 나를 몹시 성가시게 했어요. 의사는 끊임없이 질문을 해 댔죠. 난 도망치지 않을 수 없었어요. 그들이 내가 하고 싶어 하는 일을 방해할까 봐 두려웠어요. 하지만 이제 난 어른이에요. 어른은 하고 싶은 일을 할 수 있어요."

몰리는 정신을 차렸다.

'그에게 말을 걸어. 그의 관심을 다른 데로 돌려야 해.'

그녀는 속으로 중얼거렸다.

"하지만 짐, 내 말 좀 들어 봐요. 당신은 여기서 무사히 빠져나가지 못할 거예요."

그의 얼굴이 어두워졌다.

"누군가 내 스키를 감춰 버렸어요. 나는 도저히 스키를 찾을 수가 없었어요."

그는 소리 내어 웃었다.

"하지만 잘될 것 같아요. 이건 당신 남편의 권총이에요. 그의 서랍에서 꺼냈죠. 사람들은 그가 당신을 쏘았다고 생각할 거예요. 어쨌든…… 난 아무래도 상관없어요. 이 일은 정말 재미있어요. 전부 말이에요. 경찰 흉내 내기 말이에요! 런던의 그 여자, 나를 알아보

왔을 때 그 여자 표정이 생각나네요. 오늘 아침 그 멍청한 여자도 그랬고요!"

그는 고개를 끄덕였다.

섬뜩한 느낌을 풍기며 휘파람 소리가 또렷하게 들려왔다. 누군가 「눈먼 쥐 세 마리」의 곡조를 휘파람으로 부르고 있었다.

깜짝 놀란 트로터의 권총이 흔들렸다. 누군가 외쳤다.

"엎드려요, 데이비스 부인."

몰리가 바닥에 엎드린 순간 문 옆 소파 뒤에 숨어 있던 메트카프 소령이 트로터를 향해 몸을 날렸다. 권총이 발사되었다. 고인이 된 에모리 양이 아끼던 평범한 유화 중 하나에 총알이 박혔다.

다음 순간 온통 아수라장이 되고 말았다. 자일스가 뛰어 들어왔고, 크리스토퍼와 파라비치니가 뒤이어 달려왔다.

메트카프 소령이 트로터를 단단히 움켜쥔 채 짤막짤막하게 끊어 말했다.

"부인이 피아노를 치고 있는 동안 난 방 안에 들어와 소파 뒤에 숨어 있었지요……. 난 처음부터 이자를 감시하고 있었습니다. 그러니까 난 이자가 경찰관이 아니라는 걸 알고 있었거든요. 경찰관은 바로 나니까요. 테너 형사라고 합니다. 메트카프와 의논 끝에 그를 대신해서 왔지요. 런던 경시청에서는 현장에 누군가를 보내는 것이 좋겠다고 판단했답니다. 자, 친구……."

그는 이제는 유순해진 트로터에게 아주 부드럽게 말했다.

"함께 가세. 아무도 자넬 해치지 않을 거야. 자넨 괜찮을 걸세. 우리가 자넬 돌봐 줄 걸세."

구릿빛 피부를 한 청년이 애처로운 어린애 음성으로 물었다.

"조지가 나한테 골을 내지 않을까요?"

메트카프가 대답했다.

"그럼, 조지는 화내지 않을 거야."

그는 자일스 곁을 지나면서 중얼거렸다.

"완전히 미쳤어요, 가엾은 녀석."

그들은 함께 밖으로 나갔다. 파라비치니가 크리스토퍼 렌의 팔을 살짝 건드렸다.

"친구, 자네도 나와 함께 가세."

단둘이 남은 자일스와 몰리는 서로를 바라보았다. 다음 순간 그들은 서로를 얼싸안았다.

"여보, 당신 정말 다치지 않았어?"

자일스가 물었다.

"아니, 아니, 난 괜찮아, 자일스. 그동안 난 정말 혼란스러웠어. 난 하마터면 당신이…… 그런데 그날 런던에 왜 갔었어?"

"내일 결혼기념일에 당신에게 뭔가 선물을 주고 싶었어. 당신에게 미리 알리지 않고 말이야."

"이럴 수가! 나도 당신 선물을 사려고 런던에 갔었는데 당신에겐 알리고 싶지 않았거든."

"저 신경증 증세가 있는 녀석을 질투했었지. 내가 미쳤던 게 분명해. 용서해 줘, 여보."

문이 열리더니 파라비치니가 예의 그 염소처럼 깡충대는 걸음으로 들어왔다. 그는 환하게 웃고 있었다.

“두 분의 화해를 방해했군요. 정말 보기 좋은 광경인데 말입니다. 하지만 아쉽게도 작별 인사를 드려야겠군요. 경찰차가 눈 속을 뚫고 도착했답니다. 나도 태워 달라고 사정해 볼 생각입니다.”

그는 몸을 숙이고는 몰리의 귀에 알 수 없는 말을 속삭였다.

“얼마 안 있어 몇 가지 당혹스러운 일을 겪게 될지도 모릅니다. 하지만 제가 도울 수 있으리라고 확신합니다. 그리고 당신이 상자 하나를 받게 되신다면 말입니다. 거위, 그러니까 칠면조 통조림 하나와 푸아그라 통조림 몇 통, 햄 한 통 그리고 나일론 스타킹 몇 켤레가 든 상자 말입니다. 아시겠죠? 음, 그러면 아주 매혹적인 부인에 대한 저의 찬사라고 생각해 주십시오. 데이비스 씨, 현관 탁자에 수표를 놓아두었습니다.”

그는 몰리의 손에 입을 맞추고 깡충 걸음으로 문으로 향했다.

“나일론 스타킹? 푸아그라? 파라비치니 씨는 도대체 누구지? 산타클로스인가?”

몰리가 중얼거렸다.

“암시장 쪽인 것 같은데.”

자일스가 대답했다.

크리스토퍼 렌이 머뭇거리며 고개를 들이밀었다.

“방해하고 싶지는 않지만 부엌에서 뭔가 타는 지독한 냄새가 나요. 제가 뭘 어떻게 해야 하나요?”

다음 순간 몰리는 “내 파이!” 하고 약 올라 하는 비명을 지르며 방을 뛰쳐나갔다.

괴상한 장난

"그리고 이분이 마플 여사님이란다!"

제인 헬리어가 소개를 마쳤다.

여배우인 그녀는 효과를 노릴 줄 알았다. 그 소개야말로 절정이자 당당한 피날레임이 분명했다! 그녀의 어조에는 외경심과 승리감까지 어려 있었다.

특이한 점은 이렇게 자랑스럽게 소개받은 인물이 온화하지만 까다로워 보이는 노처녀 할머니에 지나지 않는다는 사실이었다. 제인의 고마운 주선으로 이제 막 그녀를 만난 두 젊은이의 눈에 한 줄기 실망과 의혹이 떠올랐다. 잘생긴 젊은이들이었다. 차미언 스트라우드는 날씬한 몸매에 검은 머리카락의 아가씨였고, 에드워드 로시터는 금발에 붙임성 있어 보이는 체격 좋은 청년이었다.

차미언이 약간 숨죽인 소리로 말했다.

"오! 이렇게 만나 뵙게 돼서 저희는 정말 기뻐요."

하지만 그녀의 눈에는 의혹의 빛이 담겨 있었다. 그녀는 제인 헬리어에게 재빨리 묻는 듯한 눈길을 던졌다.

제인이 그 시선에 대답했다.

"차미언, 이분은 정말이지 굉장하단다. 이분께 모든 걸 맡기렴. 난 너희들에게 이분을 이곳에 모셔 오겠다고 했고, 그 약속을 지켰다."

그녀는 마플 양에게 이렇게 덧붙였다.

"당신이 저 애들을 위해 이 일을 해결해 주시리라는 걸 난 알아요. 당신에겐 아주 쉬운 일일 거예요."

마플 양은 연청색의 침착한 눈을 로시터 쪽으로 돌렸다.

"이 모든 게 무슨 일 때문인지 말해 주겠어요?"

"제인과 저희는 친구 사이지요."

차미언이 조급해하며 끼어들었다.

"에드워드와 전 곤경에 처했어요. 제인 말이 이 파티에 오면 우리에게 누군가를 소개시켜 주겠다고 하더군요. 그러니까 그 사람은…… 그 사람은…… 그러니까……."

에드워드가 나서서 거들었다.

"제인 말이 당신은 완벽한 탐정이라더군요, 마플 여사님!"

두 눈을 반짝이긴 했지만 노부인은 겸손하게 그 말을 반박했다.

"오, 아니, 그렇지 않아요! 전혀 그렇지 않답니다. 다만 나처럼 작은 마을에서 살다 보면 인간의 본성에 대해 많은 걸 알게 되죠. 그런데 두 분 말씀은 무척 흥미롭군요. 두 분의 문제가 무엇인지 말해 주시지요."

"너무 흔한 이야기일까 봐 걱정스럽네요. 그저 보물이 묻혀 있다는 이야기거든요."

에드워드가 말했다.

"정말요? 무척 재미있을 것 같은데요!"

"알아요. 『보물섬』 같은 이야기라면 그렇죠. 하지만 우리 문제에는 보통의 경우 같은 낭만적인 데가 없답니다. 해골과 십자 모양으로 놓인 뼈들이 그려져 있는 지도라든가, '왼쪽에서 서북쪽으로 네 걸음 가라.'는 지시 같은 게 없어요. 지독하게 무미건조하죠. 그저 어느 곳을 파야 하느냐 하는 거니까요."

"시도는 해 보셨나요?"

"2500평은 족히 팠을 겁니다. 그 땅 전체를 채소밭으로 만들어도 될 겁니다. 거기에 호박을 심을까 감자를 심을까 의논하고 있는 중이었어요."

차미언이 불쑥 말했다.

"이제 정말 우리 문제를 모두 말씀드릴까요?"

"물론이죠, 아가씨."

"그렇다면 조용한 곳을 찾아보죠. 어서, 에드워드."

차미언은 사람들로 붐비는 담배 연기 자욱한 방에서 앞장서서 빠져나왔다. 이윽고 그들은 층계를 올라 3층에 있는 자그마한 거실로 들어갔다.

모두 자리에 앉자 차미언이 거두절미하고 말을 시작했다.

"자, 이야기는 이렇습니다! 이 이야기는 우리 둘 모두에게 종조부, 그러니까 할아버지와 형제지간인 매튜 할아버지에게서 시작된답니다. 그분은 정말 옛날 분이시죠. 에드워드와 제가 할아버지의 유일한 친척이에요. 할아버지는 우리 둘을 귀여워하셨고, 돌아가실 때 우리에게 재산을 남겨 주겠다고 언제나 공언하셨죠. 그러다가 지난 3월 돌아가셨고, 전 재산을 에드워드와 저에게 똑같이 나누어 남겨 주셨어요. 이런 말이 좀 냉정하게 들리겠네요. 제 말은 할아버지가 돌아가셔서 잘됐다는 뜻은 아니에요. 사실 우리는 할아버지를 아주 좋아했지요. 하지만 할아버지는 한동안 병석에 계셨답니다. 요점은 할아버지가 물려준 '전 재산'이 사실은 아무것도 아닌 것으로 판명되었다는 거예요. 솔직히 그건 우리에겐 좀 충격이었어요. 안 그래, 에드워드?"

붙임성 있는 에드워드가 동의했다.

"아시다시피 우린 거기에 약간 기대를 걸었었죠. 제 말은, 상당한 돈이 들어오리라는 것을 알게 되면, 음, 굳이 직접 돈을 벌려고 애쓰지 않게 된다는 겁니다. 저는 현재 군대에 있지요. 급료 외에는 별다른 수입이 없어요. 그리고 차미언은 빈털터리랍니다. 레퍼토리 극장에서 무대 감독으로 일하고 있는데, 무척 재미있는 일이고, 그 일을 즐기고 있지만 돈이 벌리지는 않지요. 우리는 결혼하기로 약속했지만, 둘 다 언젠가는 상당한 부자가 되리라는 것을 알고 있었으므로 돈에 대해서는 걱정을 하지 않았답니다."

"그런데 이제 아셨겠지만 우리는 그렇게 되지 못했어요! 게다가

앤스티스도 팔아야 할 것 같아요. 그건 우리 집안 저택으로, 에드워드와 저 둘 다 그 저택을 아주 좋아하지요. 그래서 우리로서는 이런 상황을 참을 수가 없어요! 하지만 매튜 할아버지가 물려준 돈을 찾지 못한다면 그걸 팔지 않을 수 없어요."

차미언이 말했다.

"그런데 차미언, 우린 이분께 정말 중요한 부분은 아직 말하지 않았잖아."

에드워드가 말했다.

"그럼 네가 말씀드려."

에드워드가 마플 양에게 몸을 돌렸다.

"그러니까 이런 얘기랍니다. 매튜 할아버지는 연세가 드실수록 점점 의심이 많아졌어요. 아무도 믿지 않으셨죠."

"아주 현명하셨군요. 인간 성정의 사악함은 믿을 수 없을 정도니까요."

"음, 그 말씀이 맞을지도 모르죠. 아무튼 매튜 할아버지는 그렇게 생각하셨어요. 할아버지의 친구 하나는 은행에 예금했다가 돈을 잃고, 또 다른 친구는 변호사가 돈을 갖고 달아나서 파산했고, 할아버지 자신도 어떤 회사에 사기를 당해 얼마간 돈을 잃으셨거든요. 그래서 그분은 돈을 단단한 금덩어리로 바꿔서 땅에 묻는 것이 유일하게 안전하고 분별 있는 방법이라고 말씀하셨어요."

"아, 무슨 말인지 알 것 같군요."

"그래요. 할아버지 친구들이 그런 식으로 하면 이자를 얻을 수 없다고 지적했지만 할아버지는 그런 건 전혀 중요하지 않다고 하셨죠. 할아버지 말씀에 따르면, 돈뭉치는 침대 아래 궤짝 속에 넣어 두거나 뜰에 파묻어야 한다는 거였어요. 그게 할아버지의 지론이었지요."

차미언이 말을 이었다.

"그런데 돌아가실 때 할아버지는 큰 부자였는데도 유가증권은 거의 남아 있는 게 없더군요. 분명 그 말씀대로 하신 것 같아요."

에드워드가 설명을 덧붙였다.

"할아버지는 증권을 팔고 이따금 큰돈을 인출하셨더군요. 그런데 그분이 그 돈으로 뭘 하셨는지는 아무도 모른답니다. 아마 자신의 지론을 실천에 옮겨 금을 사서 땅속에 묻어 두신 모양이에요."

"그분이 돌아가시기 전에 아무 말씀도 없으셨나요? 서류나 편지 같은 것도 남기지 않으셨어요?"

"그 점이 우리를 당황스럽게 하는 부분이랍니다. 할아버지는 그러지 않으셨어요. 그분은 며칠 동안은 의식이 없었지만 돌아가시기 직전에는 정신이 온전하셨죠. 그분은 우리 둘을 바라보시고는 킬킬대시더군요. 작고 나직하고 힘없이 말이에요. 그러고는 말씀하셨어요. '너희들은 잘할 거야, 내 귀여운 비둘기들아.' 그런 다음 한쪽 눈, 그러니까 오른쪽 눈을 가볍게 두드리시며 윙크를 하시더군요. 그런 다음 눈을 감으셨어요. 가엾은 매튜 할아버지."

"그분이 눈을 두드리셨다고요?"

마플 양이 생각에 잠긴 어조로 물었다.

에드워드가 열성적으로 물었다.

"그 말에 뭔가 짚이는 게 있으세요? 어떤 사내의 유리 눈알 속에 뭔가를 감춰 놓은 아르센 뤼팽 이야기가 생각나더군요. 하지만 매튜 할아버지의 눈은 의안이 아니었어요."

마플 양은 고개를 저었다.

"아뇨……. 지금으로선 아무것도 알 수가 없군요."

차미언이 실망한 어조로 말했다.

"제인 말은 당신이 어디를 파야 하는지 즉각 말씀해 주실 거라고 했는데요!"

마플 양이 미소를 지었다.

"난 마술사가 아니랍니다. 난 두 분의 할아버지를 뵌 적도 없고 그분이 어떤 분인지도 몰라요. 아직 문제의 저택이나 땅을 본 적도 없고요."

차미언이 말했다.

"그런 것들을 보신다면요?"

"음, 그렇다면 문제가 간단해지지 않을까요?"

"간단하다니요! 앤스티스에 한번 오셔서 그게 정말 간단한지 보시라고요!"

차미언이 말했다.

그녀의 의도는 그 초대의 말을 진지하게 받아들여 달라는 뜻이 아니었을 테지만, 마플 양은 그 말에 활기차게 대답했다.

"음, 정말이지, 아가씨, 무척 친절하군요. 난 땅속에 묻힌 보물을 찾을 기회가 있었으면 하고 늘 바랐지요. 게다가……."

그녀는 빅토리아 시대 후기에나 볼 수 있음직한 환한 미소를 지으며 두 사람을 바라보았다.

"애정 문제까지 얽혀 있으니 금상첨화네요!"

"이제 아시겠죠!"

차미언이 연극적인 몸짓을 곁들이며 말했다.

그들은 방금 앤스티스 저택의 순례를 마친 참이었다. 깊이 파헤쳐 놓은 채마밭도 둘러보았다. 조금이라도 의미가 있어 보이는 나무 밑동마다 어김없이 파헤쳐진 자그마한 숲도 둘러보았고, 원래는 매끈했지만 지금은 여기저기 구덩이가 파헤쳐진 잔디밭을 딱해하는 눈길로 물끄러미 바라보았다. 또 낡은 트렁크며 궤짝의 내용물을 모조리 들쑤셔 놓은 다락방에도 올라가 보았다. 바닥 판석을 억지로 들어낸 지하실에도 가 보았다. 벽들은 이미 살펴보고 두드려 본 다음이었다. 두 사람은 비밀 서랍이 달렸거나 그런 가능성이 있는 골동품 가구들을 모조리 마플 양에게 보여 주었다.

가족용 거실 탁자에는 서류가 무더기로 쌓여 있었다. 모두 고인이 된 매튜 스트라우드가 남겨 놓은 서류였다. 그것들 중 어느 것 하나 파기되지 않았다. 차미언과 에드워드는 거듭해서 서류를 뒤적이며 혹시 미처 보지 못한 실마리가 눈에 띌까 하는 마음으로 청구서와 초대장, 업무 편지를 읽어 보곤 했다.

"혹시 저희가 보지 못한 곳이 있을까요?"

차미언이 기대에 찬 어조로 물었다.

마플 양은 고개를 저었다.

"아주 철저하게 조사를 한 것 같군요, 아가씨. 이렇게 말해도 된다면, 좀 지나치다 싶을 정도로 말이에요. 사람은 언제나 계획이 있어야 한다고 생각해요. 내 친구 엘드리치 부인 같은 경우지요. 그 친구에겐 바닥을 반들반들하게 닦아 놓는 솜씨 좋은 하녀가 있는데, 그만 그것이 지나쳐서 욕실 바닥까지 광을 내 놓았답니다. 욕조에서 나오는 순간 코르크 깔개가 미끄러지는 바람에 엘드리치 부인은 호되게 넘어져 다리가 부러지고 말았지요! 가장 곤란했던 건 당연히 욕실 문이 잠겨 있어서 정원사가 사다리를 가져다 놓고 창문으로 들어와야 했다는 거예요. 늘 음전한 엘드리치 부인에게는 정말 곤혹스러운 일이었지요."

에드워드가 안절부절못하고 몸을 움직거렸다.

마플 양이 재빨리 말했다.

"용서하세요. 난 툭하면 옆길로 새는 버릇이 있답니다. 하지만 한 가지 일이 또 다른 일을 떠오르게 하는 법이죠. 그리고 때로는 그것이 도움이 된답니다. 내가 말하려던 건 우리가 머리를 써서 그럴듯한 장소를 찾아내게 된다면……."

에드워드가 불퉁하게 말했다.

"부디 찾아내 보세요, 마플 양. 차미언과 저의 머리는 지금 텅텅 비어 있으니까요!"

"저런, 저런. 물론이죠. 두 분은 몹시 지쳤을 거예요. 괜찮다면 이것을 모조리 훑어보아야겠군요."

그녀가 탁자 위의 서류 더미를 가리켰다.

"그러니까 여기 사적인 게 포함되어 있지 않다면요……. 남의 비밀을 엿보는 것처럼 보이고 싶지는 않거든요."

"오, 그 부분이라면 괜찮습니다. 하지만 뭔가 발견할 수 있을지 의문이군요."

그녀는 탁자 옆에 앉아 서류 다발을 꼼꼼하게 훑어보기 시작했다. 그러고는 서류를 하나하나 옮겨 작고 말끔한 더미들로 분류했다. 일을 마친 그녀는 잠시 눈앞을 응시하며 앉아 있었다.

에드워드가 다분히 심술 섞인 어조로 물었다.

"어떤가요, 마플 양?"

마플 양은 움찔 놀라며 정신을 차렸다.

"이런, 미안해요. 크게 도움이 됐어요."

"뭔가 관련 있는 걸 찾으셨다는 건가요?"

"오, 아니에요, 그런 건 없었어요. 하지만 두 분의 할아버지가 어떤 분인지는 좀 알겠군요. 아무래도 제 헨리 삼촌과 비슷한 분이셨던 것 같아요. 좀 노골적인 농담을 좋아하셨고, 물론 독신이셨지요. 이유가 뭘까요. 혹시 젊은 시절 실연을 당했기 때문이 아닐까요? 어느 정도까지는 체계적인 생활을 좋아했지만 묶이는 걸 별로 좋아하지 않으셨지요. 그런 걸 좋아하는 독신자는 거의 없잖아요!"

마플 양의 등 뒤에서 차미언은 에드워드에게 손짓을 보냈다. 그 손짓은 이렇게 말하고 있었다.

'이 여자, 좀 이상한걸.'

마플 양은 홍이 나서 고인이 된 헨리 삼촌 이야기를 이어나갔다.

"헨리 삼촌은 재담을 무척 좋아하셨죠. 그런데 어떤 사람들은 그런 재담을 무척 껄끄럽게 여기죠. 말장난이라는 건 몹시 짜증스러운 일일 수도 있으니까요. 그분 역시 의심이 많은 분이었어요. 하인들이 물건을 훔치고 있다고 늘 생각하셨죠. 물론 이따금은 그런 일이 있었지만 언제나 그런 건 아니었는데요. 그런데 그런 경향이 점점 심해지셨어요, 가엾은 삼촌. 말년에는 하인들이 음식에 무슨 짓을 할지 모른다고 생각해 삶은 달걀 이외에는 아무것도 드시려 하지 않았답니다! 삶은 달걀 속에다가는 아무도 장난을 칠 수 없을 거라고 하시면서 말이에요. 친애하는 헨리 삼촌도 한때는 유쾌한 분이셨답니다. 저녁 식사 후의 커피를 몹시 좋아하셨죠. 그는 '이 커피는 정말 무어 식이로군.' 하고 말씀하셨는데, 그건 커피를 좀 더 드시고 싶다는 뜻이었지요."

에드워드는 헨리 삼촌 얘기를 더 이상 듣고 있다가는 미쳐 버릴 것 같았다.

마플 양은 말을 계속했다.

"또 젊은 사람들을 좋아하셨지요. 하지만 애를 좀 태우는 걸 좋아하셨죠. 무슨 말이냐 하면, 아이들의 손이 닿을락말락한 곳에다 사탕 봉지를 놓아두곤 하셨어요."

예의 같은 것은 집어치우고 차미언이 말했다.

"정말 잔인한 분이셨던 것 같네요!"

"오, 아니에요, 아가씨. 그저 늙은 독신자여서 아이들에 익숙지 않으셨던 것뿐이죠. 게다가 삼촌은 실제로 그렇게 우둔한 분이 아니셨어요. 집 안에는 돈이 많았고, 돈을 넣을 금고까지 있었죠. 그것에 대해 요란하게 떠들어대셨고요. 금고가 얼마나 안전한지 말이에요. 얼마나 떠들고 다녔는지, 어느 날 밤 도둑이 들어와 화학 약품으로 금고에 구멍을 뚫었답니다."

"응당 일어날 일이 일어난 셈이군요."

에드워드가 말했다.

"오, 하지만 금고엔 아무것도 없었어요. 그분은 돈을 다른 곳에 두신 거죠. 사실은 서재의 설교집 뒤편에 있었답니다. 그분 말씀에 따르면 사람들은 그런 책을 결코 뽑아 보지 않는다는 거예요!"

에드워드가 흥분한 어조로 끼어들었다.

"이런, 그것 좋은 생각이군요. 서재를 뒤져 보면 어떨까요?"

하지만 차미언은 비웃듯이 고개를 내저었다.

"내가 그 생각을 해 보지 않은 줄 알아? 네가 포츠머스에 간 지난주 화요일에 책들을 모조리 뒤져 봤는걸. 책을 하나하나 뽑아 흔들어 보기까지 했다고. 거긴 아무것도 없어."

에드워드는 한숨을 내쉬었다. 그런 다음 정신을 차리고 자신들을 실망시킨 그 손님을 요령껏 쫓아내려 애썼다.

"이렇게 여기까지 와서 저희를 도와주려 하시다니 정말 고마웠습니다. 아쉽게도 기대에 어긋났지만 말입니다. 저희가 시간을 너무 빼앗은 것 같군요. 제가 차로 모셔다 드리지요. 그러면 3시 30분 차를 타실 수 있을……."

"오, 하지만 우리는 그 돈을 찾아야 하잖아요, 안 그래요? 포기해서는 안 돼요, 로시터 씨. '한술 밥에 배부르랴.'는 격언도 있지요."

"그 말씀은 계속하실 거란 말인가요, 돈 찾는 일을?"

"엄격히 말하자면 전 아직 시작조차 하지 않았어요. '요리를 시작하기 전에 토끼부터 잡아라.'는 말이 있지요. 비튼 부인의 요리책에 나오는 말이죠. 그건 훌륭한 요리책이지만 그대로 하려면 끔찍하게 비용이 많이 들죠. 대부분의 요리법이 이렇게 시작되니까요. '크림 1리터에 달걀 한 다스를 준비할 것.'이라고요. 가만있자, 어디까지 말했더라? 아, 그래요. 그러니까 지금까지 우린 말하자면 토끼를 잡은 거죠. 물론 여기서 토끼란 매튜 할아버지예요. 그리고 이제 그분이 돈을 감춰 놓을 만한 곳이 어디인지 짚어 낼 수 있게 된 거죠. 그건 아주 간단할 것 같아요."

"간단하다고요?"

차미언이 물었다.

"그래요, 아가씨. 확신하건대 그분은 누구든 분명히 알 수 있게 하셨을 거예요. 비밀 서랍…… 그게 내 결론이에요."

에드워드가 냉랭하게 말했다.

"금괴를 비밀 서랍에 넣어 둘 수는 없는데요."

"그래요, 그렇지요. 물론 그럴 수 없지요. 하지만 그 돈이 꼭 금으로 되어 있다고 생각할 이유는 없지요."

"할아버지가 늘 말씀하시기를……."

"제 삼촌도 금고에 대해 그런 식으로 떠벌이셨죠! 그래서 저로서는 그분 말씀이 단지 눈속임에 불과할지도 모른다는 강한 의심이 드네요. 다이아몬드…… 그거라면 쉽게 비밀 서랍에 들어 있을 수 있죠."

"하지만 우리는 비밀 서랍이란 서랍은 모조리 살펴봤어요. 가구장까지 불러서 가구를 조사해 보았답니다."

"그랬나요, 아가씨? 정말 총명했군요. 내 생각에는 할아버지가 쓰시던 책상이 가장 가능성이 높을 것 같아요. 저기 벽에 붙어 있는, 서랍이 달리고 뚜껑을 접어 넣게 되어 있는 높다란 에스크리투아르가 바로 그거죠?"

"예. 그럼 제가 보여 드리죠."

차미언이 책상 쪽으로 다가가 뚜껑을 걷어 올렸다. 그 안에는 분류용 선반과 작은 서랍이 달려 있었다. 그녀는 가운데 작은 문을 열고 왼쪽 서랍 안쪽에 달린 스프링을 눌렀다. 가운데 바닥이 찰칵 소리와 함께 앞으로 밀려 나왔다. 차미언이 그것을 당기자 그 아래 얕은 구멍이 나타났다. 그 안은 비어 있었다.

"이런, 이게 우연의 일치일까요?"

마플 양이 외쳤다.

"헨리 삼촌에게도 이런 책상이 있었어요. 단지 그분 것은 깔쭉깔쭉한 호두나무로 만들어졌는데 이건 마호가니로 만들어졌다는 게 다르군요."

"어쨌든 보시다시피 여긴 아무것도 없어요."

"내 생각에 아가씨가 불러온 가구장은 젊은 사람이었던 모양이군요. 젊은 사람은 이런 가구를 속속들이 알지 못한답니다. 그 시절에는 비밀 공간을 만드는 데도 무척 기교를 부렸지요. 비밀 속에 또다시 비밀이 숨어 있는 식이죠."

그녀는 단정한 반백의 머리에서 머리핀을 하나 뽑았다. 그것을 똑바로 편 다음 한쪽 끝을 벌레 먹은 구멍처럼 보이는 비밀 칸 안쪽의 조그만 구멍 속에 밀어 넣었다. 약간 애를 쓴 끝에 그녀는 작은 서랍을 끌어냈다. 그 안에는 빛바랜 편지 한 다발과 접힌 종이가 들어 있었다.

에드워드와 차미언이 동시에 새로 발견된 유품으로 달려들었다. 에드워드는 떨리는 손으로 접힌 종이를 펼쳤다. 그는 정떨어진다는 듯 외마디 소리를 내지르며 종이를 팽개쳤다.

"재수 없게 조리법이야. 햄 구이 말이야!"

차미언이 편지들을 묶어 놓은 리본을 풀었다. 그러고는 편지를 하나 뽑아 들여다보았다.

"연애편지들이잖아!"

마플 양은 빅토리아 풍을 좋아하는 사람답게 반응했다.

"정말 흥미롭군요! 아마 이게 매튜 할아버지가 결혼하지 않은 이유일 거예요."

차미언이 소리 내어 편지를 읽었다.

사랑하는 매튜, 당신 편지를 받은 지가 까마득한 옛날 일처럼 여겨진다는 사실을 고백해야겠군요. 내게 주어진 여러 가지 일에 몰두하려 애쓰면서, 이렇게 지구 여기저기를 돌아다닐 수 있는 것도 행운이라고 스스로에게 중얼거리곤 하지만, 처음 미국에 왔을 때만 해도 이렇게 먼 섬까지 오게 되리라고는 상상도 못 했답니다.

차미언이 편지를 읽다 말고 말했다.
"어디서 부친 편지지? 오, 하와이군!"
그녀는 계속해서 읽어 나갔다.

안타깝게도 이곳 원주민들은 아직 기독교와는 거리가 먼 것 같아요. 이들은 옷도 입지 않은 미개한 상태로, 화환으로 치장을 하고는 춤을 추거나 수영을 하며 대부분의 시간을 보낸답니다. 그레이 씨가 몇몇을 개종시켰지만 그 일이 너무나도 힘들어서 그 부부는 커다란 실망에 잠겨 있어요. 난 할 수 있는 한 그의 원기를 돋워 주고 용기를 주려 애쓰지만 나 역시 슬픔에 잠기곤 한답니다. 그 이유는 당신도 짐작할 거예요. 사랑하는 매튜, 아아, 사랑하는 이가 곁에 없다는 건 정말 가혹한 시련이에요. 또다시 사랑을 확인해 준 당신 편지를 받으니 무척 힘이 나는군요. 지금 그리고 언제나 저의 충실하고 헌신적인 사랑은 당신 거예요, 사랑하는 매튜. 언제까지나…….

진정한 사랑을 보내며

베티 마틴

추신

이 편지는 언제나처럼 우리 두 사람의 친구인 마틸다 그레이브스의 주소로 부칩니다. 하느님도 이런 사소한 속임수는 용서해 주시리라 믿어요.

에드워드가 휘파람을 불었다.

"여선교사였군! 그러니까 이게 매튜 할아버지의 로맨스였어. 어째서 두 사람은 결혼하지 않은 걸까?"

"그녀는 전 세계를 돌아다닌 것 같아."

차미언이 편지를 뒤적이며 말했다.

"인도양의 모리셔스 섬이라. 세계 도처에서 편지를 보내왔네. 어쩌면 황열병 같은 것으로 죽었을지도 몰라."

나지막하게 킥킥대는 소리를 듣고 두 사람은 소스라쳤다. 마플 양에게 뭔가 재미있는 일이 있는 모양이었다.

"이런, 이런. 정말 기가 막히는군!"

그녀는 햄 구이 요리법을 읽고 있었다. 두 사람의 궁금해하는 눈길을 본 그녀는 요리법을 소리 내어 읽었다.

"'시금치를 곁들인 햄 구이. 좋은 훈제 햄 한 조각에 정향을 뿌리고 흑설탕을 끼얹는다. 오븐에 넣어 약한 불로 천천히 굽는다. 가장자리에 시금치 퓌레를 얹어 낸다.' 어떨 것 같아요?"

"맛없을 것 같은데요."

에드워드가 말했다.

"아니, 아니요. 실제로 이건 맛있을 거예요. 하지만 이 내용 전체를 듣고 떠오르는 것 없으세요?"

에드워드의 얼굴에 갑자기 한 줄기 빛이 지나갔다.

"당신은 이게 무슨 암호문일 거라고 생각하시는 거죠?"

그는 그 종이를 잡았다.

"이것 좀 봐, 차미언. 그럴지도 몰라! 그렇지 않다면 요리법 따위를 비밀 서랍에 넣어 두었을 리가 없잖아."

"바로 그래요. 아주 의미심장하죠."

마플 양이 말했다.

차미언이 말했다.

"어떻게 된 건지 알 것 같아. 보이지 않는 잉크로 쓴 거야! 그걸 불에 쬐어 보자. 전기난로를 켜."

에드워드가 그렇게 했지만 그런 조치로도 글씨 같은 것은 나타나지 않았다.

마플 양이 헛기침을 했다.

"내 생각엔 두 분이 일을 너무 어렵게 보고 계시는 것 같아요. 이 요리법은 말하자면 암시일 뿐이에요. 내 생각엔 의미 있는 건 편지들인 것 같아요."

"편지들이라고요?"

"특히 그 서명 말이에요."

하지만 에드워드는 그녀의 말이 거의 귀에 들어오지 않는 모양이었다. 그는 흥분해서 차미언을 불렀다.

"차미언! 이리 와 봐! 이분 말이 맞아. 보라고. 봉투는 상당히 오래된 건데 편지들은 훨씬 나중에 쓰인 거야."

"바로 그래요."

마플 양이 말했다.

"이 편지들은 일부러 오래된 것처럼 위장된 거야. 장담하는데, 매튜 할아버지가 직접 쓰신 거라고……."

"그렇고말고요."

마플 양이 말했다.

"이 모든 게 속임수야. 여선교사는 애초에 존재하지 않았어. 이건 하나의 암호가 분명해."

"친애하는 두 분. 정말이지 그렇게 어렵게 생각할 필요가 없어요. 두 분의 할아버지는 정말 아주 단순한 분이었어요. 그분은 그저 살짝 장난을 친 것뿐이에요."

두 사람은 처음으로 마플 양의 말에 진지하게 온 관심을 기울였다. 차미언이 물었다.

"정확히 무슨 뜻으로 하시는 말씀인가요, 마플 양?"

"내 말은 지금 이 순간 문제의 돈이 이미 당신들 손에 들려 있다는 거예요."

차미언은 자신의 손을 내려다보았다.

"서명이에요, 아가씨. 그게 모든 것을 말해 주고 있어요. 요리법은 그저 암시일 뿐이에요. 정향이며 흑설탕 등을 모두 쳐내고 나면 실제로 뭐가 남죠? 이런, 훈제 햄과 시금치군요! 훈제 햄과 시금치라고요! 다시 말해서 아무것도 아니라는 거죠.(gammon에는 훈제 햄이라는 뜻 외에 허튼소리라는 의미, spinach에는 시금치라는 뜻 외에 군더더기라는 의미가 있다 — 옮긴이) 그러므로 중요한 건 편지들이라는 게 분명해지죠. 그리고 매튜 할아버지께서 돌아가시기 직전에 하신 행동을 잘 생각해 보신다면 답이 나올 거예요. 그분은 눈을 두드렸다고 하셨죠. 음, 그거예요. 그게 바로 실마리예요."

"우리가 미친 건가요, 아니면 당신이 제정신이 아닌 건가요?"

"아가씨. 진짜가 아닌 걸 뜻하는 그런 표현을 들어 본 적이 있을 거예요. 아니면 요즘은 그런 말이 전혀 쓰이지 않나요? '그럴 리가 없는데, 베티 마틴.'이라는 표현 말이에요."

에드워드가 헉 하고 숨을 멈추며 손에 든 편지를 내려다보았다.

"베티 마틴이라면……."

"바로 그렇죠, 로시터 씨. 조금 전 당신이 말한 것처럼 그런 사람은 없어요. 과거에도 없었고요. 그 편지들은 할아버지 자신이 쓰신 거예요. 그것들을 쓰시면서 틀림없이 무척 재미있어하셨을 거예요! 말했다시피 봉투에 씌어진 글씨는 그보다 훨씬 전에 씌어진 거예요. 실제로 그 봉투에 그 편지를 담아 부친 게 아니에요. 어쨌든 당신이 쥐고 있는 봉투의 소인은 1851년 것이니까요."

그녀는 말을 끊었다. 그런 다음 아주 힘주어서 이렇게 말했다.

"1851년 것이라고요. 그러면 모든 것이 설명되지요, 그렇지 않은가요?"

"제게는 그렇지 않은데요."

에드워드가 말했다.

"음, 내 사촌 손자 라이오넬이 아니었다면 물론 나도 몰랐을 거예요. 녀석은 아주 귀여운 꼬마인 데다가 우표 수집광이랍니다. 우표에 대해선 모르는 것이 없죠. 희귀하고 값비싼 우표 얘기를 내게 해준 것은 바로 그 애였죠. 멋진 물건이 경매에 새로 올라왔다고요. 그 애가 말하던 우표 하나가 기억 나는군요. 1851년도에 발행된 싸구려 우표였어요. 경매가가 2만 5000달러 정도 되었을 거예요. 굉장하죠! 다른 우표들도 희귀하고 값비싼 것일 거예요. 매튜 할아버지께서는 우표상을 통해서 우표들을 구입하고는 그 흔적을 조심스럽게 지워 버리신 게 분명해요. 탐정소설에 나오는 것처럼 말이죠."

에드워드가 끙 하고 신음 소리를 냈다. 그는 의자에 앉아 두 손으로 얼굴을 감쌌다.

"왜 그래?"

차미언이 물었다.

"아무것도 아냐. 다만 마플 양이 아니었다면 우린 할아버지에 대한 예의로 이 편지들을 태워 버렸으리라는 끔찍한 생각이 들었을 뿐이야!"

"아, 장난을 좋아하는 노인분들은 바로 그런 점을 놓치신답니다. 제 삼촌이 귀여워하는 조카딸에게 크리스마스 선물로 5파운드짜리 지폐를 보내 주셨던 게 기억나네요. 그분은 지폐를 크리스마스 카드 속에 넣고 풀로 붙인 다음 이렇게 쓰셨죠. '사랑과 소망을 담아 보내며. 올해에는 이 정도밖에 해 줄 수가 없구나.' 딱한 소녀는 삼촌이 인색하다고 생각하고 짜증이 나서는 카드를 불 속에 던져 버렸죠. 그래서 물론 삼촌은 5파운드를 또 한 장 주셔야 했답니다."

헨리 삼촌에 대한 에드워드의 감정은 순식간에 완전히 바뀌었다.

"마플 양, 제가 샴페인을 한 병 가져오겠습니다. 헨리 삼촌의 건강을 위해 우리 모두 건배하지요."

줄자 살인 사건

폴릿 양은 문고리를 잡고 예의바르게 현관문을 두드렸다. 그녀는 잠시 사이를 두었다가 차분하게 다시 문을 두드렸다. 그 서슬에 왼쪽 팔 아래에 끼고 있는 꾸러미가 조금 움직이자 그녀는 그 위치를 바로잡았다. 꾸러미 안에는 가봉 준비 된 스펜로 부인의 겨울용 새 녹색 드레스가 들어 있었다. 폴릿 양의 왼쪽 손에는 줄자와 바늘꽂이, 잘 드는 대형 가위가 든 검은 실크 가방이 들려 있었다.

폴릿 양은 키가 크고 마른 몸매에 날카로운 코와 꼭 다문 입, 숱이 적은 회갈색 머리카락을 하고 있었다. 그녀는 잠시 망설이다가 세 번째로 문고리를 잡고 문을 두드렸다. 거리를 흘긋 내려다본 그녀는 누군가 빠른 걸음으로 다가오고 있는 것을 보았다. 유쾌한 표정에 햇볕에 그을린 얼굴의 하트넬 양이 평소처럼 커다란 저음으로 소리쳤다.

"안녕하세요, 폴릿 양!"

양재사가 대답했다.

"안녕하세요, 하트넬 양."

폴릿 양의 목소리는 유난히 가늘었고, 억양에는 품위가 있었다. 그녀는 귀부인의 하녀로 세상살이를 시작했던 것이다.

"죄송하지만 혹시 스펜로 부인이 집에 계시는지 어떤지 아세요?"

"전혀 모르겠는데요."

하트넬 양이 대답했다.

"좀 곤란하게 됐네요. 오늘 오후에 스펜로 부인의 새 드레스를 가봉하기로 되어 있었거든요. 3시 30분에 오라고 하셨는데."

하트넬 양은 자신의 손목시계를 바라보았다.

"이제 30분이 지났네요."

"예, 전 세 번이나 문을 두드렸지만 아무 대답이 없어서 스펜로 부인이 외출하셨든가 잊어버리신 게 아닐까 하는 생각이 들던 참이에요. 그분은 대개 약속을 잊는 법이 없고, 이 드레스를 모레 입고 싶어 하셨지만요."

하트넬 양이 대문을 지나 걸어 들어와 래버넘 저택의 문 앞에 서 있는 폴릿 양과 합류했다.

"왜 글래디스가 문을 열어 주지 않을까요?"

그녀가 물었다.

"오, 그렇지, 당연하군. 오늘이 목요일이잖아요. 글래디스가 쉬는 날이에요. 내 생각엔 스펜로 부인이 잠이 드신 것 같군요. 당신이 이

걸로 너무 살살 두드리신 거예요."

하트넬 양은 문고리를 잡고 귀가 먹먹할 정도로 쾅쾅 두드린 데 이어 문의 나무판을 주먹으로 두드리면서 동시에 커다란 목소리로 소리쳤다.

"여보세요, 안에 계신가요?"

대답이 없었다.

폴릿 양이 중얼거렸다.

"스펜로 부인이 약속을 잊고 외출하신 것 같네요. 다른 때 와야겠어요."

그녀는 대문을 향해 걸음을 옮기기 시작했다.

하트넬 양이 말했다.

"말도 안 되는 소리. 부인이 외출했을 리가 없어요. 그랬다면 내 눈에 띄었을 거예요. 창문을 통해서 살아 있는 흔적이라도 있는지 한번 봐야겠군요."

그녀는 예의 사람 좋은 태도로 웃음을 터뜨려 그 말이 농담임을 암시하고는, 가장 가까운 유리창을 건성으로 들여다보았다. 건성이라고 한 것은, 스펜로 부부가 뒤쪽의 작은 거실을 더 좋아해서 그 앞쪽 방은 거의 사용하지 않는다는 사실을 알고 있었기 때문이었다.

건성이긴 했지만, 그 행동은 소기의 목적을 달성했다. 하트넬 양은 진짜로 살아 있는 흔적이 없다는 걸 확인했던 것이다. 창문을 통해 그녀는 스펜로 부인이 난로 앞 깔개 위에 쓰러져 있는 것을 보았다. 부인은 죽어 있었다.

나중에 하트넬 양은 그 장면을 이렇게 설명했다.

"물론 나는 가까스로 침착함을 잃지 않았어요. 그 폴릿이라는 여자는 어떻게 해야 할지 정신을 못 차리더군요. '침착함을 잃어선 안 돼요.' 하고 내가 그녀에게 말했죠. '당신은 여기 계세요. 내가 가서 콘스터블 경관을 불러올게요.' 그녀는 그곳에 남아 있고 싶지 않다며 항의했지만, 난 들은 체도 하지 않았어요. 그런 종류의 사람에게는 단호해야 하는 법이거든요. 그런 사람들이 괜히 소동을 피우는 걸 줄곧 봐 왔거든요. 그래서 내가 자리를 뜨려고 하는데 마침 스펜로 씨가 집 모퉁이를 돌아오더군요."

여기서 하트넬 양은 의미심장하게 말을 멈추었다. 그녀의 말을 듣고 있던 이들은 숨 가쁘게 묻지 않을 수 없었다.

"그래, 그의 모습이 어떻던가요?"

그러자 하트넬 양이 말을 계속했다.

"솔직히 말해 난 그를 보자마자 의심스러운 생각이 들었답니다! 그는 너무나도 침착하더군요. 전혀 놀라는 것 같지 않았어요. 여러분 생각은 또 다르실지 몰라도, 자기 아내가 죽었다는 소식을 듣고도 아무 감정을 드러내지 않는다는 건 이상한 일이죠."

모두 그 말에 동의했다.

경관 역시 그 말에 동의했다. 스펜로 씨의 초연함을 수상하게 생각한 나머지 그들은 그가 아내의 죽음으로 어떤 상황에 처하게 되었는지 알아볼 여유조차 없었다. 스펜로 부인에게 재산이 많았고, 그들이 결혼 직후 만든 유언장에 따라 그가 아내의 돈을 받게 된다는 사실을 알게 되자 그들의 의심은 그 어느 때보다도 강해졌다.

마플 양, 그러니까 목사관 옆집에 살고 있는 온화한 얼굴의 노처녀(하지만 몇몇 사람들의 말에 따르면 독설가)는 범죄가 발견된 지 30분도 채 되지 않아 경찰의 질문을 받았다. 파크 경관은 심각한 태도로 수첩을 넘기며 그녀에게 다가갔다.

"괜찮으시다면 한두 가지 질문을 하고 싶습니다."

"스펜로 부인 살해 사건에 관해서 말인가요?"

파크는 깜짝 놀랐다.

"그런데 마플 여사, 그걸 어떻게 아셨습니까?"

"생선 덕택이지요."

파크 경관은 그 말을 듣고 어떻게 된 일인지 충분히 알아들을 수 있었다. 생선장수의 아들이 마플 양에게 저녁거리와 함께 그 소식을 전해 주었으리라는 그의 짐작은 틀리지 않았다.

마플 양이 부드러운 어조로 말을 이었다.

"목이 졸린 채 거실 바닥에 쓰러져 있었다죠. 아주 가느다란 벨트로 목이 졸린 것 같다고요. 하지만 그게 뭐였든 간에 이미 치워지고 없었다더군요."

파크의 얼굴이 분노로 일그러졌다.

"그 어린 프레드란 녀석이 그렇게 아는 척을……."

마플 양이 노련하게 그의 말허리를 잘랐다.

"경관님 재킷에 핀이 달려 있네요."

파크 경관은 깜짝 놀라 아래를 내려다보고는 말했다.

"'핀을 보면 집어라. 그러면 하루 종일 행운이 함께할 것이다.'라는 속담이 있지요."

"그 속담대로 되었으면 좋겠네요. 그런데 제게 하시고 싶은 말씀이 뭔가요?"

파크 경관은 거드름을 피우며 목청을 가다듬고는 수첩을 들여다보며 말했다.

"고인의 남편 아서 스펜로 씨가 제게 하신 진술입니다. 스펜로 씨 말로는 2시 30분에 마플 양이 전화를 걸어와서는, 뭔가에 대해 그와 의논하고 싶으니 3시 15분에 와 줄 수 있는지 물었다더군요. 자, 마플 여사, 그게 사실인가요?"

"물론 아니에요."

"2시 30분에 스펜로 씨에게 전화를 하지 않으셨나요?"

"2시 30분이든 언제든 전화 같은 걸 한 적이 없어요."

"아."

파크 경관은 그렇게 말하고는 아주 만족한 태도로 콧수염을 입술로 핥았다.

"스펜로 씨가 그밖에 또 뭐라고 하던가요?"

"스펜로 씨의 진술에 따르면, 그는 3시 10분에 집에서 나와 부탁받은 대로 이곳에 왔다더군요. 이곳에 도착한 그는 하녀로부터 마플 양이 '집에 계시지 않는다'는 말을 들었다더군요."

"그 말은 사실이에요. 그분이 이곳에 왔을 때 전 여성회관에서 회의에 참석하고 있었답니다."

"아."

"그런데요, 경관님, 스펜로 씨를 의심하고 계신가요?"

"지금 이 단계에서는 그렇게 말할 수 없습니다. 하지만 제가 보기에 이름은 말할 수 없지만 누군가가 아주 교묘하게 일을 꾸민 것 같습니다."

마플 양은 생각에 잠긴 채 말했다.

"스펜로 씨가?"

그녀는 스펜로 씨를 좋아했다. 그는 키가 작고 체격이 빈약한 사내로, 말투는 딱딱하고 고리타분했지만 신사 중의 신사였다. 그가 이런 시골에 들어와 산다는 것이 이상하게 보였다. 그는 평생을 도시에서만 살았다고 분명히 이야기했던 것이다. 그는 마플 양에게 그 이유를 털어놓았다.

"어린 시절 이후 언젠가는 시골로 가서 내 소유의 뜰을 가꾸리리라고 줄곧 생각해 왔지요. 항상 식물에 애착을 많이 느껴 왔거든요. 아실지 모르지만 아내는 꽃집을 했었어요. 그녀를 처음 본 곳이 바로 그곳이었죠."

건조한 언급이었지만 그 말은 로맨스를 짐작하게 해 주었다. 꽃들 앞에 있는 지금보다 젊고 예쁜 스펜로 부인을 떠올릴 수 있었다.

하지만 실제로 스펜로 씨는 꽃에 대해 아무것도 몰랐다. 씨앗, 꺾꽂이, 옮겨 심기, 1년생 화초와 다년생 화초 등에 대해 전혀 아는 것이 없었다. 그저 향기롭고 화려한 색깔의 꽃들이 빽빽이 심어져 있는 자그마한 뜰에 대한 환상을 갖고 있었을 뿐이었다. 그는 거의 딱

할 정도로 가르침을 받길 원했고, 이런저런 질문에 대해 마플 양이 해 준 대답을 작은 수첩에 받아 적곤 했다.

그는 조용하고 찬찬한 사람이었다. 그의 아내가 살해된 채 발견되었을 때 경찰이 그에게 관심을 가진 것은 아마도 그런 특성 때문이었을 터였다. 경찰은 끈기 있고 참을성 있게 죽은 스펜로 부인에 대해 많은 것을 알아냈다. 그리고 얼마 지나지 않아 그 사실은 세인트 메리 미드 마을 사람들 모두에게 알려졌다.

스펜로 부인은 어떤 집 하녀로 세상살이를 시작했다. 그녀는 그 일을 그만두고 그곳의 부정원사와 결혼했고, 그와 함께 런던에서 꽃집을 시작했다. 상점은 번창했다. 하지만 정원사는 그렇지 않았다. 그는 얼마 지나지 않아 병석에 누워 세상을 떠났다.

과부가 된 그녀는 상점을 계속했고 야심만만하게 사세를 확장했다. 사업은 줄곧 번창했다. 이윽고 그녀는 그 업체를 좋은 값을 받고 판 다음, 자그마한 사업체를 물려받아 어렵게 꾸려 나가고 있던 중년의 보석상인 스펜로 씨와 두 번째 결혼생활을 시작했다. 그 후 얼마 지나지 않아 그들은 사업체를 팔고 세인트 메리 미드에 정착했다.

스펜로 부인은 부유한 여자였다. 그녀가 사람을 만날 때마다 설명하는 바에 따르면, 꽃집에서 얻은 수익을 그녀는 '영적 인도에 따라' 투자했다. 영들이 놀라운 통찰력으로 그녀에게 충고해 주었다는 것이다.

그녀의 투자들은 모조리 이익을 남겼고, 그 중 몇몇은 정말 놀라울 정도였다. 강신술에 대한 믿음은 점점 커져 갔지만, 스펜로 부인은 영매나 강신회에 더 이상 관심을 갖지 않았다. 대신에 여러 형태의 호흡법에 기초를 둔 어떤 신비 종교에 잠깐이나마 전심전력으로 심취했다. 하지만 세인트 메리 미드에 왔을 때에는 정통적인 성공회 신앙으로 돌아와 있었다. 그녀는 목사관에서 많은 시간을 보냈고, 교회 일에 열심히 참석했다. 마을 상점들을 후원했으며 그 지역에서 벌어지는 일들에 관심을 보였고, 마을의 브리지 게임에 참여했다.

평범한 일상이었다. 그러다가 갑자기 살해된 것이다.

경찰서장 멜쳇 대령은 슬랙 경감을 호출했다.

슬랙은 적극적인 인물이었다. 일단 마음을 정하면 그는 흔들리지 않았다. 이제 그는 확신하고 있었다.

"피해자의 남편이 한 짓입니다, 서장님."

"자넨 그렇게 생각하나?"

"그렇다고 확신합니다. 일단 그를 만나 보시기만 하면 됩니다. 죄가 있는 것이 분명합니다. 슬픔이나 유감의 흔적조차 드러내지 않았어요. 집으로 돌아올 때 그자는 이미 아내가 죽었다는 것을 알고 있었던 겁니다."

"비탄에 잠긴 남편의 역할을 연기하는 데 최소한의 노력도 기울이지 않았단 말인가?"

"그렇습니다, 서장님. 너무 기뻤을 테니까요. 어떤 사람들은 자신의 감정을 숨기지 못합니다. 너무 고지식해서 말입니다."

"다른 여자가 있었나?"

멜쳇 대령이 물었다.

"그런 흔적은 전혀 찾아낼 수 없었습니다. 물론 그자는 능란한 인물입니다. 자신의 행적을 은폐했을 겁니다. 제가 알기로 그는 아내에게 얹혀살고 있었어요. 그 여자는 돈이 많았지만 함께 살기에는 좀 힘든 여자였다고 말하지 않을 수 없네요. 언제나 무슨 '주의'니 하는 것에 매달려 있었지요. 그자는 그녀를 없애고 독자적으로 편안하게 살기로 냉정하게 결심한 겁니다."

"그래, 그럴 수도 있겠군."

"틀림없이 그렇습니다. 용의주도하게 계획을 세우고, 전화가 걸려 온 것처럼 꾸미고는……."

멜쳇이 그의 말허리를 잘랐다.

"그렇다면 전화가 걸려 오지 않았단 말인가?"

"예, 서장님. 그러니까 그자가 거짓말을 했든지 그 전화가 공중전화에서 걸려 왔든지 한 겁니다. 마을 공중전화는 역과 우체국 두 곳에만 있습니다. 우체국은 분명히 아니에요. 블레이드 부인이 그곳에 들어오는 사람들을 모조리 보고 있으니까요. 역일 수는 있습니다. 2시 27분에 기차가 도착하니까, 그 즈음 좀 붐비거든요. 하지만 중요한 것은 그가 자신에게 전화를 걸어 온 사람이 마플 양이라고 말하고 있는데 그게 사실이 아니란 겁니다. 그 전화는 마플 양의 집에서 걸려 온 것이 아니었고, 그때 마플 양은 회관에 있었습니다."

"그가 집에서 불려 나왔을 가능성을 간과하고 있는 것 아닌가? 스펜로 부인을 살해하려던 누군가에 의해서 말일세."

"테드 제러드라는 청년을 생각하고 계신 건가요, 서장님? 제가 그를 심문해 보았지요. 하지만 우리 앞을 가로막는 것은 동기가 없다는 겁니다. 그에게는 아무런 이익이 돌아가지 않습니다."

"하지만 그자는 반듯한 인물이 아닐세. 그의 신용에는 횡령이라는 오점이 있단 말일세."

"그자가 반듯하다는 건 아닙니다. 하지만 그는 고용주에게 가서 자신의 횡령 사실을 자백했어요. 그의 고용주들이 그걸 알아차릴 만큼 현명하지 못했는데 말입니다."

"옥스퍼드 그룹(1921년 미국인 부시맨이 옥스퍼드 대학에 설립한 조직으로 절대적으로 도덕적인 생활을 강조한다 — 옮긴이)의 회원이라더군."

멜쳇이 말했다.

"그렇습니다, 서장님. 개종을 하고 바르게 살기로 한 그는 자신이 전에 횡령했다는 사실을 자백했답니다. 잘 들으세요, 저는 지금 그게 교활하지 않았다는 게 아닙니다. 그는 자신이 의심을 받고 있다고 생각해서 정직한 후회를 가장하기로 했을 수도 있습니다."

"자네는 사람을 잘 믿지 않는군, 슬랙. 그건 그렇고 마플 양과는 이야기를 나누어 보았나?"

"'그 여자'가 이 일과 무슨 상관인가요, 서장님?"

"오, 아무 상관도 없지. 하지만 그녀는 여러 가지 사실들을 들어 알고 있다네. 가서 그녀와 이야기를 나눠 보는 게 어떤가? 아주 예리한 노부인이라네."

슬랙은 화제를 바꾸었다.

"한 가지 여쭤 보고 싶습니다, 서장님. 고인이 하녀 일을 시작한 곳에 대해서요. 로버트 애버크롬비 경의 저택 말입니다. 그곳에서 도난당한 보석, 그러니까 에메랄드가 막대한 가치가 있다더군요. 결국 범인을 잡지 못했지요. 제가 그 사건에 대해 조사해 보았지요. 이 스펜로라는 여자가 그곳에 있을 때 일어난 게 분명하더군요. 그녀는 당시 젊은 처녀였지만 말이에요. 그녀가 그 일에 연루되었다고 보지 않으세요, 서장님? 스펜로 씨는 초라하고 시원찮은 보석상이었어요. 장물아비 역할에 안성맞춤이었죠."

멜쳇이 고개를 내저었다.

"그 일에 뭔가가 있으리라고 생각하지 말게. 그녀는 당시 스펜로를 전혀 모르고 있었네. 난 그 사건을 기억하고 있어. 경찰들끼리는 그 집 아들이 그 사건에 연루되어 있을 거라고 생각했지. 짐 애버크롬비라는 낭비가 지독한 청년 말일세. 빚이 무척 많았는데, 그 절도 사건 후 모두 갚았다더군. 어떤 부유한 여자가 갚아 주었다고들 했지만 알 수 없는 일일세. 애버크롬비 노인은 그 사건에 대해 좀 애매한 태도를 취하면서 경찰의 주의를 다른 데로 돌리려고 애썼지."

"한번 생각해 본 것뿐입니다, 서장님."

마플 양은 슬랙 경감을 반갑게 맞았다. 특히 그를 보낸 사람이 멜쳇 대령이라는 이야기를 듣고서는 더욱 그랬다.

"이런, 멜쳇 대령님은 정말 친절한 분이시네요. 그분이 절 기억하고 있을 줄 몰랐답니다."

"물론 서장님은 부인을 기억하고 계시지요. 세인트 메리 미드에서 일어나는 일 중에 부인이 모르는 일은 알 가치가 없는 거라시더군요."

"정말 친절하신 말씀이군요. 하지만 전 정말 아무것도 모르는데요. 그러니까 이번 살인 사건에 대해서는 말이에요."

"소문에 대해서는 알고 계시겠지요."

"오, 물론이죠. 하지만 그저 잡담을 하고 또 하는 것 아니겠어요?"

슬랙은 의도적으로 싹싹하게 말했다.

"아시다시피 이건 공적인 대화가 아닙니다. 말하자면 우리끼리 하는 이야기지요."

"그러니까 사람들이 뭐라고 말하는지 정말로 알고 싶으시다는 건가요? 그게 사실이든 아니든?"

"그렇습니다."

"음, 물론 온갖 이야기와 추론이 분분하답니다. 그리고 실제로 두 가지 견해로 나뉘죠. 우선 남편이 그 일을 저질렀다고 생각하는 사람들이 있어요. 어떤 식으로든 배우자가 의심을 받는 게 자연스럽죠. 그렇게 생각하지 않으세요?"

"그럴 수도 있지요."

경감이 신중하게 대답했다.

"가까운 사이니까요. 그리고 돈이라는 관점에서도 볼 수 있죠. 제가 듣기로 스펜로 부인은 재산이 많았다더군요. 따라서 스펜로 씨는 아내의 죽음으로 이익을 보게 되지요. 유감스럽게도 이 사악한 세상에서는 가장 무자비한 추측이 맞아떨어지는 경우가 종종 있더군요."

"그는 정말 상당한 재산을 받게 된답니다."

"바로 그거예요. 그가 자기 아내를 목 졸라 죽인 다음 뒷문을 통해 집을 나와 들판을 가로질러 우리 집에 와서는 내 전화를 받은 척하며 나를 보러 왔다고 한 거죠. 그런 다음 다시 집으로 돌아가 자신이 없는 동안 아내가 살해당한 것을 발견한다는 가정이 설득력을 얻는 것 같아요. 물론 그 범죄가 뜨내기나 강도의 소행으로 돌려지기를 바라면서 말이죠."

경감이 고개를 끄덕였다.

"돈 문제일 수도 있지만, 최근 그들 사이가 나빠졌을 수도……."

하지만 마플 양이 그의 말허리를 잘랐다.

"오, 하지만 두 사람 사이는 나쁘지 않았어요."

"그게 사실인지 아닌지 어떻게 압니까?"

"그들이 싸움을 했다면 모든 이들이 알았을 거예요! 하녀 글래디스 브렌트가 이내 그 사실을 마을 전체에 퍼뜨렸을 테니까요."

경감이 맥없는 어조로 대답했다.

"그 여자가 몰랐을지도……."

그런 그에게 대답 대신 딱하게 여기는 듯한 미소가 돌아왔다.

마플 양은 계속 말을 이었다.

"그리고 생각이 다른 사람들도 있지요. 테드 제러드 말이에요. 잘생긴 청년이죠. 내 생각에 잘생긴 외모는 마땅히 그래야 하는 것 이상으로 사람들에게 영향을 미치는 것 같아요. 우리 마을 지난번 부목사님 말이에요. 정말이지 마술적인 효과를 나타냈지요! 마을 처녀들 모두가 교회에 나왔잖아요. 아침 예배와 저녁 예배 모두 말이에요. 그리고 나이 든 여자들도 평소와는 달리 교구 일에 적극적이었죠. 부목사님을 위해 많은 슬리퍼와 스카프가 만들어졌고요! 딱하게도 그 젊은 부목사님에게는 상당히 당혹스러운 일이었지요.

이런, 보자, 무슨 이야기를 하던 중이었더라? 오, 그래, 그 청년 테드 제러드. 물론 그에 대한 소문은 줄곧 있었어요. 그는 그 여자를 보러 무척 자주 왔다더군요. 스펜로 부인이 내게 한 말에 따르면, 그는 이른바 옥스퍼드 그룹의 일원이래요. 하나의 종교 운동이죠. 그들은 무척 신실하고 아주 정직하죠. 내 생각에 스펜로 부인은 그 점에 감명을 받은 것 같아요."

마플 양은 숨을 들이쉰 다음 말을 계속했다.

"그리고 저야 거기에 그 이상 아무것도 없다고 보지만, 사람들이 어떤지 아시잖아요. 상당히 많은 사람들이 스펜로 부인이 그 청년에게 마음을 빼앗겨 큰 돈을 빌려 주었다고 믿고 있어요. 그리고 실제로 그날 역에서 그가 목격되었답니다. 기차에 타고 있었다더군요. 2시 27분 도착 열차에요. 기차의 다른 편으로 빠져나와 철로를 지나 담을 넘어 울타리를 돌면, 기차역 입구로 나올 필요가 없어요. 그런 식으로 남의 눈에 띄지 않고 그 집에 갈 수도 있지요. 사람들은 또 스펜로 부인의 차림새가 좀 이상했다고 하더군요."

"이상했다니요?"

"실내복을 입고 있었다더군요. 일상복이 아니라."

마플 양이 얼굴을 붉혔다.

"아시다시피 어떤 이들에게는 그런 일이 상당히 암시적으로 여겨지는 모양이에요."

"당신도 그게 암시적이라고 보십니까?"

"아니에요, 전 그렇게 생각하지 않아요. 내 생각에 그건 너무나도 자연스러운걸요."

"그게 자연스럽다고요?"

"당시 상황으로 보면 그래요."

마플 양의 눈빛은 차분하고 생각에 잠겨 있었다.

슬랙 경감이 말했다.

"그 사실로 미루어 보면 남편에게 또 다른 동기가 있을 수 있겠군요. 질투심 말입니다."

"오, 그렇지 않아요. 스펜로 씨는 질투 같은 걸 할 사람이 아니에요. 그는 눈치가 빠른 사람이 아니에요. 자기 아내가 바늘방석에 메모를 남겨 놓고 도망친 다음에야 그런 일을 눈치 챌걸요."

슬랙 경감은 마플 양이 자신을 뚫어지게 바라보자 어리둥절했다. 그는 그녀의 이야기 전체가 뭔가를 암시하려 한다는 생각은 들었지만 그게 뭔지는 알 수가 없었다. 이제 그녀가 약간 강조해서 말했다.

"무슨 단서라도 찾아내셨나요, 경감님? 현장에서 말이에요."

"요즘 사람들은 지문이나 담뱃재 같은 걸 남기지 않는답니다, 마플 양."

"하지만 내 생각에 이번 사건은 구식 범죄인 것 같은데……."

슬랙이 날카로운 어조로 물었다.

"무슨 뜻으로 그런 말씀을 하시는 거죠?"

마플 양이 천천히 말했다.

"제 생각에는 파크 경관의 말을 들어 보는 게 도움이 될 것 같네요. 그는 그러니까 이른바 '범죄의 현장'에 처음으로 도착한 사람이니까요."

스펜로 씨는 접이식 의자에 앉아 있었다. 그는 당황한 듯했다. 그는 특유의 가늘고 정확한 목소리로 말했다.

"물론 나도 무슨 일이 벌어졌는지 상상이 갑니다. 내 귀는 전만큼 잘 듣진 못하지만 한 자그마한 소년이 내 뒤에서, '저기요, 크리픈(아내를 살해한 영국인 의사 — 옮긴이)이 누굴까요?' 하고 외치는 소린 알아들을 수 있었거든요. 그건…… 그건 내가 사랑하는 아내를 죽였다는 말 같더군요."

마플 양은 죽은 장미를 가위로 부드럽게 잘라 내며 말했다.

"그 애의 말뜻은 분명 그런 거였을 거예요."

"하지만 어린애가 어떻게 그런 생각을 할 수 있었을까요?"

마플 양은 기침을 했다.

"틀림없이 어른들 말을 들었겠지요."

"당신…… 당신 말은 정말 다른 사람들도 그렇게 생각하고 있다는 겁니까?"

"세인트 메리 미드 사람들 절반이 그래요."

"하지만 친애하는 부인, 어떻게 그런 생각을 할 수 있죠? 저는 아내에게 진정으로 애착을 느끼고 있었어요. 안타깝게도 그녀는 내가 바랐던 만큼 시골 생활을 받아들이지는 않았지만, 모든 점에서 완벽한 동의란 불가능한 이상이죠. 정말이지 전 아내를 잃은 것을 아주 가슴 아프게 여기고 있습니다."

"아마 그러실 거예요. 하지만 이렇게 말하는 것을 용서하신다면, 당신의 행동은 그렇게 보이지 않는군요."

스펜로 씨는 야윈 몸을 곧추세웠다.

"친애하는 부인, 오래전에 어떤 중국 철학자에 대한 이야기를 읽은 적이 있습니다. 그는 자신의 사랑하는 아내를 잃었는데도 침착하게 거리에서 징치기를 계속했다더군요. 중국의 전통적인 오락 말입니다. 평소와 다름없이요. 그 도시 사람들은 그의 의연함에 큰 감명을 받았다고 합니다."

"하지만 세인트 메리 미드 사람들의 반응은 좀 다릅니다. 중국 철학이 그들에게 호소력이 없나 봐요."

"하지만 당신은 이해하시지요?"

마플 양은 고개를 끄덕였다.

"헨리 삼촌은 자기 통제력이 뛰어난 분이셨죠. 그분의 좌우명은 '감정을 드러내지 말라.'는 것이었어요. 그분 역시 꽃을 무척 좋아하셨죠."

스펜로 씨는 열심을 보이며 말했다.

"우리 집 서쪽에 덩굴이 올라가는 정자를 만들려고 생각 중입니다. 분홍 장미와 등나무를 심을까 해요. 그리고 지금은 이름이 생각나지 않는 하얀 별 모양의 꽃도 있지요."

마플 양이 세 살짜리 조카 손자에게 하는 듯한 말투로 대답했다.

"여기 사진이 나와 있는 아주 멋진 카탈로그가 있어요. 이걸 훑어보시면 좋아하실 것 같군요. 전 마을에 가 봐야 하거든요."

카탈로그를 들고 행복한 표정으로 서 있는 스펜로 씨를 뜰에 남겨 두고 마플 양은 자기 방으로 가서, 갈색 종이에 드레스 한 벌을 서둘러 싼 다음 집을 나가 잰 걸음으로 우체국을 향해 걷기 시작했다. 양재사 폴릿 양은 우체국 위층에 살고 있었다.

하지만 우체국 안으로 들어간 마플 양은 곧장 층계로 올라가지 않았다. 2시 30분 정각이었다. 머치 벤험에서 출발한 버스가 평소보다 1분 늦은 시각에 우체국 앞에 멈춰 섰다. 세인트 메리 미드 마을의 매일 일과 중의 하나였다. 여자 우체국장이 꾸러미들을 들고 부산하게 움직였다. 우편 업무의 부업과 연관된 꾸러미들이었다. 그 우체국에서는 과자와 염가 도서, 장난감도 취급하고 있었다.

그 때문에 약 4분 동안 마플 양은 아무도 없는 우체국 안에 혼자 있었다.

여자 우체국장이 자기 자리로 돌아오고 나서야 마플 양은 위층으로 올라가 폴릿 양에게 자신의 오래된 회색 크레이프 옷을 가능하다면 좀 더 유행에 맞게 고치고 싶다고 말했다. 폴릿 양은 할 수 있는지 보겠다고 약속했다.

경찰서장은 마플 양이 자신을 보러 왔다는 말을 들었을 때 조금 놀랐다. 그녀는 길게 사과의 말을 늘어놓으며 방으로 들어왔다.

"정말 죄송합니다. 이렇게 방해해서 정말 죄송해요. 무척 바쁘신 줄은 알지만 언제나 무척 친절하게 대해 주셨지요, 멜쳇 대령님. 그래서 슬랙 경감에게 가는 것보다 서장님께 오는 게 나을 것 같았어요. 왜냐하면 파크 경관을 곤경에 빠지게 하고 싶지는 않으니까요. 분명히 그는 아무것에도 손을 대지 않았을 거예요."

멜쳇 대령은 조금 놀란 것 같았다. 그가 말했다.

"파크요? 그 친구는 세인트 메리 미드의 경관 아닌가요? 그가 무슨 일을 하고 있었다는 건가요?"

"그는 핀을 하나 주웠답니다. 그의 웃옷에 꽂혀 있더군요. 그래서 저는 당시 그가 그 핀을 스펜로 부인 집에서 주웠을지도 모른다고 생각했지요."

"그럼요, 그렇겠죠. 그런데 그 핀이 어쨌다는 거죠? 실제로 그 핀을 스펜로 부인의 시신 바로 옆에서 주운 모양입니다. 어제 슬랙 경감에게 와서 그런 이야기를 했다더군요. 부인께서 그렇게 하라고 하신 줄 알았는데요? 물론 범죄 현장에서는 손을 대서는 안 되지만, 조금 전에 말한 대로 핀이 어쨌다는 건가요? 여자들이 쓰는 핀이던데요."

"오, 아니에요, 멜쳇 대령님. 그건 잘못 아신 거예요. 남자들이 보기에는 평범한 핀일 수도 있겠지만 그렇지 않답니다. 그건 특별한 핀이에요. 아주 가느다란 핀으로 상자 단위로 사야 한답니다. 대개 양재사들이 사용하죠."

멜쳇은 그제야 이해가 되기 시작한다는 듯 그녀를 물끄러미 응시했다. 마플 양은 힘차게 고개를 여러 번 끄덕였다.

"예, 그렇고말고요. 제 눈에는 너무나도 분명해요. 부인이 실내복을 입고 있었던 건 자신의 새 드레스를 입어 보기 위해서였어요. 그래서 앞쪽 거실로 갔지요. 그러자 폴릿 양은 치수에 대해 무어라 말하며 그녀의 목에 줄자를 감았어요. 그리고 줄자를 엇갈려서는 잡아당기는 것으로 충분했어요. 아주 쉽다더군요. 그런 다음 밖으로 나와서는 현관문을 닫은 다음 마치 막 도착한 것처럼 그 앞에 서서 문을 두드린 거예요. 하지만 그 핀은 그녀가 '이미 집 안에 들어갔었다'는 것을 말해 주고 있지요."

"그럼 스펜로 씨에게 마플 양 행세를 하며 전화를 건 사람이 폴릿 양이었다는 건가요?"

"예, 2시 30분에 우체국에서 건 거예요. 그 시각에 버스가 도착해 우체국 안에는 아무도 없게 되거든요."

"하지만 친애하는 마플 양, 동기가 뭘까요? 도대체 왜 그랬을까요? 동기 없는 살인은 없는 법인데요."

"음, 멜쳇 대령님, 제가 들은 바를 종합해 보건대 이 범죄는 오래전으로 거슬러 올라갑니다. 제 사촌 앤서니와 고든이 생각나는군요.

앤서니는 무슨 일을 하든 언제나 잘되었는데, 가엾은 고든은 정반대였죠. 경마는 시원찮고 주식은 주가가 떨어져서 재산을 탕진했죠. 제가 보기에 스펜로 부인과 폴릿 양은 그 일에 함께 가담했던 것 같아요."

"무슨 일 말입니까?"

"도난 사건 말이에요. 오래전 일이죠. 아주 값나가는 에메랄드라고 하더군요. 여주인의 몸종과 하녀의 소행이었을 거예요. 그도 그럴 것이 한 가지 설명되지 않는 점이 있답니다. 하녀였던 스펜로 부인이 정원사와 결혼했을 때, 그들에게 어떻게 꽃집을 차릴 돈이 있었을까요?

대답은 바로 그녀가 그 도난 사건에서 자신의 몫을 받았다는 거예요. 도둑질한 물건을 팔아 나눈 몫이라고 하는 게 맞겠네요. 그녀는 하는 일마다 성공했어요. 하지만 다른 쪽, 그러니까 여주인의 몸종은 불운했겠죠. 결국 마을 양재사가 될 수밖에 없었으니까요. 그리고 그들은 다시 만났어요. 처음에는 아주 좋았을 거예요, 테드 제러드 씨가 나타나기 전까지는 말이에요.

스펜로 부인은 그 일에 대해 양심의 가책을 느끼고 있었고 감정적으로 종교적이 되어 있었지요. 그 청년은 틀림없이 그녀에게 용기를 내어 죄를 고백하라고 강권했을 겁니다. 그리고 분명 그녀는 용기를 내어 그렇게 하기로 했을 거예요. 하지만 폴릿 양은 사태를 그런 식으로 보지 않았어요. 그녀는 여러 해 전에 저지른 도둑질로 새삼스럽게 감옥에 가게 될지도 모른다는 생각뿐이었어요. 그래서 그녀는 그 일을 막기로 결심했어요. 원래 좀 사악한 여자가 아니었나 싶어요. 그 착하고 순진한 스펜로 씨가 교수형에 처해진다 해도 그녀는 눈 하나 깜짝 하지 않았을 거예요."

멜쳇 대령이 천천히 말했다.

"우리는…… 그러니까…… 부인의 추론을 증명할 수 있을 겁니다. 어느 정도까지는요. 폴릿이라는 여자가 애버크롬비 저택에서 여주인의 몸종으로 일했다는 사실 같은 것 말입니다. 하지만……."

마플 양이 그를 안심시켰다.

"일은 아주 쉽게 풀릴 거예요. 그녀는 사실에 근거해 몰아붙이면 즉각 허물어지고 마는 그런 여자랍니다. 여기 그녀의 줄자를 가져왔어요. 어제 가봉을 하면서 이걸…… 그러니까…… 슬쩍했답니다. 줄자가 어디 갔나 찾고 있는데, 경찰이 들고 나타나면…… 그러면 그녀는 무식한 여자니까 이 사건이 자신에게 불리하게 판결 날 거라고 여길 거예요."

그녀는 격려하듯 그에게 미소를 지어 보였다.

"틀림없이 아무 문제도 없을 거예요."

그것은 좋아하는 숙모가 자신이 육군사관학교 입학시험에 실패하지 않을 거라고 안심시켜 주던 그런 어조였다.

그리고 그는 그 시험에 합격하지 않았던가.

완벽한 하녀 사건

"괜찮으시다면 마담, 잠깐 이야기 좀 할 수 있을까요?"

어이없는 요청이라고 넘겨 버릴 수도 있었다. 마플 양의 어린 하녀 에드나는 사실 그 순간 이미 자신의 마님과 이야기 중이었기 때문이다.

하지만 말뜻을 알아차린 마플 양은 즉각 대답했다.

"물론이지, 에드나. 들어와서 문을 닫으렴. 무슨 일이지?"

공손히 문을 닫고 방 안으로 들어온 에드나는 앞치마 귀퉁이를 손가락 사이에 끼워 주름을 잡으며 한두 차례 침을 삼켰다.

"무슨 일이니, 에드나?"

마플 양이 어서 말해 보라는 듯 물었다.

"부탁입니다, 마님. 제 사촌 글래디스 이야긴데요."

"저런."

마플 양이 말했다. 그녀의 생각은 최악의 경우로 비약하고 있었다. 그리고 안타깝지만 그건 가장 흔한 경우이기도 했다.

"아이를 가진 건 아니겠지?"

에드나는 서둘러 그녀를 안심시켰다.

"아니에요, 마님. 그런 종류의 일이 아니에요. 글래디스는 그런 아이가 아니에요. 그저 몹시 당혹스러워하고 있을 뿐이에요. 일자리를 잃게 됐거든요."

"저런, 안됐구나. 그 애는 올드 홀에서 일하고 있지 않니? 스키너 양, 그러니까 그 자매들 집에서 말이다."

"예, 마님, 맞아요. 글래디스는 이 일로 몹시 걱정하고 있어요. 정말이지 걱정이 이만저만 아니에요."

"하지만 글래디스는 전에도 자주 일자리를 옮겼잖아?"

"오, 그래요, 마님. 글래디스는 줄곧 자리를 옮겨 다녔지요. 그 애가 그래요. 그러니까 제 말은 도대체 한곳에 정착을 못 한다는 거예요. 하지만 여태까지는 그 애 쪽에서 그만두겠다고 한 거랍니다!"

"그런데 이번에는 그 반대란 말이니?"

마플 양이 건조하게 물었다.

"예, 마님. 그리고 그 일 때문에 글래디스는 몹시 당혹스러워하고 있어요."

마플 양은 조금 놀란 것 같았다. '외출 날'이면 종종 자기 집 부엌에 와서 차를 마시던 글래디스는, 그녀의 기억에 의하면 억세고 킬킬거리기 잘하며 쉽게 동요하지 않는 평온한 기질의 처녀였다.

에드나는 말을 계속했다.

"그건 말이에요, 마님. 어떤 식으로 그 일이 일어났는가 하는 점 때문이에요. 스키너 양이 그 일을 어떤 식으로 보느냐 하는 것 말이에요."

"스키너 양이 그 일을 어떻게 보고 있다는 거냐?"

마플 양이 참을성 있게 물었다.

그러자 에드나는 막힘 없이 새로운 소식을 전했다.

"오, 마님, 그건 글래디스에게는 정말이지 충격이었던 모양이에요. 에밀리 양의 브로치가 없어져서 그것을 찾느라 일대 소동이 벌어졌대요. 그런 일이 일어나는 것을 좋아할 사람은 아무도 없죠. 제 말뜻은 그건 무척 당혹스러운 일이라는 거예요, 마님. 글래디스도 함께 사방으로 찾았다더군요. 레비니아 양이 경찰에 알려야겠다고 말하는데, 그 브로치가 다시 나타났대요. 화장대 서랍 뒤쪽으로 밀려나 있었다는군요. 글래디스는 무척 다행이라고 생각했대요.

그런데 바로 다음 날 언제나처럼 접시 하나가 깨졌대요. 그러자 레비니아 양이 즉각 달려 나오더니 글래디스에게 한 달 내로 나가 달라고 하더래요. 그런데 글래디스의 느낌에는 접시 때문에 그러는 게 아닌 것 같다는 거예요. 레비니아 양은 접시를 구실로 삼고 있을 뿐 사실은 브로치 때문이라는 거예요. 글래디스가 그것을 훔쳐 놓고는 경찰 이야기가 나오자 되돌려 놓았다고 생각하고 있는 것 같다는 거예요. 하지만 글래디스는 그런 짓을 하지 않았어요. 그 애가 그랬을 리가 없어요. 그런데 그런 말이 새어나가 자신에 대한 험담이 나돌면 처녀로서 아주 심각하다는 거예요, 마님."

마플 양은 고개를 끄덕였다. 허풍 떨기 좋아하고 고집이 센 글래디스에게 특별한 호감을 갖고 있진 않았지만, 그 처녀가 원래 정직하다는 것은 잘 알고 있었으므로 그 사건으로 그 처녀가 당황했으리라는 것을 충분히 짐작할 수 있었다.

에드나가 바라는 듯한 어조로 말했다.

"제 생각인데요, 마님. 마님께서 그 일에 대해 뭔가 해 주실 수 있지 않을까요? 글래디스가 그렇게 동요한 건 이번이 처음이에요."

"그 애에게 어리석게 행동하지 말하고 일러 두렴."

마플 양이 또렷한 어조로 말했다.

"그 애가 브로치를 가져가지 않았다면 흥분할 이유가 없는 거야. 난 그 애가 그러지 않았으리라고 확신한다."

"소문이 퍼질 거예요."

에드나가 우울하게 대답했다.

마플 양이 말했다.

"내가…… 그러니까…… 오늘 오후 그쪽으로 가 보마. 스키너 자매와 이야기를 해 볼게."

"오, 고맙습니다, 마담."

에드나가 말했다.

올드 홀은 숲과 공원으로 둘러싸인 빅토리아 풍의 대저택이었다. 있는 그대로는 세를 놓을 수도 팔 수도 없었으므로, 한 야심만만한 투자가가 그곳을 중앙난방장치를 갖춘 네 개의 주택으로 분리하고 '뜰'은 입주자들이 공동으로 사용할 수 있게 만들었다. 그 실험은 성공을 거두었다. 부유하고 괴팍한 늙은 귀부인과 하녀가 주택 하나에 들어왔다. 새들을 몹시 좋아하는 그 늙은 부인은 매일 먹이를 주어 새 떼를 모여들게 했다. 두 번째 주택에는 은퇴한 인도인 판사와 그의 아내가 세를 들었다. 세 번째 주택에는 최근 결혼한 아주 젊은 부부가 들었고, 네 번째 주택에 스키너라는 이름의 노처녀 자매 둘이 들어온 것이 불과 두 달 전이었다. 네 가구는 서로 무척 소원하게 지냈는데, 왜냐하면 서로 공통점이 전혀 없었기 때문이었다. 집주인이 듣기에 그것은 무척 잘된 일이었다. 그는 입주자들이 우정을 나누다가 사이가 틀어져 자신에게 불평을 하게 될까 봐 걱정하고 있었다.

마플 양은 거주자들을 잘 아는 것은 아니었지만 모두와 친교가 있었다. 스키너 자매 중 언니인 레비니아 양은 레비니아 상사의 임원이었다. 동생인 에밀리 양은 여러 가지 불평을 늘어놓으며 침대에서 대부분의 시간을 보냈다. 세인트 메리 미드 사람들의 견해에 따르면 그 불평은 대부분 근거가 없는 것이었다. 레비니아 양만이 동생의 고통과 고난 중의 인내를 헌신적으로 믿었고, '동생 머릿속에 갑자기 떠오른 것'을 구하러 종종걸음으로 마을을 들락거렸다.

에밀리 양이 실제로 자신이 떠벌이는 내용의 반만이라도 아팠다면, 오래전에 헤이독 박사를 불러오게 했으리라는 것이 세인트 메리 미드 사람들의 생각이었다. 하지만 그런 이야기를 암시적으로 전달하면 에밀리 양은 오만한 태도로 두 눈을 감으면서 자신의 경우는 그렇게 간단한 게 아니라고 중얼거리곤 했다. 런던 최고의 전문의들도 자신의 병에 당황했다는 것이다. 그러면서 훌륭한 새 의사가 자신에게 가장 혁신적인 치료 과정을 밟게 한 만큼 건강이 나아지기를 정말이지 바란다는 것이었다. 평범한 의사는 그녀의 병을 파악할 수 없다는 것이었다.

"그런데 그게 바로 제 생각이에요."

속을 감추는 법이 없는 하트넬 양이 말했다.

"의사를 불러오게 하지 않다니 그 여자는 정말 머리가 좋아요. 친애하는 헤이독 박사는 특유의 기운찬 태도로 그녀에게 아무런 문제도 없으니 공연한 소란 피우지 말고 일어나라고 할 테니까요! 그녀에겐 정말 다행이지요!"

하지만 그런 독단적인 처치도 실패로 돌아가고 에밀리 양은 줄곧 안락의자에 길게 누워서는 주위에 작고 낯선 알약 상자들을 늘어놓고 자신을 위해 해 온 음식은 거의 대부분 거부하고는 다른 어떤 것, 만들기 어렵고 쉽사리 손에 넣을 수 없는 그 무엇을 요구하고 있었다.

글래디스가 마플 양에게 현관문을 열어 주었다. 그 애는 마플 양이 상상했던 것보다 훨씬 더 의기소침해 있는 것 같았다. 거실에 앉아 있던 레비니아 양이 일어나 마플 양에게 인사했다. 거실은 전에 있던 응접실의 4분의 1 크기였다. 응접실을 식당, 거실, 욕실, 가정부용 벽장으로 나누었던 것이다.

레비니아 스키너는 키가 크고 여윈, 뼈가 두드러진 쉰 살의 여자였다. 퉁명스러운 목소리의 그녀는 무뚝뚝한 태도의 소유자였다.

"만나서 반가워요. 에밀리는 누워 있어요. 오늘은 기분이 저조해요, 가엾은 아이 같으니라고. 그 애가 당신을 보면 좋을 텐데요. 기운이 날 테니까요. 하지만 때때로 그 애는 아무도 만나고 싶어 하지 않는답니다. 가엾은 아이, 그 애는 잘 견디고 있어요."

마플 양이 예의바르게 대답했다. 하녀들은 세인트 메리 미드의 주된 화젯거리였으므로, 대화를 그 방향으로 유도하는 것은 어렵지 않았다. 마플 양은 성실한 처녀 글래디스 홈스가 그만둔다는 말을 들었노라고 말했다.

레비니아가 고개를 끄덕였다.

"수요일에요. 그릇을 깼거든요. 구할 수도 없는 거랍니다."

마플 양은 한숨을 내쉬고는 요즘은 우리 모두 참아야 하는 게 한두 가지가 아니라고 말했다. 처녀애들을 그런 시골까지 오게 한다는 게 너무 어려운 마당에 글래디스를 내보내는 것이 정말 현명한 일이겠느냐는 것이었다.

"하녀 구하기가 어렵다는 건 알아요."

레비니아 양이 인정했다.

"드브뢰 씨 댁도 하녀를 구하지 못했지요. 하지만 그건 이상한 일이 아니에요. 그 집은 언제나 싸움질이고 밤새도록 소란을 떨고 식사를 시도 때도 없이 하거든요. 그 여자는 집 안 꾸리기에 대해 아무것도 몰라요. 그 여자 남편이 정말 가엾어요! 또 라킨스 씨네 하녀도 막 그만두었다더군요. 판사 특유의 인도인다운 성격에다 그의 표현에 따르면 '초타 하즈리', 그러니까 아침 식사를 새벽 6시에 가져오라고 하고 라킨 부인은 끊임없이 불평을 해 대니, 그 집의 경우도 이상한 일이 아니죠. 카마이클 부인 댁의 자넷은 물론 꿈쩍도 하지 않고 있어요. 하지만 내가 보기에 그 여자는 정말이지 불쾌하기 짝이 없어요. 그 나이 든 부인을 등쳐먹고 있는 게 분명해요."

"그렇다면 글래디스에 대한 결정을 재고해 보시지 않겠어요? 그 애는 정말 좋은 처녀예요. 전 그 애의 가족 모두를 알고 있는데 무척 정직하고 뛰어나답니다."

레비니아 양은 고개를 내저었다.

"제겐 그럴 만한 이유가 있답니다."

그녀가 오만한 태도로 말했다.

마플 양이 중얼거렸다.

"브로치를 잃어버리셨던 건 알고 있지만……."

"이런, 누가 그러던가요? 그 애가 그랬겠군요. 아주 솔직하게 말해서 난 그 애가 그걸 훔쳤었다고 거의 확신해요. 그랬다가 겁이 나서 되돌려 놓은 거예요. 물론 확실하지 않은 한 아무 말도 할 수 없지만요."

그녀는 화제를 바꾸었다.

"이리 오셔서 에밀리를 만나 보세요, 마플 양. 그 애에게 도움이 될 거예요."

마플 양은 순순히 그 말을 따랐다. 레비니아 양은 방문을 두드린 다음 들어오라는 대답이 들리자 손님을 들어가게 했다. 그곳은 그 집에서 가장 좋은 방으로, 반쯤 내려진 블라인드가 대부분의 햇빛을 가리고 있었다. 에밀리 양은 침대에 누워 있었다. 어슴푸레한 빛과 애매모호한 고통을 즐기고 있는 것이 분명했다.

희미한 빛이 그녀를 여위고 나약한 존재로 보이게 했다. 숱이 많은 잿빛 도는 노란 머리카락이 흐트러진 채 얼굴을 둘러싸고 컬을 이루며 비어져 나와 있는 모습은 자존심이 있는 새라면 결코 용납하지 않을 새 둥지를 연상시켰다. 방 안에서는 콜론 수와 찌든 비스킷, 방충제 냄새가 났다.

두 눈을 반쯤 감은 채 가늘고 약한 목소리로 에밀리 스키너는 그날이 '몸 상태가 좋지 않은 날'이라고 설명했다.

"병의 가장 나쁜 점은 자신이 주위 사람들에게 짐이 되고 있다는 것을 의식하게 되는 거랍니다."

에밀리 양이 우울한 어조로 말했다.

"레비니아 언니는 제게 몹시 잘해 주지요. 레비 언니, 번거롭게 하기는 정말 싫지만 내 더운 물병에 물을 내가 원하는 만큼만 채워 줬으면 좋겠어. 가득 채우면 너무 무겁거든. 반대로 너무 적게 채우면 금방 차가워지고 말이야!"

"미안하다, 얘야. 그걸 이리 주렴. 조금 따라내 줄게."

"그렇게 하다가는 어쩌면 다시 채워야 할 거야. 집에 러스크 없겠지. 아니, 아니야, 상관없어. 안 먹어도 돼. 연하게 우린 홍차에 레몬

한 조각이면 돼. 레몬이 없다고? 안 돼, 난 정말이지 레몬을 넣지 않은 홍차는 마실 수가 없어. 오늘 아침 우유는 조금 맛이 간 것 같아. 그래서 차에 우유를 넣을 수가 없었어. 상관없어. 차 안 마셔도 돼. 그저 너무 기운이 없게 느껴지는 것뿐이야. 굴이 영양이 풍부하다더군. 조금 먹어 보면 어떨까? 아니, 아니야, 이렇게 저녁이 다 되었는데 일부러 사러 갈 건 없어. 내일까지 아무것도 먹지 않아도 돼."

레비니아는 자전거로 마을에 다녀오겠다고 중얼거리며 방을 나갔다.

에밀리 양은 손님에게 기운 없이 미소를 지어 보이며 자신은 어떤 사람이라도 번거롭게 하는 게 정말 싫다고 말했다.

그날 저녁 마플 양은 에드나에게 자신의 임무가 성공하지 못한 것 같아 유감이라고 말했다.

그녀는 글래디스가 정직하지 않다는 소문이 벌써 마을에 퍼지고 있다는 사실을 알고 좀 곤혹스러웠다.

우체국에서 웨더비 양이 그녀에게 달려들었다.

"친애하는 제인, 그들이 그 애에게 써 준 추천서에는 자발적이고 착실하고 공손하다는 말은 있지만 정직성에 대해서는 단 한마디도 하지 않았다는군요. 내가 보기에 그건 무척이나 의미심장한 일이에요! 듣기로는 브로치 때문에 약간의 문제가 있었다더군요. 분명히 거기 뭔가가 있는 거예요. 왜냐하면 요즘은 여간 심각한 문제가 아니면 하녀를 내보내지 않거든요. 그들은 다른 사람을 구하기가 무척 어려울 거예요. 처녀애들이 올드 홀에는 가려 들지 않으니까요.

쉬는 날에 집에 가는 것에도 신경을 곤두세운다더군요. 두고 보세요. 스키너 자매들은 다른 사람을 구하지 못할 것이고, 그렇게 되면 그 지독한 우울증 환자인 동생도 자리에서 일어나서 뭔가 일을 해야 할 거예요!"

스키너 자매들이 어떤 소개소를 통해 모든 면에서 완벽한 전범인 새 하녀를 고용했다는 사실이 알려지자 마을 사람들은 몹시 아쉬워했다.

"추천서에 따르면 3년간 일한 곳에서 그 여자를 몹시 칭찬했다네요. 그 여자는 시골을 더 좋아한대요. 실제로 요구하는 급료도 글래디스보다 적고요. 우리가 정말 운이 좋다는 생각이 들어요."

"음, 정말이지 너무 잘된 일이라 사실 같지가 않군요."

생선가게에서 레비니아 양에게 이런 자세한 이야기를 듣고 마플 양이 대답했다.

그 즈음 세인트 메리 미드 마을의 지배적인 견해는 그 모범적인 하녀가 마지막 순간에 핑계를 대고 오지 않으리라는 것이었다.

하지만 이러한 예측들 중 어느 하나도 들어맞지 않았다. 마을 사람들은 메리 히긴스라는 이름의 그 보석 같은 하녀가 리드의 택시를 타고 마을을 가로질러 올드 홀로 가는 것을 지켜볼 수 있었다. 그녀의 겉모습이 완벽하다는 것은 인정해야 했다. 더할 나위 없이 훌륭한 외모에 아주 말끔한 차림새를 한 여자였다.

마플 양이 목사관 축제를 위한 가두 판매원 모집차 다시 올드 홀을 방문했을 때, 메리 히긴스가 문을 열어 주었다. 그녀는 정말이지

용모가 뛰어난 하녀임에 틀림없었다. 나이는 마흔 살 가량 되어 보였고, 말끔한 검은 머리에 장밋빛 뺨, 포동포동한 몸매에 분별 있게도 검은 옷을 입고 하얀 앞치마에 모자를 쓰고, 글래디스의 요란하고 편도선 환자 같은 억양과는 달리 들릴 듯 말 듯한 품위 있고 공손한 목소리를 갖고 있었다. 마플 양이 나중에 설명한 바에 따르면 '훌륭한 구식 하녀의 전형'이었다.

레비니아 양은 평소보다 훨씬 덜 성가셔 하고 있는 듯이 보였다. 동생을 돌보아야 하기 때문에 가판대를 맡을 수 없는 것은 유감이지만, 상당한 돈을 기부하고 팬 행주와 아기 양말을 제공하겠다고 약속했다.

마플 양은 그녀가 좋아 보인다고 평했다.

"전 정말이지 메리의 도움을 크게 받고 있어요. 지난번 그 처녀 애를 내보내기로 결정한 것이 얼마나 다행인지 모르겠어요. 메리는 정말이지 훌륭해요. 요리도 잘하고 시중도 잘 들고 우리의 작은 집을 구석구석 깨끗하게 유지해 주지요. 매트리스를 매일같이 뒤집어 놓는답니다. 또 에밀리에게 정말 잘해요!"

마플 양은 서둘러 에밀리의 안부를 물었다.

"오, 가엾은 아이, 그 애는 최근 무척 몸 상태가 좋지 않아요. 물론 그 애로서는 어쩔 수 없지만, 정말 때때로 사태가 좀 어려워지기도 한답니다. 어떤 걸 요리해 달라고 하고는 요리가 나오면 당장은 먹을 수 없다고 하거든요. 그러고는 30분 후에 다시 달라고 하는데, 그때는 모든 게 엉망이 되어 버려 다시 만들어야 하거든요. 그렇게 되면 물론 일이 너무 많게 되죠. 하지만 다행히 메리는 전혀 싫어하는 내색을 하지 않아요. 환자 시중을 많이 해 보아 이해할 수 있다면서요. 정말 다행이에요."

"정말 잘됐군요."

"예, 그렇고말고요. 저는 우리 기도에 대한 응답으로 메리가 여기 온 것 같은 느낌이 들어요."

"내가 듣기에 그 여자에 대한 이야기는 사실이라고 하기에는 너무 훌륭한 것 같네요. 내가…… 음, 내가 당신 입장이라면 좀 조심할 것 같은데요."

레비니아 스키너는 그 말의 요점을 알아듣지 못하고는 이렇게 말했다.

"오! 단언하는데 전 그녀를 편안하게 해 주려고 최선을 다하고 있답니다. 그녀가 떠나 버리면 어떻게 해야 할지 모르겠거든요."

"그 여자는 떠날 채비가 될 때까지는 떠나지 않을 것 같아요."

마플 양은 그렇게 말하고는 집주인을 강한 눈빛으로 응시했다.

레비니아 양이 말했다.

"집안일 걱정을 하지 않아도 된다면 무거운 짐을 내려놓는 거 아니겠어요? 당신의 어린 에드나는 어떤가요?"

"그 애는 아주 잘하고 있어요. 물론 아주 뛰어난 건 아니지만요. 당신의 메리 같지는 않지요. 하지만 그 애는 이 마을 처녀애라서 전 에드나에 관한 거라면 모조리 알고 있지요."

현관으로 나올 때 그녀는 환자의 목소리가 성마르게 올라가는 소리를 들었다.

"이 습포는 너무 건조해지고 있어. 앨러턴 박사가 습기를 줄곧 보충해야 한다고 특별히 일렀는데 말이야. 저기, 저기에 놓아둬요. 홍차 한 잔과 삶은 달걀을 하나 갖다 줘요. 3분 30초만 삶는 것 잊지 마요. 그리고 레비니아 언니에게 이리 와 달라고 해 줘요."

유능한 메리가 그 방에서 나와서는 레비니아에게 이렇게 말하고 있었다.

"에밀리 양이 찾으시는데요, 마담."

그러면서 그녀는 마플 양을 위해 문을 열어 주러 나왔다. 그녀는 마플 양이 외투를 입는 것을 도와주고 정말이지 나무랄 데 없는 태도로 우산을 내밀었다.

마플 양은 우산을 받아 들다가 떨어뜨렸고, 그것을 주우려 하다가 가방까지 떨어뜨리는 바람에 가방이 열리고 말았다. 메리는 공손하게 여러 가지 물건들을 주워 주었다. 손수건, 수첩, 구식 가죽 지갑, 1실링짜리 동전 두 개, 1페니짜리 동전 세 개, 그리고 줄무늬가 들어간 페퍼민트 사탕 같은 것들이었다.

마플 양은 약간 당혹스러워하는 듯한 기색으로 마지막 물건을 받아 들었다.

"오, 이런, 이건 클레멘트 부인의 아들 것이 분명해요. 그 애가 이걸 빨고 있었던 게 기억나는군요. 내 가방을 갖고 놀았었죠. 그러다가 그걸 가방 안에 넣은 게 틀림없어. 너무 끈적거리죠?"

"제가 처리할까요, 마담?"

“오, 그래 주겠어요? 정말 고마워요.”

메리는 마지막 물건인 작은 거울을 집어 들기 위해 몸을 굽혔다. 마플 양은 그것을 받아 들면서 흥분해서 외쳤다.

“정말 다행이네요, 깨지지 않았으니 말이에요.”

그런 다음 그녀는 그 집을 나왔다. 메리는 표정 하나 없는 얼굴로 줄무늬 막대 사탕을 들고는 공손한 태도로 문간에 서 있었다.

그 후 열흘에 걸쳐 세인트 메리 미드 사람들은 레비니아 양과 에밀리 양의 보석 같은 하녀가 얼마나 탁월한지를 참고 들어야 했다.

열하루째 되는 날, 마을 전체는 커다란 흥분에 휩싸였다.

하녀의 모범인 메리가 사라진 것이다! 레비니아 양의 브로치 두 개와 반지 다섯 개가 없어졌고, 에밀리 양의 브로치 네 개와 팔찌 하나, 목걸이 하나, 반지 세 개도 함께 사라졌다!

그것은 재난의 첫 장일 뿐이었다.

젊은 드브뢰 부인은 서랍 속에 넣고 잠그지 않았던 다이아몬드와 결혼 선물로 받은 값비싼 모피를 잃어버렸다. 판사와 그의 아내 역시 보석과 상당액의 돈을 도난당했다. 카마이클 부인이 가장 큰 피해자였다. 그녀는 아주 귀중한 보석을 갖고 있었을 뿐 아니라 집 안에 거액의 돈을 놓아두었는데 그것들이 없어져 버렸던 것이다. 그 날은 하녀 자넷이 저녁 외출을 하는 날이었고, 카마이클 부인은 평소대로 빵가루를 뿌려 새들을 부르면서 뜰을 돌아다니고 있었다. 완벽한 하녀인 메리는 그들 모두의 집 열쇠를 갖고 있었던 것이 분명했다.

세인트 메리 미드 마을 사람들의 마음속에 심술궂은 기쁨이 피어올랐다는 걸 고백하지 않을 수 없다. 그동안 레비니아는 자신의 탁월한 하녀 메리에 대해 지나치게 자랑을 늘어놓았던 것이다.

"그러니까 저런, 그저 도둑일 뿐이었군요!"

흥미로운 폭로가 이어졌다. 메리가 멀리 사라져 버린 데 이어, 그녀를 소개하고 추천서의 내용을 보증했던 소개소에서는 추천서장과 신청서를 받아 자기네가 선발한 메리 히긴스라는 인물이 실제로 존재하는 사람이 아니라는 사실을 알아내고 깜짝 놀라지 않을 수 없었다. 메리 히긴스는 어떤 성공회 집사의 신실한 누이와 함께 살았던 신실한 하녀의 이름으로, 그녀는 콘월의 모처에서 평화롭게 살고 있었다.

"모든 것을 치밀하게 계산했군."

슬랙 경감은 인정하지 않을 수 없었다.

"내 의견을 말하자면, 그 여자는 조직 폭력배와 손을 잡고 있을 거야. 노섬벌랜드에서 1년 전 이런 사건이 있었지. 훔친 물건들이 추적되지 않아서 그 여자는 붙잡히지 않았어. 하지만 머치 번햄에서는 좀 다를걸!"

슬랙 경감은 항상 자신만만했다.

그렇지만 여러 주가 지났는데도 메리 히긴스는 경찰을 놀리듯 붙잡히지 않았다. 슬랙 경감은 에너지를 두 배로 동원했지만 소용없었다. 그것은 그의 명성을 배신했다.

레비니아 양은 줄곧 울어댔다. 에밀리 양은 극도로 신경이 곤두서서는, 자신의 상태에 놀라 실제로 헤이독 박사를 불러오게 했다.

마을 사람들 모두 헤이독 박사가 에밀리 양의 병에 대해 어떻게 생각하는지 알고 싶어 했지만, 그에게 직접 물어볼 수는 없었다. 보조 약제사 미크 씨를 통해 그 문제에 대해 만족스러운 정보가 입수되었다. 그가 프라이스 리들리네 하녀인 클라라와 산책을 나갔던 것이다. 헤이독 박사가 에밀리 양에게 구충제와 진정제 혼합액을 처방했다는 사실이 알려진 것은 그때였다. 미크 씨에 의하면, 그것은 군대에서 꾀병 군인에게 주는 단골 처방이었다!

그 후 얼마 지나지 않아 에밀리 양이 자신이 받은 의학적 처치에 불만스러워하며 자신의 병을 이해하는 런던의 전문의 곁으로 가야 할 것 같다고 말했다는 사실이 알려졌다. 그녀의 말에 따르면 그 편이 레비니아에게도 좋으리라는 것이었다.

그 집은 임대를 위해 부동산에 나왔다.

마플 양이 조금 상기되고 당혹스러운 표정으로 머치 번햄의 경찰서에 들러 슬랙 경감을 찾은 것은 그로부터 이삼 일 후였다.

슬랙 경감은 마플 양을 좋아하지 않았다. 하지만 그는 경찰서장인 멜쳇 대령이 자신의 견해에 동의하지 않으리라는 것을 의식하고 있었다. 그래서 그는 조금 마지못한 태도로 그녀를 맞았다.

"안녕하십니까, 마플 양. 무슨 일로 오셨는지요?"

"오, 이런, 경감님이 바쁘시지 않나 모르겠네요."

"일이 많습니다만 잠시 시간을 낼 수 있습니다."

"이런, 제가 말하고자 하는 바를 제대로 전달할 수 있었으면 좋겠네요. 자기 자신을 설명한다는 것은 무척 어려운 일 아닐까요? 아니, 아마 모르실 거예요. 하지만 아시다시피 저는 현대식 교육을 받지 않았답니다. 그저 여자 가정교사에게서 잉글랜드 왕들의 생존 기간과 일반적인 지식을 배웠을 뿐이지요. 브루어 박사니 밀의 전염병 세 가지 같은 것들 말이에요. 그러니까 마름병, 흰가루병……, 세 번째가 뭐지요, 흑수병이었던가요?"

"흑수병에 대해 이야기하시려는 건가요?"

슬랙 경감은 그렇게 묻고는 얼굴을 붉혔다.

"아, 아니에요, 아니랍니다."

마플 양은 흑수병에 대한 이야기를 할 생각은 전혀 없노라고 서둘러 부인했다.

"그저 한 가지 예일 뿐이에요. 그리고 바늘이 어떻게 만들어지는가 하는 것들이었지요. 아시다시피 범위는 넓었지만 요점에 집중하는 걸 배우지 못했어요. 제가 원하는 게 바로 그건데 말이죠. 제 용건은 스키너 양의 하녀 글래디스 문제예요."

"메리 히긴스지요."

슬랙 경감이 말했다.

"오, 그래요. 그 여자는 두 번째였지요. 하지만 제가 말하는 사람은 글래디스 홈스예요. 조금 버릇이 없고 호감을 주는 것과는 거리가 멀지만 너무나도 정직하죠. 그래서 그 점을 인정받는 것이 무척 중요하답니다."

"제가 아는 한 그녀에 대한 혐의점은 없습니다."

"그렇지요. 고소당하지 않았다는 건 저도 알아요. 하지만 그게 더욱 상황을 나쁘게 만들고 있지요. 왜냐하면 아시다시피 사람들은 사태를 줄곧 상상하게 되니까요. 오, 이런, 제가 설명을 엉망으로 하고 있다는 건 알아요. 제가 정말 하고 싶은 말은 메리 히긴스를 찾는 게 중요하다는 거죠."

"물론이죠. 그 문제에 대해 무슨 아이디어라도 있으신가요?"

슬랙 경감이 물었다.

"음, 사실은 그렇답니다. 한 가지 질문을 해도 될까요? 그 여자 지문이 경감님께 도움이 되지 않을까요?"

"아, 그 점에 있어서 그녀는 너무나도 교활했습니다. 대부분의 일을 고무장갑이나 가정부용 장갑을 끼고 했던 모양입니다. 그리고 줄곧 주의를 게을리 하지 않았더군요. 자신의 침실과 개수대 위의 모든 것들을 말끔히 닦아 놓았어요. 그 집에서 단 한 개의 지문도 발견할 수 없었답니다!"

"그녀의 지문을 손에 넣었다면 도움이 되었을까요?"

"그랬을 겁니다, 마담. 런던 경시청 사람들이 알고 있을 테니까요. 이게 그 여자의 첫 번째 범죄는 아닐 게 분명하니까요!"

마플 양은 밝은 표정으로 고개를 끄덕였다. 그녀는 가방을 열고는 작은 판지 상자 하나를 꺼냈다. 그 안에는 탈지면에 싸인 작은 거울이 들어 있었다.

"제 핸드백에서 나온 거랍니다. 이 위에 그 하녀의 지문이 있어요. 내 생각에 상태는 만족스러울 거예요. 그 여자는 이걸 잡기 직전에 아주 끈적끈적한 물건을 만졌거든요."

슬랙 경감이 물끄러미 그것을 바라보았다.

"당신은 일부러 그 여자의 지문을 채취한 건가요?"

"물론이죠."

"그렇다면 그때 이미 그 여자를 의심했다는 건가요?"

"음, 그 여자가 사실이라기에는 좀 너무 훌륭하다는 생각이 들더군요. 실제로 저는 레비니아 양에게 그렇게 말했어요. 하지만 그녀는 그런 암시를 받아들이려 하지 않았답니다! 저는 말이에요, 경감님, 완벽한 전범이란 걸 믿지 않아요. 우리들 중 대부분은 나름대로의 결점을 갖고 있지요. 그리고 집안일은 그 결점들을 이내 드러나게 하는 법이고요!"

슬랙 경감이 다시 정신을 차리며 말했다.

"이런, 큰 도움을 받은 게 분명하군요. 이 지문을 런던 경시청으로 보내 어떤 결과가 나오는지 보도록 하지요."

그는 말을 멈추었다. 마플 양이 고개를 한쪽으로 살짝 기울이고 의미심장한 눈길로 자신을 바라보고 있었던 것이다.

"좀 더 가까운 곳에서 찾아보지 않으시겠어요, 경감님?"

"무슨 뜻으로 하시는 말씀인가요, 마플 양?"

"설명하기는 무척 어렵지만, 이상한 일과 맞닥뜨리면 그걸 알아채게 된답니다. 그런데 그 이상한 일들이란 게 아주 사소한 것들일 수도 있거든요. 저는 줄곧 그런 걸 느꼈지요. 그러니까 글래디스와 문제의 브로치에 대해서 말이에요. 그 애는 정직한 처녀예요. 그 브로치를 훔치지 않았어요. 그런데 어째서 스키너 양은 그 애가 그런 짓을 저질렀다고 생각했을까요? 스키너 양은 바보가 아니었어요. 그 반대였죠! 하녀를 구하기가 아주 어려울 때에 어째서 좋은 하녀를 내보내려고 그렇게 안달을 했을까요? 그건 이상했어요. 그래서 저는 생각했지요. 곰곰이 생각했답니다. 그리고 또 다른 이상한 점을 발견했답니다. 에밀리 양은 우울증 환자였는데 보통 우울증 환자답지 않게 의사들을 불러 대지 않았어요. 우울증 환자들은 의사를 만나는 걸 좋아한답니다. 그런데 에밀리 양은 그러지 않았다고요!"

"무슨 말씀을 하시려는 건가요, 마플 양?"

"그러니까 저는 레비니아 양과 에밀리 양이 이상한 사람들이라는 말을 하려는 겁니다. 에밀리 양은 거의 모든 시간을 어둑한 방 안에서 보내죠. 그리고 그녀의 머리가 가발이 아니라면, 전…… 전…… 제 손에 장을 지지겠어요! 그러니까 제가 하고 싶은 말은 이거예요. 여위고 창백하고 반백의 머리를 하고 푸념을 해 대는 여자가 검은 머리에 분홍빛 뺨을 한 통통한 여자로 변신하는 게 충분히 가능하다는 겁니다. 그리고 에밀리 양과 메리 히긴스를 동시에 보았다는 사람을 저로서는 찾아내지 못했어요. 모든 열쇠들의 본을 뜰 충분한 시간, 거주자들 모두에 대해 모든 걸 알아낼 충분한 시간을 가진 다음 우리 마을 처녀애를 내보냈지요. 어느 날 밤 에밀리 양은 재빨리 마을을 가로질러 나갔다가는 다음 날 메리 히긴스가 되어 역에 내렸어요. 그리고 적절한 순간에 메리 히긴스는 자취를 감추고, 그녀를 뒤쫓는 소란이 벌어졌지요. 어디 가면 그 여자를 찾아낼 수 있는지 말씀드리죠, 경감님. 에밀리 스키너 양의 소파 위에 있답니다! 제 말이 믿어지지 않으신다면 그 여자의 지문을 채취해 보세요. 제 말이 맞다는 걸 확인하실 수 있으실 거예요! 영리한 2인조 도둑, 그게 바로 스키너 자매랍니다. 그리고 틀림없이 영리한 연락책이나 장물아비나 뭐 그런 자들과 연결이 되어 있을 거예요. 하지만 이번에는 그걸 가지고 도망치지 못할 거예요! 난 우리 마을의 정직한 처녀가 그런 식으로 해고되도록 내버려 두지는 않을 테니까요! 글래디스 홈스는 대낮처럼 정직하고, 모든 사람들이 그 사실을 알게 될 거예요! 안녕히 계세요!"

마플 양은 슬랙 경감이 정신을 차리기도 전에 성큼성큼 걸어서 나가 버렸다.

"휴우! 저 여자 말이 맞는 걸까?"

그가 중얼거렸다.

그는 얼마 지나지 않아 마플 양의 말이 이번에도 옳았다는 사실을 알게 되었다.

멜쳇 대령은 슬랙의 유능함을 칭찬해 주었고, 마플 양은 글래디스를 에드나와 함께 차를 마시러 오게 해서는 이제 좋은 일자리를 찾았으니 오래 머물러 있으라고 진지하게 타일렀다.

관리인 사건

"자, 오늘은 어떤가요?"

헤이독 박사가 환자에게 물었다. 마플 양은 베개를 베고 누운 채 힘없이 그에게 미소를 지어 보였다.

"좀 나아진 것 같긴 하지만 지독하게 기분이 가라앉아 있어요. 죽는 편이 훨씬 나았을 거라는 생각까지 들어요. 어쨌든 난 나이를 먹을 만큼 먹은 할머니예요. 나를 원하거나 내게 신경을 쓰는 사람은 아무도 없답니다."

헤이독 박사는 평소의 무뚝뚝한 태도로 그녀의 말을 중단시켰다.

"그래요, 그렇지요, 이런 종류의 독감에 따라오는 전형적인 후유증이군요. 마플 양에게 필요한 건 스스로에게서 벗어날 수 있는 그 무엇입니다. 마음의 강장제 말이죠."

마플 양은 한숨을 내쉬고는 고개를 내저었다.

“그리고 한 가지 더 있습니다. 이건 내가 처방한 약입니다!”

헤이독 박사는 길쭉한 봉투 하나를 침대 위로 던졌다.

“바로 마플 양에게 필요한 겁니다. 마플 양의 마을에서 벌어지는 그런 수수께끼죠.”

“수수께끼라고요?”

마플 양은 호기심이 끌린 모양이었다.

“내 문학적 노력의 소산입니다.”

의사가 살짝 얼굴을 붉히며 말했다.

“이걸로 정식 소설을 만들어 보려고 했지요. ‘그가 말했다’, ‘그녀가 말했다’, ‘소녀는 생각했다’ 하는 식으로 말입니다. 이 이야기의 소재는 사실이에요.”

“그런데 어째서 수수께끼죠?”

헤이독 박사가 씩 웃었다.

“왜냐하면 그 해석은 읽는 사람에게 달려 있으니까. 마플 양께서 평소처럼 명석한지 확인해 봅시다.”

그 한마디를 남기고 그는 방을 나갔다.

마플 양은 원고를 집어 들어 읽기 시작했다.

“그런데 신부는 어디 있죠?”

하먼 양이 상냥하게 물었다.

해리 렉스턴이 외국에서 데려온 부유하고 아름다운 젊은 아내를 보기 위해 온 마을 사람들은 법석을 떨었다. 해리, 그 말썽쟁이 악동은 정말이지 운이 좋다는 너그러운 감정이 일반적이었다. 해리에 대해서는 모두 언제나 관대했다. 그가 아무 데나 새총을 쏘아 대서 유리창이 깨진 집 주인들조차 젊은 해리가 비굴한 후회의 표정을 지으면 분노가 녹아 버리는 것을 느꼈다. 해리는 창문을 깨뜨리고 과수원의 과일을 훔쳐 내고 몰래 토끼를 잡았다. 나중에는 빚도 지고, 같은 마을 담뱃가게 집 딸과 말썽을 일으키기도 했다. 그 말썽에서 헤어 나온 그는 아프리카로 보내졌다. 그런데도 다양한 연령대의 노처녀들로 대표되는 마을 사람들은 너그럽게도 이렇게 중얼거릴 뿐이었다.

"아, 저런! 젊은 혈기가 문제라니까! 이제 마음을 잡겠지!"

그런데 이제 그 탕자가 돌아온 것이다, 비참하기는커녕 의기양양하게. 해리 렉스턴은 속담 식으로 표현하자면 '금의환향'했다. 그는 마음을 다잡아 열심히 일해 마침내 상당한 재산을 소유한 젊은 영국계 프랑스 인 처녀를 만나 결혼하는 데 성공했다.

런던에서 살 수도 있었고 멋진 사냥터에 있는 저택을 살 수도 있었지만 해리는 고향이라고 할 수 있는 그곳으로 돌아오는 편을 택했다. 그리고 그곳에서 그는 정말이지 낭만적이게도 자신이 소년 시절을 보낸, 과부의 집에 딸린 황폐하게 방치된 땅을 구입했다.

킹스딘 하우스는 거의 70년간 사람이 살지 않은 곳이었다. 그곳은 점차 허물어지고 폐허가 되어 갔다. 늙은 관리인과 그의 아내가 그나마 사람이 살 만한 저택 한구석에서 살았다. 그곳은 드넓고 음울하고 웅장한 저택으로, 정원에는 풀이 웃자라 있었고, 주위의 나무들은 불길한 마법사의 소굴을 연상시켰다.

과부의 집은 기분 좋고 소박한 곳으로, 해리의 아버지인 렉스턴 소령에게 장기 임대되었다. 어린 시절 킹스딘 영지를 돌아다녔던 해리는 복잡한 숲의 구석구석을 잘 알고 있었고, 오래된 저택은 그 자체로 언제나 그를 매혹시켰다.

렉스턴 소령은 몇 년 전 세상을 떠났다. 그러므로 해리가 그곳에 돌아올 끈이 전혀 없다고 생각할 수도 있었다. 하지만 해리는 소년 시절을 보낸 바로 그곳으로 자신의 신부를 데려왔다. 폐허가 된 킹스딘 하우스는 허물어졌다. 일단의 건축업자들과 청부업자들이 그곳으로 몰려와서는, 거의 기적이라고 할 정도로 짧은 시간 내에 나무들 가운데에 하얗게 번쩍이는 새 집을 올렸다. 돈은 정말 놀라운 일을 해내지 않는가.

이어 일단의 정원사들이 도착했고, 그들 다음에는 가구를 실은 차들이 줄을 이었다.

그 저택은 사람을 맞을 준비가 되었다. 하인들이 도착했다. 마지막으로 값비싼 리무진이 현관문 앞에 해리 부부를 내려놓았다.

온 마을 사람들의 방문이 쇄도하자 마을에서 가장 큰 저택의 소유주로서 그곳의 사교계를 이끌고 있다고 자부하던 프라이스 부인은 '신부맞이' 파티의 초대장을 발송했다.

그것은 굉장한 사건이었다. 몇몇 부인들은 파티를 위해 새 드레스를 마련하기도 했다. 모두들 흥분했고, 호기심을 보였으며, 그 멋진 여자를 보고 싶어 안달을 했다. 사람들 말에 따르면, 그 모든 것이 너무나도 동화적이었다!

풍상에 시달린 얼굴을 한 기운찬 노처녀 하먼 양은 사람들로 붐비는 응접실 문을 비집고 들어와서는 질문을 퍼부어 댔다. 여윈 몸매에 신랄한 말투를 지닌 키 작은 브렌트 양이 정보를 쏟아 놓았다.

"오, 저런, 정말 매력적이에요. 몹시 예의가 바르더군요. 게다가 아주 젊어요. 그렇게 모든 것을 다 가진 사람을 보면 정말로 샘이 난답니다. 멋진 외모에 돈과 품위가 있어요. 그 여자에게는 평범한 점이 전혀 없더군요. 정말이지 탁월해요. 그래서 귀여운 해리가 저렇게 헌신적이잖아요!"

"아, 아직 신혼 초인걸요!"

하먼 양이 대답했다.

브렌트 양의 날카로운 코가 만족스럽다는 듯 살짝 떨렸다.

"오, 저런, 정말 그렇게 생각하시는지……."

"우리 모두 해리의 됨됨이를 알고 있지요."

하먼 양이 말했다.

"과거에 그가 어땠는지는 알지요. 하지만 내 생각에 이제는……."

"아, 남자들은 항상 똑같아요. 한번 사기꾼은 영원히 사기꾼이죠. 난 남자를 좀 알아요."

"저런, 저런, 가엾은 새댁 같으니라고."

브렌트 양은 한결 기분이 좋아진 것 같았다.

"그래요, 내 생각에 그 여자는 해리 때문에 속 좀 썩을 거예요. 누군가 그녀에게 경고를 해 주어야 해요. 그 여자가 과연 지난 이야기를 조금이라도 들었을까요?"

"이건 너무 불공정한 일 같아요. 그 여자가 아무것도 모르고 있다면 말이에요. 정말 거북한 일이죠. 특히 우리 마을에 하나뿐인 약국과의 관계를 생각하면 말이에요."

문제의 담뱃가게 집 딸은 약제사 에지와 결혼했던 것이다.

"렉스턴 부인은 머치 번햄에 있는 부츠 약국을 다니는 편이 훨씬 나을걸요."

브렌트 양이 말했다.

"해리 렉스턴 자신이 그러자고 할걸요."

하먼 양이 대답했다.

그들은 또다시 의미심장한 표정을 주고받았다.

"난 그 여자도 사실을 알아야 한다고 생각해요."

하먼 양이 말했다.

"잔인한 사람들이에요!"

클라리스 베인이 삼촌인 헤이독 박사에게 외쳤다.

"어떤 사람들은 정말이지 야수 같아요."

헤이독 박사는 그녀를 호기심 어린 눈길로 바라보았다.

클라리스는 큰 키에 가무잡잡한 피부를 지닌 처녀로 멋진 외모와 따뜻한 마음과 급한 성격의 소유자였다. 지금 그녀의 커다란 갈색 눈은 분노로 타오르고 있었다.

"저 고양이 같은 여자들은 하나같이 이러쿵저러쿵 떠들어 대고 있어요. 이것저것 암시하고 있다고요."

"해리 렉스턴에 대해서 말이냐?"

"예, 그와 담뱃가게 집 딸의 연애 사건에 대해서 말이에요."

"오, 그거 말이구나! 그런 종류의 연애 사건을 벌이는 젊은이들은 많지."

박사는 어깨를 으쓱해 보였다.

"그렇고말고요. 게다가 이미 끝난 일이에요. 그런데 어째서 그 말을 하고 또 하는 거죠? 오래전 일을 왜 들추어내느냐고요? 마치 시체에 달려드는 굶주린 귀신들 같아요."

"얘야, 네게는 그렇게 보일지도 모르지. 하지만 이곳에는 저들이 이러쿵저러쿵 이야기할 만한 거리가 없단다. 그래서 지나간 추문을 들추어내려는 모양이다. 그런데 어째서 네가 그 일 때문에 이렇게 흥분하는지 궁금한걸."

클라리스 베인은 입술을 깨물고 얼굴을 붉혔다. 그런 다음 이상하게도 한풀 꺾인 음성으로 말했다.

"그들은⋯⋯ 저 두 사람은 너무나도 행복한 것 같아요. 렉스턴 부부 말이에요. 그들은 젊고 사랑에 빠져 있고, 모든 것이 너무나도 사랑스러워요. 그것이 사람들의 수군거림과 암시와 빈정거림과 몰인정함으로 망쳐진다고 생각하니까 정말 싫어요."

"흠, 알겠다."

클라리스는 말을 계속했다.

"해리가 방금 제게 말하더군요. 그는 정말이지 행복해하고 열정에 차 있고 흥분해 있어요. 그래요, 짜릿해했어요. 자기 마음속의 욕구를 줄곧 간직해 킹스딘을 재건한 것에 대해 말이에요. 그는 정말 이지 어린아이 같아요. 그리고 그 여자는…… 음, 그녀의 인생을 통틀어 뭔가 잘못된 것이라고는 없었던 것 같아요. 그녀는 언제나 모든 것을 가졌어요. 할아버지도 보셨으니 말인데, 그 여자를 어떻게 생각하세요?"

의사는 즉각 대답하지 않았다. 다른 사람에게라면 루이스 렉스턴은 아마도 부러움의 대상이었을 것이다. 부유하고 버릇없는 여자가 아닌가. 하지만 그에게는 오래전에 들은 유행가 가사의 후렴을 생각나게 할 뿐이었다.

'가엾은 부잣집 아가씨…….'

작고 섬세한 얼굴을 둘러싼 조금 뻣뻣하게 곱실거리는 담황갈색 머리, 그리고 생각에 잠긴 커다란 푸른 눈.

루이스는 조금 지쳐 가고 있었다. 긴 축하 행렬이 그녀를 피곤하게 했다. 그녀는 어서 그곳을 떠날 시간이 되기를 바라고 있었다. 어쩌면 지금이라도 해리가 가자고 할 수도 있었다. 그녀는 그를 흘긋 쳐다보았다. 이런 지긋지긋하고 따분한 파티에서 열렬한 기쁨을 느끼고 있는, 큰 키에 떡 벌어진 어깨를 한 그를.

'가엾은 부잣집 아가씨…….'

"휴우!"

그것은 안도의 한숨이었다.

해리는 재미있다는 듯 몸을 돌려 아내를 바라보았다. 그들은 자동차를 타고 파티 장소를 떠나고 있었다.

그녀가 말했다.

"자기, 정말 무시무시한 파티였지!"

해리가 웃음을 터뜨렸다.

"그래, 좀 심했지. 괜찮아, 여보. 해야 할 일이었거든. 저 고양이 같은 할머니들 모두 어린 시절 내가 이곳에 살던 때부터 아는 사람들이야. 당신을 가까이에서 보지 못했다면 그들은 무척 실망했을 거야."

루이스가 얼굴을 찌푸리며 말했다.

"앞으로도 그들을 자주 만나야 해?"

"뭐라고? 오, 아니야. 명함을 들고 와서 인사한 사람들에게 답례 방문을 하고 나면, 번거로운 일은 더 이상 안 해도 돼. 당신은 이곳에서 친구를 사귈 수도 있고, 원하는 일은 무엇이든 할 수 있어."

잠시 후 루이스가 물었다.

"이곳 사람 중에 재미있는 사람이 있을까?"

"그럼. 유지들이 있지. 당신이 보기엔 좀 지루하겠지만 말이야. 대부분 원예나 개나 말에 관심이 있지. 물론 당신은 승마를 하게 될 거야. 그걸 즐기게 될걸. 엘링턴에 당신에게 보여 주고 싶은 말이 한 마리 있어. 완벽하게 훈련된, 단점이라고는 전혀 없이 원기 넘치는 아름다운 녀석이지."

자동차는 킹스딘 하우스 정문 안으로 들어서기 위해 속도를 늦추었다. 순간 길 한가운데로 괴상망측한 형상이 튀어나왔다. 해리는 핸들을 비틀어 꺾고는 욕설을 내뱉었다. 하마터면 칠 뻔했던 것이다. 그 형체는 그곳에 서서 주먹을 휘두르며 그들 뒤에서 무어라 고함을 치고 있었다.

루이스가 그의 팔을 잡았다.

"저…… 저 무시무시한 노파는 누구야?"

해리의 얼굴은 어두웠다.

"머거트로이드 할멈이야. 저 여자와 그녀의 남편은 이 낡은 저택의 관리인이었지. 그들은 여기서 거의 30년을 살았어."

"저 여자가 왜 당신한테 주먹을 휘두르는 거지?"

해리의 얼굴이 붉어졌다.

"저 여자는…… 음, 저 여자는 그 저택을 허물어 버린 것에 앙심을 품고 있어. 그래서 물론 일자리를 잃긴 했지. 그녀의 남편은 2년 전에 죽었어. 사람들 말이 남편이 죽은 후 저 여자가 좀 이상해졌다는군."

"저 여자…… 저 여자 혹시…… 배가 고픈 것 아닐까?"

루이스의 생각은 대개 모호하고 좀 감상적이었다. 부란 사람에게 현실을 직시하지 못하게 하는 법이니까.

해리의 표정이 거칠어졌다.

"맙소사, 루이스, 그건 말도 안 되는 생각이야! 난 저 여자에게 당연히 퇴직금을 줬어, 그것도 후하게 말이야! 저 여자에게 새 집과 필요한 걸 전부 마련해 주었다고."

루이스가 당황해하며 물었다.

"그런데 어째서 불만일까?"

해리가 미간에 주름을 잡으며 얼굴을 찌푸렸다.

"내가 어떻게 알아? 미친 거야! 저 여자는 그 집을 좋아했거든."

"하지만 그건 폐허였다면서?"

"물론 폐허였지. 허물어져 가고 있었어. 지붕에는 비가 새고…… 상당히 위험했지. 그래도 저 여자에겐 그 집이 대단한 것이었던 모양이야. 거기에서 오래 살았거든. 오, 나도 모르겠어! 저 악마 같은 노파가 돌아 버린 것 같아."

루이스가 불안해하며 말했다.

"저 여자는…… 내 생각에 저 여자는 우리를 저주한 것 같아. 오, 해리, 그러지 않았으면 좋겠는데."

루이스에게는 새 집이 미친 노파의 심술궂은 형상에 의해 얼룩지고 오염된 것처럼 여겨졌다. 차를 타고 외출할 때, 자전거를 탈 때, 개들을 데리고 산책할 때 언제나 똑같은 형상이 기다리고 있었다. 구부정한 허리와 수세미 같은 회갈색 머리에 낡은 챙 모자를 쓴 채 느릿하게 저주의 말을 중얼거리고 있었다.

루이스는 해리의 말을 믿기에 이르렀다. 그 노파는 미친 것이 분명했다. 그렇다고 해서 사태가 더 편안해진 것은 아니었다. 머거트로이드 부인은 한번도 집 안으로 들어온 적이 없었고, 구체적인 협박도 하지 않았고, 폭력을 사용하지도 않았다. 그녀의 구부정한 형상은 줄곧 정문 바로 바깥에 머물러 있었다. 경찰에 신고해도 소용없을 터였다. 그리고 어떤 경우에도 해리 렉스턴은 그런 행동에 반대했다. 그의 말에 따르면, 그렇게 하면 그 짐승 같은 노파에게 마을 사람들이 연민을 느끼게 되리라는 것이었다. 그는 이 문제를 루이스보다 훨씬 가볍게 받아들였다.

"그 일에 대해 걱정하지 마, 여보. 그 여자는 그런 어리석은 저주를 쏟아 붓는 일에 곧 진력이 날 거야. 어쩌면 괜히 그래 보는 건지도 몰라."

"그렇지 않아, 해리. 그 여자는…… 그 여자는 우리를 증오하고 있어! 난 그걸 느낄 수 있어. 그녀는 우리가 잘못되기를 빌고 있단 말이야."

"그 여자는 마녀가 아냐, 여보, 그래 보이긴 하지만 말이야! 섬뜩한 소리 하지 마."

루이스는 입을 다물었다. 새 집에 입주한 흥분도 가신 지금, 그녀는 이상하게 외로웠고 혼란스러웠다. 그녀는 런던과 리비에라 해안에서 사는 데 익숙했다. 영국의 시골 생활에 대해서는 아는 것도 없었고 취미도 없었다. 꽃꽂이 외에는 원예에 대해서도 무지했다. 그녀는 그런 이웃들이 따분했다. 그녀가 가장 즐기는 것은 승마였다. 때로는 해리와 함께, 그가 영지의 일로 바쁠 때에는 혼자서 말을 탔다. 그녀는 해리가 그녀를 위해 데려온 멋진 말의 편안한 걸음 소리를 즐기며 숲과 오솔길을 누볐다. 하지만 민감한 밤색 말 프린스 할은 마님을 태우고 가다가 악의 서린 노파의 곱송그린 형상을 지나

칠 때면 주춤거리며 콧김을 내뿜곤 했다.

어느 날 루이스는 용기를 냈다. 그녀는 산책을 하고 있었다. 머거트로이드 부인을 못 본 척하며 지나갔다가는 갑자기 뒤로 돌아서서 그녀를 향해 똑바로 다가갔다. 그리고 조금 숨을 헐떡이며 물었다.

"도대체 왜 그러세요? 무슨 일이에요? 뭘 원하느냐고요?"

노파는 멍하니 그녀를 응시했다. 엿보는 듯한 집시 같은 검은 얼굴에 수세미 같은 회갈색 머리, 침침하고 의심에 찬 눈이었다. 루이스는 노파가 취해 있는 게 아닐까 하고 생각했다.

노파는 푸념조이긴 하지만 위협하는 듯한 목소리로 대답했다.

"내가 뭘 원하느냐고? 원하는 게 물론 있고말고! 내게서 앗아간 것 말이야. 누가 나를 킹스딘 하우스에서 쫓아냈지? 소녀로서 여자로서 난 거기에서 거의 40년을 살았어. 나를 쫓아내는 나쁜 짓을 했으니, 너와 그놈에게도 불행이 닥칠 거야!"

"당신은 아주 멋진 집을 갖게 되었잖아요. 게다가……."

그녀가 말을 멈추었다. 노파의 두 팔이 휙 하고 올라갔던 것이다. 노파가 고함을 질렀다.

"그게 나한테 무슨 소용이야? 내가 원하는 건 내 집이고, 오랜 세월 동안 그 곁에 앉아 불을 쬐던 내 난로야. 분명히 말하는데, 멋진 새 집에서 너희들에게 행복 같은 건 없어. 너희들에게 닥쳐올 건 불길한 운명이야! 슬픔과 죽음과 나의 저주가 있을 뿐이야. 너의 예쁘장한 얼굴도 엉망이 될 거야."

루이스는 몸을 돌려서는 약간 비틀거리며 뛰기 시작했다. 그녀는 생각했다.

'난 여기서 달아나야 해. 우리는 이 집을 팔아야 해. 우리는 달아나야 한다고.'

그 순간 그녀에게는 그런 식으로 이 사태를 해결하는 게 어렵지 않아 보였다. 하지만 해리의 절대적인 몰이해 앞에서 그녀는 뒤로 물러서지 않을 수 없었다. 해리가 소리쳤다.

"여기를 뜬다고? 이 집을 판다고? 일개 미친 노파의 협박 때문에? 당신은 제정신이 아닌 게 분명해."

"아니, 난 미치지 않았어. 그 여자는…… 그 여자는 날 겁에 질리게 해. 무슨 일인가 일어나리란 걸 난 안다고."

해리 렉스턴이 엄한 어조로 말했다.

"머거트로이드 부인은 내게 맡겨. 내가 그 여자를 잠잠하게 만들 테니까."

클라리스 베인과 젊은 렉스턴 부인 사이에는 우정이 싹텄다. 두 여자는 성격이나 취향은 달랐지만 같은 나이 또래였다. 클라리스와 어울리면서 루이스는 안정을 되찾았다. 클라리스는 무척 독립적이고 자신감에 차 있었다. 루이스는 머거트로이드 부인과 그녀의 협박에 대해 언급했지만, 클라리스는 두려워할 일이라기보다는 성가신 문제로 여기는 눈치였다.

"그런 일은 정말이지 어리석어요. 그런데 당신에겐 무척 성가시겠네요."

"클라리스, 난…… 난 때때로 정말 겁이 나요. 가슴이 철렁 내려앉는답니다."

"말도 안 되는 소리. 그런 바보 같은 짓 때문에 약해져선 안 돼요. 그 여자는 곧 진력이 날 거예요."

루이스는 한동안 입을 다물었다. 클라리스가 물었다.

"왜 그래요?"

루이스는 잠시 뜸을 들였다. 이윽고 그녀의 대답이 봇물처럼 터져 나왔다.

"난 이곳이 정말 싫어요! 여기 사는 게 정말 싫다고요. 숲과 이 저택, 무시무시한 밤의 적막, 올빼미의 이상한 울음소리. 오, 그리고 사람들과 모든 게요."

"사람들도요. 어떤 사람들 말인가요?"

"마을 사람들 말이에요. 남의 속내를 캐기 좋아하고 험담 잘하는 노처녀 할머니들 말이에요."

클라리스가 날카롭게 물었다.

"그들이 뭐라고 하는데요?"

"정확히는 모르겠어요. 특별한 건 전혀 없어요. 하지만 마음씨가 고약해요. 그들과 이야기를 하다 보면, 아무도 믿지 말아야 할 것 같아요. 아무도 말이에요."

클라리스가 탁한 목소리로 말했다.

"그런 사람들에 대해서는 잊어버려요. 그 사람들은 남 얘기 하는 것밖에 할일이 없답니다. 하지만 그런 너절한 말들은 대부분 사실

무근이지요."

"우리가 여기에 오지 않았으면 좋았을 것 같아요. 하지만 해리는 이곳을 너무나 좋아한답니다."

그녀의 목소리가 부드러워졌다.

클라리스는 생각했다.

'이 여자는 그를 정말 사랑하고 있어.'

그녀가 불쑥 말했다.

"이제 가 봐야겠네요."

"차로 데려다 줄게요. 곧 다시 만나요."

클라리스는 고개를 끄덕였다. 루이스는 새 친구의 방문에 마음이 편해지는 것을 느꼈다. 해리는 그녀가 훨씬 명랑해진 것을 보고 기뻐했고, 그때부터 클라리스를 자주 집으로 데려오라고 권했다.

그러던 어느 날 그가 말했다.

"당신에게 좋은 소식이 있어, 여보."

"뭔데?"

"머거트로이드 할멈 문제를 해결했지. 그 여자에겐 미국에 사는 아들이 하나 있었어. 음, 내가 손을 써서 그 여자가 그곳으로 가서 아들과 함께 살도록 했지. 여행비를 대주면서 말이야."

"오, 해리, 정말 잘됐어. 나도 결국은 킹스딘을 좋아할 수 있을 것 같아."

"좋아할 수 있을 거라고? 이런, 이곳은 이 세상에서 가장 멋진 곳인걸!"

루이스는 살짝 몸을 떨었다. 그녀는 미신적인 두려움으로부터 그렇게 쉽게 벗어날 수가 없었다.

세인트 메리 미드 여자들은 신부에게 남편의 과거를 귀띔하는 즐거움에 목말라 있었지만, 그 기대는 해리 렉스턴 자신의 기민한 행동으로 허사가 되고 말았다.

하먼 양과 클라리스 베인이 에지의 약국에 들어가 한 사람은 둥근 방충제를, 또 한 사람은 붕산을 사고 있을 때였다. 해리 렉스턴과 그의 아내가 상점 안으로 들어왔다.

두 여자에게 인사를 한 해리는 계산대로 몸을 돌리고 칫솔을 달라고 하다가 말을 멈추고는 씩씩하게 소리쳤다.

"이런, 이런, 여기 이게 누구예요, 벨라군요."

밀러드는 손님을 맞기 위해 뒷방에서 서둘러 나온 에지 부인은 그에게 크고 하얀 이를 드러내며 환한 미소로 답했다. 처녀 시절 그녀는 피부가 가무잡잡하고 예쁜 처녀였다. 체중이 불고 얼굴 여기저기 주름이 생기긴 했지만 아직도 상당히 아름다운 모습이었다. 이렇게 대답하는 그녀의 커다란 갈색 눈동자는 온기에 넘치고 있었다.

"벨라 맞아요, 해리 씨. 이렇게 오랜만에 보니 기쁘군요."

해리는 자기 아내 쪽으로 몸을 돌렸다.

"벨라는 나의 옛 연인이었어, 루이스. 난 그녀에게 푹 빠졌었지, 안 그래요, 벨라?"

"당신 말 그대로예요."

에지 부인이 대답했다.

루이스는 소리 내어 웃으며 말했다.

"남편은 옛 친구들을 다시 만나면 정말 행복해하죠."

"아, 우린 당신을 잊지 않았어요, 해리 씨. 당신이 결혼을 하고 폐허가 된 낡은 킹스딘 하우스 대신 새 집을 지은 걸 생각하면 정말 동화 같답니다."

"당신은 무척 행복하고 좋아 보이는군요."

해리의 말에 에지 부인은 웃음을 터뜨리고는 다 잘되고 있다면서 어떤 종류의 칫솔을 원하느냐고 물었다.

하먼 양의 얼굴에 떠오른 좌절의 표정을 지켜보며 클라리스는 기뻐하며 이렇게 중얼거렸다.

'오, 잘했어, 해리. 그들을 보기 좋게 해치웠네.'

헤이독 박사가 불쑥 조카딸에게 물었다.

"머거트로이드 할멈이 킹스딘 주위를 어슬렁거리면서 새 주인들에게 주먹을 휘두르고 저주를 퍼부어 댄다는 어이없는 소문은 어떻게 된 거냐?"

"그건 어이없는 소문이 아니에요. 틀림없는 사실이에요. 그 일로 루이스는 신경이 몹시 날카로워져 있어요."

"그녀에게 걱정할 필요 없다고 말해 주렴. 머거트로이드 부부는 관리인으로 있을 때에도 그곳에 대한 불평을 달고 살았어. 그들이 그곳에서 지낸 건 머거트로이드가 술에 취해 있어 다른 일자리를 구할 수 없었기 때문이야."

"루이스에게 전하긴 하겠지만, 그녀가 삼촌 말을 믿을 것 같지 않군요. 그 노파는 정말로 분노에 차서 고함을 질러 대고 있는 모양이에요."

클라리스가 의심스럽다는 듯이 말했다.

"어린 해리를 언제나 귀여워했는데. 이해할 수가 없구나."

"그런데…… 그 여자 문제는 곧 해결될 모양이에요. 해리가 그 여자의 미국행 티켓 값을 지불한다더군요."

클라리스가 대답했다.

그로부터 사흘 후 루이스는 말에서 떨어져 죽었다.

빵집 배달차를 타고 있던 두 사내가 그 사고를 목격했다. 그들은 루이스가 말을 타고 정문에서 달려 나오고, 노파가 뛰쳐나와 길 한복판에 서서 두 팔을 흔들며 소리를 치고, 말이 움찔 놀라더니 미친 듯이 길을 내달리면서 머리 위로 루이스 렉스턴을 내동댕이치는 것을 보았다.

한 사람이 어찌 할 줄 모르고 의식을 잃은 여자를 내려다보고 있는 동안, 다른 한 사람이 집 안으로 뛰어 들어가 도움을 요청했다.

해리 렉스턴이 유령처럼 질린 얼굴로 달려 나왔다. 그들은 배달차의 문짝을 떼어 내 그 위에 그녀를 눕히고 집 안으로 데려갔다. 그녀는 의식을 회복하지 못한 채 의사가 도착하기도 전에 숨을 거두었다.

(헤이독 박사의 원고는 여기서 끝나 있었다.)

다음 날 찾아온 헤이독 박사는 마플 양의 뺨에 분홍빛 혈색이 돌고 활기를 되찾은 것을 보고 기뻐했다.

"음, 어떤 판결을 내리셨습니까?"

"문제가 뭔데요, 헤이독 박사님?"

마플 양이 받아넘겼다.

"오, 친애하는 마플 여사, 내가 꼭 말해야 합니까?"

"내가 보기엔 그 관리인 여자의 행동이 이상한 것 같아요. 어째서 그 여자는 그런 이상한 행동을 했을까요? 옛집에서 쫓겨나는 걸 좋아하는 사람은 없어요. 하지만 그건 그 여자의 집이 아니었어요. 실제로 그 여자는 그곳에 살고 있는 동안 불평과 푸념을 늘어놓았어요. 그래요, 그 점이 무척 수상해 보여요. 그런데 그 여자는 어떻게 됐나요?"

"리버풀로 달아났지요. 그런 일이 벌어지자 겁을 먹은 거죠. 그곳에서 배를 타려고 한 모양입니다."

"누군가에게는 아주 편하게 됐군요. 그래요, 관리인이 왜 그런 행동을 했을까 하는 문제는 쉽게 풀 수 있을 것 같아요. 돈을 받고 한 일 아닌가요?"

"그게 당신의 결론인가요?"

"음, 그 여자가 그렇게 행동하는 게 자연스럽지 않다면, 이른바 '연기'를 해 달라는 요구를 받은 게 분명해요. 그건 누군가 그렇게 하도록 그 여자에게 돈을 지불했다는 뜻이죠."

"그러면 당신은 그 누군가가 누군지 아시겠습니까?"

"오, 알 것 같아요. 이번에도 돈 문제가 아닌가 싶군요. 그리고 난 남자들이 언제나 같은 타입의 여자들에게 마음을 빼앗기는 걸 줄곧 보아 왔거든요."

"이건 내가 알아들을 수 없는 얘기군요."

"아니, 그렇지 않아요. 모든 게 들어맞잖아요. 해리 렉스턴은 벨라 에지에게 반했었어요. 살결이 가무잡잡하고 쾌활한 타입이죠. 박사님 조카딸인 클라리스도 같은 타입이에요. 하지만 가엾은 그의 아내는 전혀 다른 타입이었죠. 금발에 의존형이었어요. 해리가 좋아하는 형이 전혀 아니었다고요. 그러니까 그는 돈 때문에 그녀와 결혼한 거예요. 그리고 돈 때문에 그녀를 살해했고요!"

"'살해'라고 하셨습니까?"

"음, 그는 겉으로는 반듯한 사내처럼 보이지요. 여자들에게 매력이 있고, 상당히 뻔뻔스러웠죠. 내 생각에 그는 아내의 돈을 갖고 박사님 조카딸과 결혼하고 싶었던 것 같아요. 그가 에지 부인과 이야기를 나누는 모습이 사람들 눈에 띄었을 수는 있어요. 하지만 지금까지 그 여자에게 빠져 있는 것 같지는 않아요. 자신의 목적을 위해 그 가엾은 여자로 하여금 여전히 그렇다고 여기게 만들었을지는 모르지만요. 제 생각에 그는 이내 그녀를 마음대로 조종하게 되었을 거예요."

"그가 정확히 어떻게 그녀를 죽였을 것 같습니까?"

마플 양은 꿈꾸는 듯한 푸른 눈으로 잠시 눈앞을 응시했다.

"그건 시간을 아주 잘 맞춘 사건이었어요. 빵 배달차라는 목격자가 있었지요. 그들은 그 노파를 보았고, 말이 놀란 걸 그 노파 탓으로 돌렸지요. 하지만 내 생각에 말은 공기총에 맞았을 거예요. 어쩌면 새총일지도 몰라요. 해리는 새총을 잘 쏘니까요. 그래요, 말이 정문을 막 나온 바로 그 순간이었을 거예요. 말은 당연히 위로 튀어 올랐고, 렉스턴 부인은 떨어졌지요."

그녀는 미간을 찌푸리며 말을 멈추었다.

"그 추락으로 그녀가 죽을 수도 있었어요. 하지만 해리는 확신할 수 없었지요. 그는 어느 것 하나 운에 맡기지 않고 주의 깊게 계획을 세우는 그런 타입의 남자인 것 같아요. 에지 부인이 자기 남편 모르게 그에게 적당한 무엇인가를 내주었을 수도 있어요. 그렇지 않다면, 해리가 어째서 그녀에게 번거롭게 신경을 썼겠어요? 그래요, 내 생각에 그는 강력한 약을 준비해 둔 것 같아요. 그래서 박사님이 도착하기 전에 그녀에게 먹인 거죠. 요컨대 어떤 여자가 말에서 떨어져 심각한 부상을 입고 의식을 회복하지 못한 채 죽었다면, 음…… 보통 의사는 의심하지 않을 거예요, 그렇잖겠어요? 그는 쇼크사로 판단했을 거예요."

헤이독 박사가 고개를 끄덕였다.

"그런데 박사님은 왜 그를 의심하게 되셨죠?"

"내가 특별히 머리가 좋았기 때문에 그랬던 게 전혀 아닙니다. 그저 살인자가 자신의 영리함에 만족하게 되면 당연히 필요한 주의도 기울이지 않게 된다는 평범하고 일반적인 사실 덕분이었죠. 난 아내를 잃은 남편에게 한두 마디 위로의 말을 건네고 있었습니다. 그 친구가 정말이지 측은하게 느껴지더군요. 순간 그가 연극적인 몸짓으로 소파에 몸을 던졌는데, 주머니에서 주사기가 떨어진 겁니다.

재빨리 주사기를 집어 드는 그의 모습이 너무나도 겁에 질린 듯해서 나는 생각을 하기 시작했죠. 해리 렉스턴은 마약을 하지 않았어요. 그는 더할 나위 없이 건강한 사내였지요. 그런 그가 주사기로 무엇을 하고 있었을까? 나는 한 가지 가능성을 염두에 두고 검시를 실시했습니다. 스트로판틴이 검출되었죠. 나머지는 어렵지 않았습니다. 렉스턴은 스트로판틴을 갖고 있었고, 경찰의 심문을 받자 벨라 에지는 자신이 해리를 위해 그것을 구해 주었다는 사실을 실토했지요. 마지막으로 머거트로이드 부인은 자신에게 저주의 묘기를 하도록 한 사람이 해리 렉스턴이라는 사실을 고백했고요."

"그런데 박사님 조카딸은 그 일이 준 충격에서 벗어났나요?"

"예, 그 애는 그 친구에게 끌렸었는데, 그 일로 감정이 식었지요."

의사는 원고를 집어 들었다.

"만점입니다, 마플 양. 그리고 이런 처방을 내린 나 역시 만점짜리요. 마플 양께선 이제 거의 원기를 회복한 것 같군요."

공동주택 4층

"제기랄!"

팻이 짜증스럽게 내뱉었다.

그녀는 미간을 찌푸리며 자신이 야회용 백이라고 부르는 작은 실크 백 안을 거칠게 뒤졌다. 청년 둘과 또 다른 처녀가 그런 그녀를 걱정스럽게 지켜보고 있었다. 그들이 서 있는 곳은 퍼트리샤 가넷 집의 현관문 밖이었는데, 그 문은 잠겨 있었다.

"소용없어. 여긴 없다고. 그럼 이제 어떻게 해야 하지?"

팻이 물었다.

"열쇠가 없으면 인생은 어찌 될까?"

지미 포크너가 중얼거렸다.

그는 키가 작고 어깨가 떡 벌어진 청년으로 착해 보이는 푸른 눈을 하고 있었다.

화가 난 팻이 그에게로 몸을 돌렸다.

“농담하지 마, 지미. 이건 심각한 문제야.”

“다시 찾아봐, 팻. 분명히 거기 어딘가 있을 거야.”

도노반 베일리가 말했다. 그는 야위고 가무잡잡한 얼굴과 잘 어울리는 느릿하고 기분 좋은 목소리를 갖고 있었다.

“네가 갖고 나왔다면 말이야.”

또 다른 처녀 밀드레드 호프가 말했다.

“당연히 갖고 나왔지. 그걸 너희 둘 중 한 사람에게 준 것 같아.”

그렇게 말하면서 팻은 비난하는 듯한 태도로 문제의 청년에게 몸을 돌렸다.

“도노반에게 열쇠를 갖고 있으라고 한 것 같다니까.”

하지만 그녀는 쉽사리 속죄양을 발견할 수는 없었다. 도노반은 단호히 부인했고, 지미가 그의 편을 들었던 것이다.

“네가 가방에 열쇠를 넣는 걸 내 눈으로 봤는걸.”

지미가 말했다.

“그럼 내 가방을 집어 주면서 우리 중의 하나가 열쇠를 떨어뜨린 거야. 내가 한두 번 가방을 떨어뜨렸었잖아.”

“한두 번이라고! 적어도 열두 번은 떨어뜨렸을걸. 기회 있을 때마다 두고 왔다가 가져온 건 빼고도 말이야.”

도노반이 말했다.

“그동안에 내용물이 모두 밖으로 쏟아지지 않은 게 이상하지.”

지미가 말했다.

"문제의 요점은…… 우리가 어떻게 안으로 들어가는가 하는 거 아냐?"

밀드레드가 물었다.

그녀는 요점을 벗어나지 않는 현명한 여자였지만, 충동적이고 사고뭉치인 팻만큼 매력적이지는 않았다.

그들 넷 모두 잠긴 문을 물끄러미 바라보았다.

"관리인의 도움을 받을 순 없을까? 그에게 여벌 열쇠 같은 게 있지 않을까?"

지미가 물었다.

팻은 고개를 내저었다. 열쇠는 두 개뿐이었다. 하나는 집 안의 주방에 걸려 있었고, 나머지 하나는 이 빌어먹을 가방 안에 있었다. 아니 있어야 했다.

"1층이라면 창문 같은 걸 부수고 들어갈 수 있을 텐데. 도노반, 불법 침입 한번 해 보고 싶지 않아?"

도노반은 단호하지만 예의바른 어조로 불법 침입자는 되고 싶지 않다고 거절했다.

"4층 집은 좀 문제야."

지미가 말했다.

"비상구를 통해 들어갈 수 없을까?"

도노반이 제안했다.

"그런 거 없어."

"분명히 있을 거야. 5층짜리 건물에는 비상구를 설치하게 되어 있어.”

“그렇겠지. 하지만 그래야 한다는 건 지금 우리에겐 아무 도움도 되지 않는걸. 어떡하면 내 집에 들어갈 수 있을까?”

“뭐라더라, 그런 거 없어? 상인들이 고깃덩어리나 양배추를 올려 보내는 기구 말이야.”

도노반이 물었다.

“찬거리용 승강기 말이구나. 오, 맞아. 하지만 그건 그저 철사를 매단 바구니에 지나지 않아. 잠깐만……. 이제 됐다. 석탄용 승강기는 어떨까?”

“음, 그거 좋은 생각인데.”

도노반이 말했다.

밀드레드가 비관적인 추측을 내놓았다.

“그건 팻의 부엌에서 빗장이 질러져 있을걸. 내 말은 안쪽에서 말이야.”

하지만 즉각 이의가 제기되었다.

“그렇지 않을걸.”

도노반이 말했다.

“다른 집은 몰라도 팻의 부엌에서는 잠기지 않았을걸. 팻은 뭐든 잠그는 법이 없으니까 말이야.”

“잠가 놓은 것 같지는 않아. 오늘 아침 쓰레기통을 내려 보낸 다음 빗장을 걸지 않은 것 같아. 그 이후로는 그 근처에 간 것 같지 않거든.”

"음, 그래서 오늘 밤 우리에겐 무척 도움이 될 것 같군. 하지만 어쨌든 팻, 그런 부주의한 습관으로 넌 매일 밤 고양이가 아니라 강도의 손에 내맡겨지는 것과 다름없다는 걸 알아 둬."

팻은 이런 충고를 무시했다.

"이리 와 봐."

그녀는 이렇게 소리치며 네 개 층의 계단을 달려 내려갔다. 다른 사람들은 그녀의 뒤를 따랐다. 팻은 유모차들이 들어 차 있는 어두컴컴한 구석으로 그들을 들어오게 한 다음 그 건물의 승강기 통로로 통하는 또 다른 문을 지나 오른쪽 승강기로 데려갔다. 그 위에는 쓰레기통 하나가 놓여 있었다. 도노반은 그것을 들어내고는 아주 조심스럽게 그 자리에 올라섰다. 그가 콧잔등을 찌푸렸다.

"악취가 좀 나는데. 그런데 이제 어떻게 하지? 이 모험을 나 혼자 할까, 아니면 누구 함께 갈 테야?"

"내가 같이 갈게."

지미가 말했다.

그는 도노반 옆의 공간에 올라섰다.

"이 승강기가 내 몸무게를 지탱할 수 있겠지."

그가 불안하다는 듯 덧붙였다.

"너희들 몸무게는 석탄 1톤에 훨씬 못 미칠걸."

무게나 치수에 특히 약한 팻이 말했다.

"어쨌든 곧 결과를 알게 되겠지."

도노반이 밧줄을 잡아당기며 쾌활하게 말했다.

삐걱대는 소리와 함께 그들은 시야에서 사라졌다.

“무시무시한 소리가 나는군.”

어둠 속을 올라가며 지미가 말했다.

“이 건물 주민들이 어떻게 생각할까?”

“귀신이나 강도라고 생각하겠지. 이 밧줄을 끌어당기는 것도 상당히 힘든걸. 프라이어스 맨션 관리인의 일이 내가 생각했던 것보다 훨씬 많군. 그런데 지미, 층수는 헤아리고 있는 거지?”

“오, 이런! 아니. 잊어버렸어.”

“음. 다행히 내가 헤아렸어. 지금 우리가 지나고 있는 게 3층이야. 다음 층에서 내리면 돼.”

“그럼 이제 팻이 안쪽으로 빗장을 질러 놓았다는 걸 확인하게 되겠군.”

하지만 이런 걱정은 들어맞지 않았다. 문제의 나무문은 손을 대자 빙글 돌아가며 열렸다. 도노반과 지미는 칠흑같이 어두운 팻의 집 부엌으로 들어섰다.

“이 험한 밤일을 위해 횃불이라도 가져왔어야 했는데.”

도노반이 말했다.

“내가 아는 한 팻은 바닥에 온갖 것들을 늘어놓았을 거야. 전등 스위치 있는 데까지 계속 그릇에 부딪치며 가게 될걸. 내가 불을 켤 때까지 움직이지 마, 지미.”

조심스럽게 부엌 바닥을 걸어가던 도노반은 식탁 모서리에 옆구리를 부딪고는 아픈 나머지 “빌어먹을!” 하고 소리를 질렀다. 그는 스위치 있는 곳에 이르렀다. 다음 순간 또다시 "빌어먹을!"이라는 소리가 어둠 속에 울려 퍼졌다.

"무슨 일이야?"

"불이 들어오질 않아. 전구가 잘못된 것 같아. 잠깐 기다려. 거실의 불을 켤게."

거실은 복도 바로 건너편에 있었다. 도노반이 문을 열고 나가는 소리가 지미의 귀에 들려왔다. 또다시 억눌린 듯한 욕지기 소리가 그의 귀에 들려왔다. 지미는 조심스럽게 주방을 가로질러 걸어 나갔다.

"무슨 일이야?"

"모르겠어. 방들이 어둠 속에서 마법에 걸린 모양이야. 모든 것이 제자리에 있질 않아. 의자와 탁자들이 전혀 엉뚱한 곳에 놓여 있어. 오, 맙소사! 여기 또 있잖아!"

그 순간 다행히 전등 스위치에 손이 닿은 지미가 그것을 눌렀다. 다음 순간 두 청년은 겁에 질린 채 말없이 서로를 마주 보았다.

그 방은 팻의 거실이 아니었다. 그들은 엉뚱한 집에 들어와 있었던 것이다.

우선 그 방에는 팻의 방보다 가구가 열 배는 더 많았다. 도노반이 의자와 탁자들에 거듭 부딪쳐 당황했던 것도 무리가 아니었다. 방 한가운데에는 베이즈 천으로 된 초록색 탁자보가 씌워진 커다란 원탁이 있었고, 창가에는 엽란 화분이 하나 놓여 있었다. 사실 그것만으로는 주인이 어떤 사람인지 알기 어려웠다. 말없이 겁에 질려 있던 그들은 자그마한 편지 다발이 놓여 있는 탁자를 내려다보았다.

"어니스틴 그랜트 부인이야."

도노반이 편지뭉치를 집어 들어 겉봉에 씌어 있는 이름을 소리 내어 읽었다.

"오, 큰일이군! 이 여자가 우리 소리를 들었을까?"

"네가 낸 소리를 듣지 못했다면 기적이지. 넌 내게 말도 했고 가구에 줄곧 부딪쳤잖아. 자, 어서 여길 빠져나가자."

그들은 서둘러 전등 스위치를 끄고 까치발로 오던 길을 더듬어 승강기에 이르렀다. 더 이상의 사고 없이 안쪽 구석에 이르자, 지미가 안도의 한숨을 내뱉었다.

"난 코를 골면서 깊이 자는 여자가 정말 좋더라. 어니스틴 그랜트 부인은 나한테 점수 좀 딴 거야."

그가 흡족한 듯 말했다.

"이제 알겠어. 그러니까 우리가 왜 층수를 헷갈렸는지 말이야. 우리가 승강기를 탄 데가 1층이 아니라 지하실이었던 거야."

그가 밧줄을 끌어올리자 승강기가 다시 올라갔다.

"이번에는 맞을 거야."

지미가 또 한번 칠흑 같은 공간에 발을 내딛으며 말했다.

"부디 그래야 할 텐데. 내 신경으로는 이런 종류의 충격을 더 이상 견뎌 낼 수가 없거든."

하지만 더 이상 신경을 곤두세우지 않아도 되었다. 전등 스위치를 켜자마자 팻의 부엌이 모습을 드러냈다. 다음 순간 그들은 현관문을 열어 밖에서 기다리고 있던 두 처녀를 들어오게 했다.

"너무 오래 걸렸어. 밀드레드와 내가 여기서 얼마나 기다렸다고."

팻이 투덜거렸다.

"우리는 일대 모험을 했어. 위험한 범인으로 몰려 경찰서에 끌려갔을 수도 있었다고."

도노반이 말했다.

팻은 거실로 가서 전등 스위치를 켜고 목도리를 소파 위에 던졌다. 그녀는 흥미진진하게 도노반의 모험담을 들었다.

"그 여자한테 잡히지 않아서 다행이야. 심술궂은 노파인 게 분명해. 오늘 아침 그 여자에게서 메모 한 장을 받았는데, 언제 날 좀 보자는 거야. 뭔가 불평거리가 있나 봐. 내가 치는 피아노 소리 때문인 것 같아. 머리 위에서 피아노 소리가 들리는 게 싫다면 공동주택에서 살지 말아야지. 이런, 도노반, 손을 다쳤잖아. 온통 피투성이야. 가서 흐르는 물에 씻어."

도노반은 놀라서 자기 손을 내려다보았다. 그는 시키는 대로 방에서 나갔다. 이윽고 지미를 부르는 그의 목소리가 들려왔다.

"이봐, 무슨 일이야? 심하게 다친 건 아니지?"

지미가 물었다.

"난 전혀 다치지 않았어."

도노반의 목소리에 담긴 기묘한 무엇인가에 놀라 지미가 그를 응시했다. 도노반은 물에 씻은 두 손을 펼쳤다. 거기에는 다친 흔적이 전혀 없었다.

지미가 인상을 쓰며 말했다.

"이상하군. 분명히 피가 잔뜩 묻어 있었는데. 그 피가 어디서 묻은 걸까?"

이윽고 그는 자신의 영리한 친구가 이미 알아차린 것이 무엇인지를 퍼뜩 깨달은 모양이었다.

"맙소사, 그 집에서 묻은 게 분명해."

그는 말을 멈추고는 그 말이 의미하는 바를 생각해 보았다.

"그게…… 그러니까…… 피였던 게 분명하지? 페인트가 아니라 말이야."

도노반이 고개를 끄덕였다.

"틀림없이 피였어."

그는 이렇게 말하고는 부르르 몸을 떨었다.

그들은 서로의 얼굴을 마주보았다. 머릿속에서 똑같은 생각을 하고 있는 게 분명했다. 그 생각을 먼저 입 밖에 낸 것은 지미였다.

"내 생각에는 우리가…… 음…… 다시 아래로 내려가서…… 그러니까…… 둘러봐야 할 것 같지 않아? 그게 사실인지 확인해야 할 것 같지 않아?"

"여자애들은 어떻게 하고?"

"저 애들에겐 아무 말도 하지 말자. 팻은 우리에게 오믈렛을 만들어 주려고 앞치마를 두르고 있잖아. 저 애들이 우리 행방을 궁금해할 무렵이면 우린 이미 돌아와 있을 거야."

"음, 그래. 내 생각엔 분명히 확인해야 할 것 같아. 진짜로 잘못되지는 않았을 거야."

하지만 그의 어조에는 확신이 없었다. 그들은 승강기를 타고 아래층으로 내려갔다. 별다른 어려움 없이 부엌을 가로질렀고, 다시 한 번 거실의 전등 스위치를 켰다.

"그건 분명 여기에 있었을 거야. 그거…… 내게 묻은 거 말이야. 부엌에서는 아무것도 만지지 않았거든."

도노반이 말했다.

그는 주위를 둘러보았다. 지미 역시 그렇게 했다. 두 사람은 미간을 찌푸렸다. 모든 것이 말끔하고 평범했다. 폭력이나 유혈의 기미와는 거리가 멀었다.

갑자기 지미가 강한 눈길로 뭔가를 응시하더니 친구의 팔을 잡았다.

"저길 봐!"

도노반은 친구가 가리키는 손가락을 따라갔다. 이번에는 그가 비명을 내질렀다. 묵직한 골지로 된 커튼 아래 발 하나가 비어져 나와 있었던 것이다. 창이 벌어진 칠피 구두를 신은 여자의 발이었다.

지미는 커튼 있는 곳으로 가서 그것을 확 열어젖혔다. 창문의 후미진 구석 바닥에 여자의 시체가 아무렇게나 널브러져 있었고, 그 옆에는 거무스레하고 찐득한 액체가 괴어 있었다. 여자는 죽은 것이 분명했다. 지미가 그녀의 몸을 일으키려 하자 도노반이 그를 제지했다.

"그러지 않는 게 좋아. 경찰이 올 때까지 그 여자를 만져선 안 돼."

"경찰이라고. 오! 당연하지. 도노반, 정말 무시무시한 일인 것 같아. 저 여자가 누굴까? 어니스틴 그랜드 부인일까?"

"그런 것 같아. 어쨌든 이 집에 다른 사람이 있다면, 정말이지 숨소리도 내지 않고 있는 모양이야."

"이제 어떻게 해야 하지? 달려가서 경찰을 불러올까, 아니면 팻의 집에서 전화를 걸까?"

"전화를 거는 게 최선일 것 같아. 자, 우리 현관문으로 나가자. 밤새도록 악취 나는 승강기를 타고 오르내릴 순 없잖아?"

지미가 동의했다. 현관문을 막 나서려다가 그는 망설였다.

"이것 봐. 우리 둘 중의 하나가 여기 있어야 하지 않을까? 경찰이 올 때까지 사태를 지켜보기 위해서 말이야."

"그래, 네 말이 맞는 것 같아. 네가 여기 있으면, 내가 달려 올라가서 전화를 걸게."

도노반은 재빨리 층계를 달려 올라가서는 위층 집 벨을 눌렀다. 팻이 문을 열어 주러 나왔다. 얼굴이 상기되고 앞치마를 두른 정말 예쁜 팻의 두 눈이 놀라움으로 휘둥그레졌다.

"너였어? 하지만 어떻게……. 도노반, 어떻게 된 거야? 무슨 일이라도 있어?"

그는 그녀의 두 손을 잡았다.

"괜찮아, 팻. 아래층 집에서 좀 기분 나쁜 걸 발견했을 뿐이야. 어떤 여자가…… 죽었어."

"오!"

그녀가 헉 하고 숨을 멈추었다.

"이렇게 끔찍할 데가. 그 여자가 졸도라도 한 거야?"

"아니, 그러니까, 음…… 살해된 것 같아."

"오, 도노반!"

"나도 알아. 너무 잔인한 짓이지."

그녀의 두 손은 여전히 그의 손 안에 있었다. 그녀는 그에게 손을 내맡기고 있었다. 심지어 그에게 매달리고 있는 듯했다. 사랑스러운 팻. 얼마나 사랑스러운가. 그녀도 자신을 좋아하고 있을까? 이따금은 그런 것 같았다. 때로는 지미 포크너가 신경이 쓰이기도 했다. 아래층에서 초조하게 기다리고 있을 지미를 떠올리고 그는 죄책감을 느꼈다.

"팻, 경찰에 전화를 걸어야 해."

"무슈의 말이 옳아요."

누군가가 그의 뒤에서 말했다.

"경찰이 오기를 기다리는 동안, 내가 좀 도움이 될 수 있을 겁니다."

문간에 서 있던 그들은 위쪽 층계참을 올려다보았다. 위쪽의 층계 위에 사람 하나가 서 있었다. 그 형상이 아래로 내려오더니 이윽고 그들의 시야에 들어왔다.

그들은 거기 서서 아주 빳빳한 콧수염에 달걀형의 두상을 한 키 작은 남자를 물끄러미 바라보았다. 남자는 번쩍이는 실내복에 수놓인 슬리퍼를 신고 있었다. 그는 퍼트리샤에게 정중하게 고개를 숙여 보였다.

"마드무아젤! 아시는지 몰라도 저는 위층에 살고 있는 사람입니다. 높은 곳, 그러니까 창공에서 런던을 굽어보는 것이 좋아서요. 집은 오코너라는 이름으로 얻었지요. 하지만 전 아일랜드 사람이 아닙니다. 이름도 다르지요. 그래서 당신을 도와드리겠다는 겁니다. 그렇게 하도록 해 주십시오."

그는 과시하는 듯한 태도로 명함 한 장을 꺼내 팻에게 내밀었다. 그녀는 명함의 내용을 읽었다.

"무슈 에르퀼 푸아로. 오!"

그녀는 숨을 멈추었다.

"바로 그 무슈 푸아로세요? 위대한 탐정이세요? 정말 도와주실 건가요?"

"그럴 생각입니다, 마드무아젤. 사실은 아까부터 도움을 드려도 좋을지 묻고 싶었답니다."

팻은 어리둥절한 모양이었다.

"어떻게 하면 열쇠 없이 집에 들어갈 수 있을지 의논하는 소리를 들었거든요. 저는 자물쇠를 여는 데 아주 뛰어나답니다. 당신을 위해 현관문을 열어 드릴 수 있었지요. 하지만 그런 제안을 하기가 망설여지더군요. 당신이 실제로 나를 의심할 것 같아서요."

팻이 소리 내어 웃었다.

푸아로가 도노반에게 말했다.

"자, 무슈. 들어가서 경찰에 전화를 거세요. 난 아래층 집으로 내려가 보지요."

팻은 그와 함께 층계를 내려갔다. 지미가 보초를 서고 있었다. 팻은 어떻게 푸아로와 같이 오게 되었는지 설명했다. 다음에는 지미가 푸아로에게 자신과 도노반의 모험에 대해 들려주었다. 탐정은 그의 이야기를 주의 깊게 들었다.

"석탄용 승강기가 안에서 빗장이 질러져 있지 않았었단 말이죠? 두 분은 부엌으로 들어왔지만 전등 스위치가 켜지지 않았고요."

그는 그렇게 말하며 부엌 쪽으로 걸어가서는 손가락으로 전등 스위치를 눌렀다.

"티엥! 부알라 스 키 에 퀴리외!(이런! 이것 참 재미있군!)"

불이 켜졌던 것이다.

"지금은 아주 잘 켜지는데. 그렇다면 혹시……."

그는 다른 사람들에게 조용히 하라는 뜻으로 손가락 하나를 들어 올리고는 귀를 기울였다. 희미한 소리가 정적을 깨뜨렸다. 코 고는 소리가 분명했다.

"아! 라 샹브르 드 도메스티크.(하녀의 방에서 나는 소리군.)"

푸아로가 말했다.

그는 발끝으로 부엌을 가로질러 작은 식료품실로 갔다. 문이 하나 나 있었다. 그는 문을 열고 전등을 켰다. 그 방은 건물 설계자가 개집으로 쓰려고 만들어 놓은 곳으로 한 사람이 잘 수 있을 만한 크기였다. 침대가 방을 거의 다 차지하고 있었다. 침대에는 분홍색 뺨을 한 처녀가 반듯하게 누워 입을 벌린 채 평화롭게 코를 골며 자고 있었다.

푸아로는 전등을 끄고 되돌아왔다.

“저 아가씬 깨지 않을 겁니다. 경찰이 올 때까지 그대로 자게 내버려 둡시다.”

그는 거실로 돌아왔다. 도노반이 내려와 그들과 합류했다.

“경찰이 즉각 이곳에 올 겁니다. 아무것도 만져서는 안 됩니다.”

그가 숨을 헐떡이며 말했다,

푸아로가 고개를 끄덕였다.

“아무것도 만지지 않을 겁니다. 그저 살펴볼 뿐이지요.”

그는 거실로 들어갔다. 밀드레드 역시 도노반과 함께 내려와 있었다. 네 사람의 젊은이는 현관에 서서 숨을 죽인 채 그런 그를 지켜보고 있었다.

“제가 이해할 수 없는 건 이런 겁니다, 선생님.”

도노반이 말했다.

“전 창문 근처에는 간 적이 없습니다. 그런데 어떻게 제 손에 피가 묻었을까요?”

“젊은 친구, 그 대답은 너무나도 명백하답니다. 탁자보가 무슨 색이죠? 빨간색 아닌가요? 그러니까 당신은 손으로 탁자를 짚은 게 틀림없습니다.”

“예, 그랬지요. 그렇다면…….”

그가 말을 멈추었다.

푸아로는 고개를 끄덕였다. 그는 탁자 위로 몸을 굽혔다. 그러고는 붉은 탁자보 위의 짙은 얼룩을 손으로 가리켰다.

"범죄가 저질러진 곳은 여기입니다. 시신은 그 후 옮겨졌지요."

그가 엄숙하게 말했다.

그런 다음 그는 몸을 바로 세우고는 천천히 방 안을 둘러보았다. 그는 더 이상 움직이지 않았고 아무것도 만지지 않았다. 하지만 그를 지켜보는 네 사람이 보기에는 찬찬히 살펴보는 그의 눈길에 그 퀴퀴한 곳에 있는 물건 하나하나가 각각의 비밀을 드러내고 있는 것 같았다.

에르퀼 푸아로는 만족한 듯 고개를 끄덕였다. 자그마한 한숨이 그에게서 새어나왔다.

"알겠군."

"뭘 아신다는 겁니까?"

도노반이 호기심을 보이며 물었다.

"여러분도 틀림없이 느꼈던 거죠. 이 방에 가구가 너무 많다는 겁니다."

도노반이 애처로운 표정으로 미소를 지어 보였다.

"전 그것들을 헤치고 나아갔지요. 물론 모든 것이 팻의 방과는 위치가 달랐어요. 그래서 제대로 걸을 수가 없었답니다."

"모든 게 다 위치가 달랐던 건 아닙니다."

푸아로가 말했다.

도노반은 묻는 듯한 눈길로 그를 바라보았다.

푸아로는 사과하는 듯한 말투로 말했다.

"내 말은 말입니다. 몇 가지 것들은 항상 고정되어 있어요. 한 건물 안에서 같은 라인의 공동주택들은 문과 창문과 벽난로가 같은 위치에 있다는 겁니다."

"지나치게 세밀하신 것 아닌가요?"

밀드레드가 물었다. 그녀는 약간 불만스러운 듯한 태도로 푸아로를 바라보고 있었다.

"말은 언제나 정확하게 해야 하는 법이죠. 이건 그러니까, 뭐라고 할까, 제 취미 같은 겁니다."

층계에서 발소리가 들리더니 세 사람이 안으로 들어왔다. 경감, 순경 그리고 군의관이었다. 경감은 푸아로를 알아보고는 거의 경건하기까지 한 태도로 인사를 했다. 그런 다음 다른 사람들에게로 몸을 돌렸다.

"여러분 모두에게 진술을 듣고 싶습니다만 우선……."

그때 푸아로가 끼어들었다.

"한 가지 제안을 하고 싶습니다. 우리는 다시 위층으로 돌아가겠어요. 여기 마드무아젤이 하려고 했던 걸 마칠 수 있도록 말이지요. 우리를 위해 오믈렛을 만들고 있었거든요. 난 오믈렛을 무척 좋아하지요. 그런 다음 경감님, 이곳 일을 끝낸 다음 우리에게 올라와서 편안하게 질문을 하시지요."

상대가 동의하자 푸아로는 그들과 함께 위층으로 올라왔다.

"무슈 푸아로, 선생님은 정말 완벽하신 것 같아요. 제가 맛있는 오믈렛을 만들어 드릴게요. 전 오믈렛 만드는 데에는 일가견이 있거든요."

"잘됐군요. 마드무아젤, 한때 난 젊은 영국 아가씨를 사랑했었는데, 그 사람은 당신과 무척 비슷했었죠. 하지만 이런! 그녀는 요리를 할 줄 몰랐답니다. 만사가 다 신의 뜻인 것 같습니다."

그의 목소리에는 희미한 서글픔이 깃들어 있었으므로, 지미 포크너는 호기심 어린 시선으로 그를 바라보았다.

하지만 일단 집 안으로 들어오자 푸아로는 애써 즐겁고 유쾌한 기분을 회복했다. 아래층의 무시무시한 비극은 거의 잊힌 것 같았다. 오믈렛을 먹고 팻에게 치하를 하고 났을 때 라이스 경감의 발소리가 들려왔다. 그는 아래층에 순경을 남겨 두고 의사와 함께 집 안으로 들어왔다.

"음, 무슈 푸아로, 모든 게 명료하고 간단한 것 같습니다. 선생님을 번거롭게 해 드릴 필요가 없을 정도로요. 범인을 검거하는 데 어려움을 겪을 수는 있지만요. 어떻게 시신을 발견하게 됐는지 좀 듣고 싶습니다."

도노반과 지미가 그날 밤 일어났던 일을 자세히 설명했다. 경감은 비난하는 듯한 태도로 팻에게 몸을 돌렸다.

"화물용 승강기의 빗장을 지르는 걸 잊어버리고 나가시면 안 됩니다, 아가씨. 그러면 정말 큰일 나요."

"앞으로는 그러지 않겠어요. 누군가 들어와 가엾은 아래층 여자처럼 저를 죽일 수도 있으니까요."

그렇게 말하며 팻은 부르르 몸을 떨었다.

"아! 하지만 범인들이 그리로 침입한 건 아닙니다."

경감이 말했다.

"지금까지 알아낸 사실들을 우리에게 말해 주시겠습니까?"

푸아로가 물었다.

"그래도 괜찮을지 모르겠군요. 하지만 푸아로 선생님께라면……."

"프레시제망(괜찮고말고요), 여기 젊은이들도…… 분별 있게 행동할 겁니다."

"어쨌든 곧 신문에도 보도가 되겠지요. 음, 사망한 여자는 그랜트 부인이 맞습니다. 관리인을 올라오게 해서 신원을 확인했지요. 서른다섯 살 가량 된 여자입니다. 탁자 앞에 앉아 있다가 아마 마주 앉아 있던 누군가의 소구경 자동 권총에 맞은 것 같습니다. 그녀의 몸이 앞으로 고꾸라졌고, 그래서 탁자에 피가 묻은 겁니다."

"하지만 그랬다면 누군가 총소리를 듣지 않았을까요?"

밀드레드가 물었다.

"권총에 소음기가 장착되어 있었어요. 예, 그래서 아무 소리도 들리지 않았겠지요. 그건 그렇고, 아까 우리가 여주인이 죽었다는 소식을 알려주었을 때 그 집 하녀가 날카로운 비명을 내질렀는데 혹시 들으셨나요? 못 들으셨을 겁니다. 마찬가지로 총소리 역시 아무도 듣지 못했겠지요."

"하녀는 그에 대해 뭔가 할 말이 없던가요?"

푸아로가 물었다.

"오늘 저녁은 하녀가 외출하는 날이었다더군요. 그녀는 따로 열쇠를 갖고 있었습니다. 10시경 들어왔다더군요. 집 안이 아주 조용했대요. 그녀는 여주인이 잠자리에 들었다고 생각했답니다."

"그렇다면 그녀는 거실을 들여다보지 않은 모양이군요?"

"들여다보았답니다. 저녁에 우편으로 배달된 편지들을 거실에 가져다 두긴 했는데, 이상한 점은 전혀 발견하지 못했다더군요. 포크너 씨와 베일리 씨처럼 말이죠. 알다시피 살인자는 시신을 커튼 뒤에 눈에 띄지 않게 감춰 놓았으니까요."

"그런데 그렇게 해 놓았다는 게 좀 이상하지 않습니까?"

푸아로의 목소리는 아주 부드러웠지만, 그 안에 담긴 무엇인가를 간파하고 경감은 재빨리 고개를 들어 올렸다.

"안전하게 도망을 치기 전에 자신이 저지른 범죄가 드러나는 걸 원치 않았겠지요."

"혹시…… 어쩌면…… 하시던 말씀 계속하시죠."

"하녀는 5시에 외출했습니다. 여기 의사 선생님 말씀이 사망 시간은 약 네다섯 시간 전이랍니다. 그렇죠?"

말수가 적은 의사가 서둘러 고개를 끄덕였다.

"지금이 12시 15분 전입니다. 실제 범행 시간은 상당히 좁혀질 수 있을 것 같습니다."

그는 구겨진 종이 한 장을 꺼냈다.

"죽은 여자의 호주머니에서 이게 나왔어요. 걱정 마시고 만지셔도 됩니다. 지문이 없으니까요."

푸아로는 종이의 주름을 폈다. 그 위에는 작고 단정한 대문자로 다음과 같은 글귀가 씌어 있었다.

오늘 저녁 7시 30분 당신을 만나러 가겠소.

J. F.

"꼬투리 잡힐 문서를 남겨 둔 셈이군요."

종이를 돌려주며 푸아로가 한마디 했다.

"음, 그자는 여자의 주머니 속에 이게 들어 있었다는 걸 몰랐을 겁니다. 여자가 그걸 없애 버렸을 거라고 생각했겠지요. 하지만 그자가 용의주도하다는 증거가 있습니다. 시신 아래서 그 여자를 쏜 권총이 발견되었는데, 거기에도 역시 지문은 없더군요. 실크 손수건으로 주의 깊게 닦은 겁니다."

경감이 말했다.

"실크 손수건으로 닦았다는 걸 어떻게 아시지요?"

푸아로가 물었다.

"왜냐하면 손수건 역시 발견되었으니까요."

경감이 의기양양해하며 대답했다.

"마지막 순간 커튼을 치면서 실수로 떨어뜨린 게 분명합니다."

그는 회색 대형 실크 손수건을 내밀었다. 고급 손수건이었다. 경감이 손가락으로 가리키지 않아도 손수건 한가운데 새겨진 글자에 푸아로의 관심이 쏠렸다. 글자가 선명해서 충분히 읽을 수 있었다. 푸아로는 그 이름을 소리 내어 읽었다.

"존 프레이저."

"그렇습니다. 존 프레이저, 이 메모 속의 J. F.입니다. 우리가 찾아내야 할 범인의 이름이죠. 죽은 여자에 대해 조사해 보면, 그녀의 인간관계가 드러날 것이고, 그러면 이내 그자를 추적할 수 있을 겁니다."

"내 생각에는 말입니다, 몽 셰르(친애하는 경감님). 그 존 프레이저란 자를 찾기가 그리 쉽지 않을 것 같군요. 그자에게는 기묘한 구석이 있어요. 왜냐하면 손수건에 이름을 새기고 자신이 범죄에 사용한 권총을 닦아 놓은 것을 보면 꼼꼼한 사람인데, 손수건을 떨어뜨리고 자신의 정체가 드러날 수 있는 편지를 내버려 둔 걸 보면 부주의한 사람이거든요."

"몹시 당황해 있었을 겁니다."

"그럴 수도 있어요. 예, 그럴 수도 있지요. 그런데 그자가 이 건물로 들어오는 것이 목격되었나요?"

"그 시간에는 온갖 사람들이 드나든답니다. 이곳은 큰 건물이에요. 여러분 중 아무도 그 집에서 사람이 나오는 것을 보지 못하셨겠죠?"

그는 네 사람 모두에게 물었다.

팻이 고개를 저었다.

"우리는 더 일찍 집에서 나갔는걸요. 7시경에요."

"알겠습니다."

경감이 자리에서 일어났다. 푸아로가 문까지 그를 배웅했다.

"부탁이 하나 있는데, 내가 아래층 집을 조사해 봐도 될까요?"

"이런, 물론입니다, 무슈 푸아로. 본부에서 선생님을 어떻게 생각하고 있는지 잘 알고 있습니다. 열쇠를 하나 드리지요. 제게 두 개가 있으니까요. 집은 비어 있을 겁니다. 하녀는 혼자 있기가 무섭다면서 친척집으로 갔답니다."

"고맙습니다."

푸아로는 생각에 잠긴 채 집 안으로 들어왔다.

"설명이 만족스럽지 않으신가 보네요, 무슈 푸아로."

지미가 물었다.

"예, 만족스럽지 않군요."

도노반이 호기심 어린 눈길로 그를 바라보았다.

"도대체 뭔가요? 음, 선생님이 걱정하고 계시는 것 말입니다."

푸아로는 대답하지 않았다. 그는 생각에 잠긴 듯 미간을 찌푸린 채 잠시 입을 열지 않았다. 이윽고 그는 갑자기 조바심을 내며 어깨를 움직거렸다.

"이제 그만 인사를 드려야겠네요, 마드무아젤. 피곤하실 테니까요. 요리를 잔뜩 했으니까요, 그렇죠?"

팻이 소리 내어 웃었다.

"겨우 오믈렛인걸요. 저녁 식사를 요리한 건 아니랍니다. 도노반과 지미가 와서 우리를 불렀죠. 우리는 소호에 있는 작은 식당에 갔었어요."

"그런 다음 극장에 갔고요?"

"예. 「캐롤라인의 갈색 눈동자」를 보았답니다."

"아! 푸른 눈이었어야 했는데. 마드무아젤의 눈처럼 말입니다."

그는 다정한 몸짓을 해 보인 다음 팻과 밀드레드에게 다시 한 번 잘 자라고 인사했다. 팻이 이런 특별한 날 밤에 혼자 남는 게 무섭다고 솔직하게 인정하고 특별히 부탁하는 바람에 밀드레드는 그곳에서 자고 가기로 했다.

청년 둘이 푸아로를 따라왔다. 문이 닫히고, 층계참에서 작별인사를 하려 할 때 푸아로가 그들보다 앞질러 말했다.

"젊은 친구들, 만족하지 못했다는 내 말을 들었지요? 에 비엥(그러니까) 그건 사실입니다. 도저히 만족할 수가 없군요. 이제 내 식대로 조사를 하러 갈 참입니다. 나와 함께 가겠습니까, 어때요?"

이 제안은 열렬한 환영을 받았다. 푸아로는 앞장서서 아래층으로 내려가서는 경감이 준 열쇠를 자물쇠 구멍에 밀어 넣었다. 집 안으로 들어간 그는 두 청년이 예상했던 것처럼 거실로 들어가지 않았다. 대신 곧장 부엌으로 들어갔다. 그릇을 씻어 두는 곳으로 사용되는 후미진 구석에 커다란 철제 쓰레기통이 놓여 있었다. 뚜껑을 연 푸아로는 몸을 둘로 접고 집요한 사냥개처럼 열심히 내용물을 헤집기 시작했다.

지미와 도노반 둘 다 깜짝 놀라 그를 응시했다.

갑자기 푸아로가 기쁨의 소리를 내지르며 몸을 일으켰다. 그는 작은 마개가 막힌 병을 높이 쳐들었다.

"부알라!(여기 있군!) 원하던 것을 찾았어요."

그는 조심스럽게 병 주위를 킁킁거리며 냄새를 맡았다.

"이런! 내가 엉뤼메(감기가 든)한 모양이군. 머리가 띵한걸."

도노반이 그에게서 병을 받아 들었다. 이번에는 그가 코를 대 보았지만 아무 냄새도 맡을 수 없었던 모양이었다. 그는 마개를 뽑고는 병 입구에 코를 갖다 댔다. 푸아로는 조심하라고 외치며 그를 제지했다.

다음 순간 그는 통나무처럼 쓰러지고 말았다. 푸아로가 튈 듯이 앞으로 나와 쓰러지는 그의 몸을 받았다.

"어리석은 친구 같으니라고! 정말 너무했군. 그렇게 무작정 마개를 뽑다니! 이 친군 내가 이걸 얼마나 조심스럽게 다루는지 보지도 못했나? 무슈 포크너, 안 그렇습니까? 브랜디를 좀 가져다주겠어요? 아까 보니 거실에 술이 담긴 유리병이 있었지요."

지미는 서둘러 방을 나갔다. 하지만 그가 돌아왔을 때 도노반은 자리에 앉아 이제 괜찮다고 말하고 있었다. 그는 유독 물질일 가능성이 있는 것을 냄새 맡을 때에는 주의를 기울여야 한다는 푸아로의 짤막한 설교를 들어야 했다.

"전 이만 가 봐야 할 것 같아요."

도노반이 비틀비틀 몸을 일으키며 말했다.

"제 말은 여기서 제가 더 이상 도움이 될 것 같지 않다는 겁니다. 아직도 앞이 어릿어릿하거든요."

"그럴 거예요. 그게 최선이지요. 무슈 포크너, 여기서 잠깐 기다려 주세요. 곧 돌아오리다."

푸아로는 도노반을 문 밖까지 배웅했다. 그들은 층계참에서 잠시 이야기를 나누며 서 있었다. 이윽고 푸아로가 다시 집 안으로 들어왔을 때, 지미는 거실에 서서 혼란스러운 눈빛으로 주위를 둘러보고 있었다.

"음, 무슈 푸아로, 이제 뭘 해야 하죠?"

"아무것도 할 일이 없습니다. 이 사건은 끝났으니까요."

"뭐라고요?"

"난 모든 걸 알고 있습니다. 이제는."

지미는 그를 물끄러미 응시했다.

"조금 전 찾아낸 그 작은 병 때문인가요?"

"바로 그렇습니다. 그 작은 병 덕분이지요."

지미는 고개를 내저었다.

"전 뭐가 뭔지 전혀 모르겠군요. 제가 아는 건 누군지는 몰라도 그 존 프레이저라는 사람에게 불리한 증거에 선생님께서 어떤 이유에선지 만족하지 않으신다는 것뿐입니다."

"누군지는 몰라도."

푸아로는 부드러운 어조로 지미의 말을 되풀이했다.

"그자는 사람이 아니랍니다. 음, 나도 놀라고 있어요."

"무슨 말인지 모르겠는데요."

"그자는 하나의 이름입니다. 그뿐이지요. 주의 깊게 손수건에 새겨진 이름이란 말입니다."

"그러면 그 편지는요?"

"그 메모가 인쇄되어 있었다는 걸 눈치 채셨나요? 왜 그랬을까요? 그 이유를 말씀드리지요. 필적은 쓴 사람이 드러날 수 있고, 타이프로 친 편지는 생각보다 훨씬 쉽게 추적될 수 있답니다. 만약 진짜 존 프레이저라는 인물이 그 편지를 썼다면, 이 두 가지 방법을 쓰지 않았을 겁니다! 그래요, 그 편지는 의도적으로 쓰여 우리가 찾을 수 있도록 죽은 여자의 옷 주머니에 넣어진 겁니다. 존 프레이저라는 인물은 존재하지 않습니다."

지미는 묻는 듯한 눈길로 그를 바라보았다.

푸아로가 말을 이었다.

"그래서 나는 처음에 내 머릿속에 떠올랐던 문제로 되돌아갔지요. 방 안의 몇 가지 것들은 주어진 상황 하에서 언제나 같은 위치에 있다고 한 내 말을 들었을 겁니다. 그때 나는 세 가지를 예로 들었습니다. 한 가지 더 예를 들 수도 있었지요. 전등 스위치 말입니다, 친구."

지미는 여전히 무슨 말인지 모르겠다는 듯 그를 물끄러미 응시했다. 푸아로가 말을 이었다.

"당신 친구 도노반은 창가 근처에 가지 않았어요. 그의 손에 피가 묻은 것은 이 탁자에 손을 짚었기 때문이었습니다! 즉각 의문이 생기더군요. 왜 그는 탁자에 손을 짚었을까? 그는 이 어두운 방 안에서 무엇을 찾고 있었던 것일까? 친구, 기억하기 쉽게 하기 위해 전등 스위치는 언제나 같은 위치에 있습니다. 문 옆에 말입니다. 그런데 이 방에 들어왔을 때 그는 왜 즉각 전등 스위치를 더듬어 켜지 않은 것일까? 그게 자연스럽고 정상적인 일인데 말입니다. 그의 말에 따르면, 그는 부엌에서 불을 켜려 했지만 켜지지 않았다고 하더군요. 하지만 내가 그 스위치를 켰을 때, 그것은 완벽하게 작동했습니다. 그렇다면 그는 당시 불이 들어오지 않기를 바랐던 것은 아닐까요? 만약 전등이 제대로 켜졌다면, 당신들은 둘 다 집을 잘못 찾았다는 사실을 즉각 깨달았을 겁니다. 그러면 이 방까지 들어올 이유가 없었지요."

"무슨 말씀을 하시려는 건가요, 무슈 푸아로? 도저히 알 수가 없군요. 무슨 말씀입니까?"

"내 말은…… 이겁니다."

푸아로는 열쇠 하나를 내밀었다.

"이 집 열쇤가요?"

"아뇨, 몬 아미, 위층 집 열쇠입니다. 마드무아젤 퍼트리샤 집의 열쇠지요. 무슈 도노반 베일리가 오늘 저녁 어느 순간 그녀의 가방에서 훔쳐낸 거랍니다."

"하지만 왜…… 왜 그랬을까요?"

"파르블뢰!(뻔하지요!) 그럼으로써 그는 하고 싶은 일을 할 수 있었으니까요. 전혀 의심받지 않고 이 집에 들어올 수 있었던 거죠. 그는 화물용 승강기의 빗장이 걸려 있지 않다는 걸 아까 확인했던 겁니다."

"그 열쇠를 어떻게 손에 넣으셨나요?"

미소를 짓고 있던 푸아로의 입매가 양쪽 귀 옆으로 당겨졌다.

"지금 막 찾아냈어요. 내가 짐작했던 곳, 다시 말해서 무슈 도노반의 주머니에서 말입니다. 내가 겨우 찾아낸 것처럼 연기했던 이 작은 병은 계략이었습니다. 무슈 도노반은 거기 걸려들었지요. 그는 내 예상대로 행동하더군요. 마개를 뽑고 냄새를 맡은 거죠. 그런데 이 작은 병 안에는 아주 강력한 순간 마취제인 에틸 클로라이드가 들어 있습니다. 그래서 나는 내게 필요한 일이 분간의 무의식 상태를 확보할 수 있었지요. 나는 그의 주머니에서 예상하고 있던 두 가지 물건을 찾아냈답니다. 이 열쇠가 그중 하나고, 또 하나는…….”

그는 잠시 말을 끊었다가 다시 이었다.

“시신이 커튼 뒤에 감추어져 있는 이유를 경감님이 말했을 때 내겐 의문이 생기더군요. 시간을 벌기 위해서라고? 아니요, 거기엔 그 이상의 무엇인가가 있었어요. 한 가지 생각이 떠오르더군요. 우편물, 9시 30분경에 배달되는 저녁 우편물 말입니다. 다시 말해서 살인범은 자신이 꼭 찾아내야 할 걸 찾을 수 없었어요. 그것은 나중에 우편으로 배달될 테니까요. 그것 때문에 그는 그곳에 다시 와야 했던 겁니다. 하지만 하녀가 들어왔을 때 그 범죄가 발견되어서는 안 되었죠. 그랬다가는 경찰이 그 집을 점거할 테니까요. 그래서 그는 시신을 커튼 뒤에 숨긴 겁니다. 하녀는 아무런 의심 없이 평소대로 배달된 편지들을 탁자에 올려놓은 거고요.”

“편지들이라고요?”

“그렇습니다. 편지들이죠.”

푸아로는 주머니에서 무엇인가를 꺼냈다.

“이게 무슈 도노반이 의식을 잃었을 때 내가 그에게서 꺼낸 두 번째 물건입니다."

그는 수취인의 주소와 이름을 보여 주었다. 타이프라이터로 찍힌 봉투의 수신인은 어니스틴 그랜트 부인으로 되어 있었다.

"그런데 먼저 한 가지 묻겠습니다, 무슈 포크너, 이 편지의 내용을 읽기 전에 말입니다. 당신은 마드무아젤 퍼트리샤를 사랑하고 있지요, 그렇지 않습니까?"

"전 팻을 몹시 좋아하고 있어요. 하지만 한 번도 기회가 없었던 것 같습니다."

"당신은 그녀가 무슈 도노반을 좋아한다고 생각했죠? 그녀는 그를 좋아할 뻔했어요. 하지만 처음에 그랬을 뿐입니다, 친구. 그녀가 이 일을 잊도록 해 줄 사람은 당신입니다. 곤경에 처한 그녀 곁에 있어 줄 사람 말입니다."

"곤경에 처한다고요?"

지미가 날카로운 어조로 물었다.

"그렇습니다, 곤경이지요. 이 사건에서 그녀의 이름이 언급되지 않도록 최선을 다하겠지만, 전혀 나오지 않을 수는 없을 겁니다. 그녀가 범죄의 동기니까요."

그는 쥐고 있던 봉투를 찢어 열었다. 안에 든 종이가 떨어졌다. 맨 앞의 편지는 변호사 사무소에서 온 것으로 내용은 간단했다.

친애하는 부인,

부인이 동봉하신 서류는 절차에 맞는 것으로, 외국에서 행해졌다하더라도 결혼 사실은 어떤 식으로도 무효화될 수 없습니다.

성실한 조력을 약속드리며

푸아로는 동봉된 서류를 펼쳤다. 그것은 도노반 베일리와 어니스틴 그랜트의 결혼 증명서로 날짜는 8년 전이었다.

"오, 맙소사. 팻은 그 여자가 자신을 만나자는 메모를 보내왔다고 했지만, 그게 이렇게 중요한 문제일 줄은 꿈에도 몰랐을 거예요."

푸아로가 고개를 끄덕였다.

"무슈 도노반은 알고 있었습니다. 그는 오늘 저녁 위층으로 가기 전에 자기 아내를 만나러 갔지요. 어쨌거나 그 불행한 여인이 자신의 라이벌이 살고 있는 이 건물에 입주하다니 정말 기묘한 아이러니지요. 도노반은 아내를 냉정하게 살해했습니다. 그런 다음 외출을 하고 즐거운 저녁을 보냈습니다. 그의 아내는 그에게 자신이 변호사 사무소에 결혼 증명서를 보냈고, 그들로부터 답장을 기다리고 있다고 말했겠지요. 그는 그 결혼이 무효라고 그녀에게 믿게 하려 애썼을 겁니다."

"도노반은 저녁 내내 기분이 무척 좋은 것 같았어요. 무슈 푸아로, 당신은 그를 달아나게 내버려 두신 게 아닌가요?"

지미가 부르르 몸을 떨었다.

"그는 도망칠 수 없답니다. 걱정할 필요 없어요."

푸아로가 진지한 어조로 말했다.

"제가 가장 신경 쓰이는 건 팻이에요. 선생님도 모르시잖아요. 그녀가 그를 정말로 좋아했는지."

"몬 아미, 그건 당신 몫이랍니다. 그녀의 마음을 당신에게 돌리고 이 일을 잊게 만드는 것 말입니다. 그렇게 어려운 일은 아닐 것 같은데요!"

푸아로가 부드럽게 말했다.

조니 웨이벌리 사건

"어미로서 기분이 어떤지 이해하실 수 있을 거예요."

웨이벌리 부인이 말했다. 같은 말을 벌써 여섯 번째 하는 것 같았다. 그녀는 호소하는 듯한 눈길로 푸아로를 바라보았다. 비탄에 잠긴 어머니들에게 언제나 동정적인 나의 키 작은 친구는 그녀를 안심시키는 몸짓을 했다.

"압니다, 알지요. 이해하고도 남습니다. 이 푸아로 아저씨를 믿으세요."

"경찰에서는……."

웨이벌리 씨가 말을 시작했다.

그의 아내는 손사래를 쳐 그 말을 잠재웠다.

"난 이제 더 이상 경찰과는 아무것도 하지 않겠어요. 우리는 그들을 믿었는데 어떤 일이 벌어졌는지 봐요! 무슈 푸아로와 그분이 해

낸 위업에 대해 많은 이야기를 듣고 우리에게 도움이 될 거라는 느낌이 들더군요. 어미로서 기분이……."

푸아로는 웅변적인 손짓으로 그 말이 되풀이되는 것을 막았다. 웨이벌리 부인의 감정은 분명 순수한 것이었다. 하지만 그건 잔소리 심하고 억센 그녀의 용모와는 그리 어울리지 않았다. 그녀가, 사환에서부터 시작해 지금의 명성을 얻은 버밍햄의 유명한 강철회사 사장의 딸이라는 이야기를 나중에 듣고서야 나는 그녀가 아버지의 자질을 많이 물려받았다는 사실을 깨달았다.

웨이벌리 씨는 몸집이 크고 혈색이 좋은 유쾌한 인상의 사내였다. 두 다리를 넓게 벌린 채 서 있는 그는 전형적인 시골 유지처럼 보였다.

"이 사건에 대해서는 모두 알고 계실 줄 아는데요, 무슈 푸아로?"

그 질문은 거의 불필요한 것이었다. 며칠에 걸쳐 신문에는 영국에서 가장 오래된 가문 중의 하나인 서리 웨이벌리 코트의 향사 마커스 웨이벌리의 상속자인 세 살짜리 소년 조니 웨이벌리의 유괴 사건에 대한 기사가 가득 차 있었다.

"굵직한 사실들은 물론 알고 있습니다만, 전체적인 이야기를 다시 들려주셨으면 합니다, 무슈. 가능하다면 자세히 말입니다."

"음, 모든 것은 지금부터 열흘 전 내게 익명의 편지가 배달되면서부터 시작된 것 같습니다. 어쨌든 불쾌한 편지였지요. 나로서는 도저히 무슨 내용인지 맥을 잡을 수 없었어요. 편지를 쓴 사람은 뻔뻔스럽게도 2만 5000파운드를 지불할 것을 요구하고 있었습니다.

2만 5000파운드 말입니다, 무슈 푸아로! 동의하지 않는다면 조니를 유괴하겠다고 협박했어요. 물론 나는 더 이상 문제 삼지 않고 편지를 쓰레기통에 던져 버렸지요. 한심한 장난이라고 생각했어요. 닷새 후 나는 또 다른 편지를 받았습니다. '돈을 지불하지 않으면, 네 아들은 29일 유괴될 것'이라는 내용이었죠. 그날이 27일이었어요. 에다는 걱정을 했지만 나는 그 일을 진지하게 받아들일 수가 없었습니다. 빌어먹을, 여긴 잉글랜드니까요. 아이를 유괴해 볼모로 잡고 몸값을 요구할 수는 없는 일이죠."

"물론 흔한 일은 아닙니다. 계속하십시오, 무슈."

"음, 에다는 나를 가만히 내버려 두지 않았습니다. 그래서 좀 바보스러운 짓이라고 생각하면서도 나는 이 사건을 런던 경시청에 의뢰했습니다. 그들은 이 일을 그다지 심각하게 받아들이는 것 같지 않더군요. 29일 저는 세 번째 편지를 받았어요. '당신은 돈을 지불하지 않았다. 당신 아들은 내일 29일 정오 12시 정각에 유괴될 것이다. 그 애를 되찾기 위해 당신은 5만 파운드를 내야 한다.'는 내용이었어요. 나는 다시 런던 경시청으로 달려갔습니다. 이번에는 경찰도 좀 더 관심을 갖는 것 같았습니다. 그들은 그 편지들이 어떤 미치광이에 의해 쓰였고, 명시된 시각에 모종의 시도가 일어날 가능성이 있다고 생각하는 모양이었습니다. 경찰은 필요한 모든 주의를 기울이겠다면서 나를 안심시키더군요. 맥닐 경감과 충분한 병력을 이튿날 웨이벌리로 보내 사태를 처리하겠다는 것이었어요.

나는 한시름 놓은 기분으로 집에 돌아왔습니다. 하지만 집이 이미 포위되어 있다는 느낌이 들더군요. 나는 낯선 사람은 집 안에 들이지 말고, 아무도 집에서 나가지 말라고 지시를 내렸습니다. 그날 저녁은 귀찮은 사건 같은 것 없이 지나갔어요. 그런데 다음 날 아침 아내의 몸 상태가 몹시 나빴습니다. 놀란 나는 데이커스 박사를 부르러 보냈지요. 아내의 증상에 박사는 당황한 모양이었습니다. 그는, 아내가 독극물에 중독된 것 같다고 말하기를 주저했지만, 저는 그가 마음속으로 그렇게 생각한다는 것을 알 수 있었습니다. 생명에는 전혀 지장이 없다고 그는 나를 안심시켰습니다. 하지만 다시 회복되기 위해서는 하루 이틀 걸리겠다고 하더군요. 내 방으로 돌아온 나는 내 베개에 메모지 하나가 핀으로 꽂혀 있는 것을 보고 아연실색했습니다. 전에 받은 편지들의 필적과 같은 글씨였는데, 이번에는 '오늘 낮 12시 정각'이라는 단 세 단어만 씌어 있었습니다.

인정합니다, 무슈 푸아로, 그때 내가 지나치게 화를 냈다는 사실을 말입니다! 누군가 집안 사람이 이 일에 관련되어 있었어요. 하인들 중 하나가 말입니다. 나는 하인들을 모두 불러 모아서는 이쪽저쪽으로 욕을 퍼부어 댔습니다. 그들은 서로에 대해 결코 불리한 말을 하지 않아요. 그날 아침 일찍 조니의 보모가 찻길을 걸어 내려가는 것을 보았다는 정보를 준 사람은 아내의 비서인 콜린스 양이었어요. 내가 보모를 몰아세우자, 그녀는 사실을 실토했습니다. 아이를 하녀에게 맡기고 몰래 나가 친구를 만났다고 하더군요. 남자를 말입니다! 잘하는 짓이죠! 그녀는 메모를 내 베개에 핀으로 꽂아 놓지 않았다고 부인했어요. 그녀가 하는 말이 사실이었을지도 모르죠.

하지만 나로서는 다른 사람도 아닌 아이의 보모가 사건에 개입되는 위험을 무릅쓸 수는 없었어요. 하인들 중 하나가 연루되어 있다는 걸 확신했습니다. 결국 나는 이성을 잃고 하인들과 보모를 모조리 해고했습니다. 그들에게 한 시간 내에 짐을 싸서 이 집을 떠나라고 했죠."

웨이벌리 씨의 붉은 얼굴은 자신이 보기에는 정당했던 그 분노를 되살리자 더욱 붉어졌다.

"그건 좀 지각없는 행동 아니었을까요, 무슈? 왜냐하면 당신은 상대의 손바닥 안에서 놀고 있었는지도 모르니까요."

푸아로가 말했다.

웨이벌리 씨는 물끄러미 그를 응시했다.

"내 생각은 그렇게 않아요. 하인들을 모조리 내보낸다는 게 내 생각이었습니다. 나는 런던에 전보를 쳐서 그날 저녁으로 새로운 하인들 전체를 보내 달라고 요청했습니다. 그동안 집 안에는 믿을 수 있는 사람들뿐이었습니다. 아내의 비서인 콜린스 양과 어릴 때부터 나와 함께 해온 집사 트레드웰 말입니다."

"그런데 콜린스 양은 여기서 일한 지 얼마나 되었나요?"

"꼭 1년 됐어요. 그녀는 비서 겸 친구로서 내게 무척 소중하답니다. 또 집안 관리에도 아주 유능하죠."

웨이벌리 부인이 대답했다.

"보모는요?"

"우리 집에서 일한 지 6개월 되었어요. 탁월한 추천서를 가지고 왔었지요. 하지만 그 여자가 진정으로 좋았던 적은 없어요. 조니는 그녀를 무척 따랐지만요."

"일이 터졌을 때 그녀는 이미 그만둔 뒤였겠군요. 무슈 웨이벌리, 이야기를 계속해 주십시오."

웨이벌리 씨는 다시 말을 이었다.

"맥닐 경감은 10시 30분경 도착했어요. 그때쯤에는 모든 하인들이 떠나고 난 뒤였지요. 경감은 집 안의 일처리에 대해 상당한 만족을 표시했습니다. 그는 바깥 정원에 여러 사람들을 배치했고, 집으로 들어오는 입구마다 보초를 세웠어요. 그러고는 이 모든 것이 심술궂은 장난이 아니라면, 베일에 싸인 편지 발송자를 틀림없이 붙잡을 것이라고 장담했습니다.

나는 조니를 곁에서 떼어 놓지 않았습니다. 그 애와 나와 경감은 함께 회의실이라고 부르는 방으로 들어갔어요. 경감은 문을 잠갔습니다. 그 방에는 대형 괘종시계가 있어요. 시계 바늘이 12시에 가까워지자, 고백하건대 마치 고양이처럼 신경이 곤두서더군요. 태엽이 풀리는 소리가 나더니 괘종시계가 울리기 시작했어요. 나는 조니를 꼭 껴안았습니다. 누군가 하늘에서 떨어지기라도 할 것 같은 느낌이었지요. 마지막 종소리가 울렸습니다. 종소리가 끝나는 순간, 밖에서 요란한 소동이 벌어졌습니다. 고함 소리와 달려가는 소리가 들리더군요. 경감이 창문을 열어젖히자 순경 하나가 달려왔어요.

'그자를 잡았습니다.' 순경이 숨을 헐떡이며 말하더군요. '그자가 덤불 사이로 살금살금 걸어가고 있었지요. 그자에게서 마취제 일습

이 나왔습니다.'

우리는 서둘러 테라스로 나갔습니다. 순경 둘이 허름한 옷을 입은 흉포한 인상의 사내를 붙잡고 있더군요. 사내는 몸을 뒤틀며 도망치려 애썼지만 소용없었죠. 경찰 하나가 포로로 잡은 사내에게서 빼앗은 꾸러미를 펼쳐 들고 있더군요. 그 안에는 탈지면 한 뭉치와 클로로포름 한 병이 들어 있었어요. 그것을 보자 나는 피가 끓어올랐습니다. 거기에는 내게 보낸 메모도 들어 있었어요. 나는 봉투를 뜯었어요. 다음과 같은 글귀가 씌어 있었습니다. '당신은 돈을 지불했어야 했다. 이제 당신 아들의 몸값은 5만이다. 아무리 주의를 기울인다 해도 그 애는 내가 말한 대로 29일 12시 정각에 유괴될 것이다.'

나는 소리 내어 웃었어요. 안도의 웃음이었지요. 하지만 웃음을 그쳤을 때 자동차 모터 소리와 외침 소리가 들려왔습니다. 나는 고개를 돌렸습니다. 지붕이 낮고 몸체가 긴 회색 자동차 한 대가 무시무시한 속도로 남쪽 수위실을 향해 달려 내려가고 있었죠. 소리를 지른 것은 그 차를 운전하고 있는 남자였지만, 나에게 공포스러운 충격을 준 것은 그가 아니었습니다. 내가 겁에 질린 것은 조니의 구불거리는 연한 황갈색 머리카락을 보았기 때문이었어요. 아이가 그 자 옆에 타고 있었던 겁니다.

경감이 욕설을 내뱉더군요.

'아이가 조금 전부터 보이질 않는다 했더니.' 그가 소리쳤습니다. 그는 우리를 훑어보았습니다. 우리 모두, 그러니까 나와 트레드웰,

콜린스 양 모두가 거기 있었어요. '아이를 마지막으로 본 게 언제입니까, 웨이벌리 씨?'

나는 기억을 해내려 애쓰며 조금 전 일을 돌이켜보았어요. 순경이 우리를 불렀을 때, 나는 경감과 함께 밖으로 달려 나왔습니다. 조니를 까맣게 잊은 채 말입니다.

그때 우리를 깜짝 놀라게 하는 소리가 들려왔어요. 마을의 교회 종 소리였습니다. 경감은 외마디 소리를 내지르며 자신의 시계를 꺼냈어요. 정확히 12시였어요. 약속이라도 한 것처럼 우리는 모두 회의실로 달려갔어요. 그곳의 시계는 12시 10분을 가리키고 있었습니다. 누군가 고의로 시계를 빠르게 해 놓았던 겁니다. 왜냐하면 그 시계는 한 번도 느리거나 빨랐던 적이 없으니까요. 아주 정확한 시계거든요."

웨이벌리 씨는 잠시 말을 멈추었다. 푸아로는 혼자 미소를 지으며, 수심에 찬 아이 아버지가 한쪽을 밀어 비뚤어진 매트의 위치를 바로잡았다.

"흥미로운 사건이군요. 애매하면서도 매력적이에요."

푸아로가 중얼거렸다.

"선생님을 위해 기꺼이 조사에 착수하겠습니다. 솔직히 말해서 이건 아 메르베유(탁월)하게 계획된 사건이군요."

웨이벌리 부인이 비난의 눈길로 그를 바라보았다.

"하지만 내 아들은요."

그녀가 울부짖었다.

푸아로는 서둘러 표정을 바로잡아, 다시 간곡한 연민의 화신 같은 표정을 지었다.

"그 애는 안전합니다, 마담, 상처 같은 건 입지 않을 겁니다. 걱정 마십시오. 이자들은 그 애에게 아주 잘할 겁니다. 이들에게 그 애는 황금 알을 낳는 칠면조, 아니 거위가 아니겠습니까?"

"무슈 푸아로, 이제 할 수 있는 일은 하나뿐이라는 생각이 들어요. 돈을 주는 것 말이에요. 난 처음에 돈을 주는 데 반대했어요. 하지만 지금 상황을 보세요! 어미로서 기분이 어떤 건지……."

"우리가 무슈의 이야기를 중간에 가로챈 셈이군요."

푸아로가 서둘러 소리쳤다.

"나머지는 신문을 통해 잘 알고 계실 줄로 압니다. 당연히 맥닐 경감은 즉각 전화를 걸었어요. 문제의 자동차와 사내의 인상착의가 경찰 전체에 전달되었어요. 처음에는 모든 게 잘되어 나가는 것 같았어요. 인상착의가 같은 사내와 소년을 태운 자동차 한 대가 여러 마을을 지나 얼핏 보기에는 런던을 향하고 있는 것 같았으니까요. 그들이 어떤 장소에서 멈추었을 때, 아이가 울면서 같이 있는 사내를 두려워하는 듯한 장면이 목격되었습니다. 맥닐 경감이 그 차를 세우고 남자와 소년을 억류했을 때, 저는 안도한 나머지 몸이 이상해지는 것 같았지요. 그 결과는 선생님도 아실 겁니다. 그 소년은 조니가 아니었고, 그 사내는 아이를 좋아하는 열광적인 자동차광이었습니다. 그는 여기서 25킬로미터 가량 떨어져 있는 이든스웰 거리에서 놀던 어린 소년을 태워 친절하게도 드라이브를 시켜 준 것뿐이었습니다. 경찰이 엉뚱하게도 확신을 갖고 지체하는 바람에 범인의 흔적은 모두 사라지고 말았어요. 경찰이 한사코 엉뚱한 차를 좇지 않았다면, 지금쯤은 아이를 찾아냈을 겁니다."

"진정하십시오, 무슈. 경찰은 용기와 지략을 갖고 있습니다. 그런 실수는 충분히 있을 수 있어요. 그 모든 것이 교묘한 계략이었습니다. 경찰이 정원에서 붙잡은 사내가 혐의 사실을 줄곧 부인한 것으로 압니다. 그는 메모와 꾸러미를 웨이벌리 저택으로 전달해 달라는 부탁을 받았을 뿐이라고 했다지요. 어떤 남자가 그것을 자신에게 주고 10실링짜리 지폐를 내밀면서 12시 10분 전까지 정확하게 배달하면 지폐 한 장을 더 주겠다고 약속했다고요. 정원을 통해 집안으로 들어와 옆문을 두드리면 된다고 했답니다."

"전 그 말을 도저히 믿을 수가 없어요. 모조리 거짓말이에요."

웨이벌리 부인이 말했다.

"엉 베리테(사실) 신빙성 없는 이야기지요."

푸아로가 인정했다.

"하지만 아직도 경찰은 그 이야기를 뒤집지 못했지요. 또한 내가 알기로 그자는 오히려 이쪽을 비난했다죠?"

묻는 듯한 그의 눈길이 웨이벌리 씨에게 향했다. 웨이벌리 씨의 얼굴이 다시 붉어졌다.

"그자는 뻔뻔스럽게도 자신에게 그 꾸러미를 준 사내의 인상착의가 트레드웰과 같다고 하더군요. '그의 얼굴에서 콧수염만 밀어 버렸을 뿐'이라면서요. 트레드웰은 이 영지에서 태어난 사람인데 말입니다!"

푸아로는 그 시골 유지의 분개에 살짝 미소를 지었다.

"하지만 당신은 이 저택의 식구 하나가 유괴 사건과 관계가 있으리라고 의심하셨는데요."

"예, 하지만 트레드웰은 아닙니다."

"그렇다면 부인 생각은 어떠신가요, 마담?"

푸아로가 갑자기 웨이벌리 부인에게 몸을 돌리며 물었다.

"그 뜨내기에게 문제의 편지와 꾸러미를 준 사람이 트레드웰일 리는 없어요. 누군가 진짜 그런 일을 했다고 해도 말이에요. 전 그 얘길 믿지 않지만요. 그 사내의 말에 따르면 10시 정각에 그걸 받았다더군요. 하지만 10시 정각에 트레드웰은 남편과 함께 끽연실에 있었어요."

"자동차에 타고 있는 남자의 얼굴을 보셨나요, 무슈? 어쨌거나 트레드웰의 얼굴과 비슷하던가요?"

"거리가 너무 멀어서 얼굴은 보지 못했습니다."

"트레드웰에게 남자 형제가 있습니까?"

"여러 명 있지만 모두 죽었습니다. 마지막으로 남아 있던 형제는 전사했지요."

"제가 웨이벌리 저택의 정원이 어떤 곳인지 잘 몰라서요. 문제의 자동차가 남쪽 문을 향하고 있었다더군요. 그곳은 또 다른 출입구인가요?"

"예, 우리가 동문이라고 부르는 곳이죠. 집의 반대편에 있어요."

"차가 뜰 안으로 들어오는 것을 아무도 보지 못했다는 게 제게는 이상하군요."

"뜰을 가로질러 작은 교회로 통하는 길이 있답니다. 많은 차들이 그 길을 지나가지요. 그 사내는 적당한 곳에 차를 세우고, 소동이 벌어져 사람들이 주의를 돌린 바로 그때 저택으로 달려 올라온 모양입니다."

"그자가 이미 집 안에 들어와 있지 않았다면 말이죠. 혹시 집 안에 그자가 숨을 만한 공간이 있을까요?"

푸아로가 생각에 잠긴 채 말했다.

"물론 우리는 사전에 집 안을 수색하지는 않았습니다. 그럴 필요가 없었으니까요. 그자가 어딘가에 숨어 있을 수도 있었겠지요. 하지만 누가 그자를 집 안에 들여놓았겠습니까?"

"그 문제는 나중에 생각해 보죠. 한 번에 하나씩 해결합시다. 체계적으로 말입니다. 집 안에 특별한 은신처 같은 건 없습니까? 웨이벌리 저택은 오래된 곳입니다. '수도사의 은신처'라고 불리는 장소가 있을 텐데요."

"이런, 수도사의 은신처가 있답니다. 현관의 판자 중 하나를 통해 들어갈 수 있지요."

"그곳에서 회의실이 가까운가요?"

"바로 문 밖이에요."

"부알라!(그곳이었군요!)"

"하지만 아내와 나 외에는 아무도 그곳이 있다는 걸 모르는데요."

"트레드웰은요?"

"음, 그는 얘기를 들어 알고 있을 겁니다."

"콜린스 양은요?"

"그녀에게는 이야기한 적 없는데요."

푸아로는 잠시 생각에 잠겼다.

"음, 무슈, 다음으로 제가 할 일은 웨이벌리 코트에 직접 가 보는 겁니다. 오늘 오후에 도착해도 되겠습니까?"

"오, 가능한 한 빨리 와 주세요, 무슈 푸아로! 이걸 다시 한 번 읽어 주시고요."

웨이벌리 부인이 외쳤다.

그녀는 범인에게서 받은 최후통첩을 그의 손에 넘겨주었다. 그날 아침 웨이벌리 부부에게 전달된 것으로, 그들이 푸아로를 찾아온 것은 그것 때문이었다. 그것은 돈의 지불 방법에 대해 영리하고도 명료한 지시와 함께 어떤 식으로든 지시를 어길 경우 소년의 목숨이 날아갈 것이라는 협박으로 끝을 맺었다. 웨이벌리 부인의 근원적인 모성애가 마침내 그날 돈에 대한 애착을 이긴 것이 분명했다.

웨이벌리 씨가 방을 나간 다음 푸아로는 잠시 부인을 붙잡았다.

"마담, 부디 진실을 말해 주십시오. 당신 역시 남편처럼 집사 트레드웰을 신뢰하시나요?"

"그를 의심할 점은 전혀 없어요, 무슈 푸아로. 그가 이 일에 관련이 있다고는 볼 수 없어요. 하지만…… 전 한 번도 그가 좋았던 적이 없었어요. 한 번도요!"

"한 가지만 더요. 마담, 아드님 보모의 주소를 알려 주실 수 있으십니까?"

"해머스미스 시, 네더럴 가 149번지예요. 하지만 설마 그런 상상을……."

"저는 상상 같은 건 결코 하지 않습니다. 그저 이 작은 회색 뇌세포를 쓰는 것뿐이지요. 그리고 때때로, 때때로 말이죠, 사소한 생각이 떠오른답니다."

문이 닫히자 푸아로는 내가 있는 곳으로 돌아왔다.

"그러니까 마담은 그 집사를 좋아한 적이 없었네. 이거 흥미롭군, 그렇지 않은가, 헤이스팅스?"

나는 그의 계략에 걸려들기를 거부했다. 푸아로가 너무나도 자주 나를 속여 온 만큼 나는 경계를 게을리 하지 않았다. 언제나 어딘가에 함정이 있었던 것이다.

공들여 외출 준비를 마친 다음 우리는 네더럴 가를 향해 출발했다. 제시 위더스 양은 다행히 집에 있었다. 그녀는 유쾌해 보이는 얼굴을 한 서른다섯 살의 여자로 유능하지만 거만해 보였다. 그 여자가 이 사건에 연루되어 있을 것 같진 않았다. 그녀는 해고된 일에 대해 몹시 유감스러워했지만, 자신에게 잘못이 있었다고 인정했다. 그녀는 이웃이 된 화가 겸 실내장식가와 결혼을 약속한 사이였는데, 그를 만나러 외출했던 것이다. 그 일은 아주 자연스럽게 느껴졌다. 나로서는 푸아로를 이해할 수 없었다. 그의 모든 질문들이 맥락에 닿지 않는 것 같았다. 대개 웨이벌리 저택에서의 그녀의 일상생활에 관한 질문들이었다. 나는 솔직히 말해 좀 지루했으므로, 푸아로가 그만 가자고 하자 반색을 했다.

"유괴란 어려운 일이 아니라네, 몬 아미."

해머스미스 가에서 택시를 잡아타고 워털루 쪽으로 가자고 이른 다음 그가 말했다.

"지난 3년 동안 그 아이는 어느 날이라도 아주 쉽게 유괴될 수 있었어."

"여기 온 게 우리 일에 별로 도움이 된 것 같지 않군요."

내가 냉랭하게 말했다.

"오 콩트레르.(그 반대일세.) 이 일로 커다란 진전을 보았다네. 대단한 진전이야! 넥타이핀을 꽂으려면, 헤이스팅스, 적어도 넥타이 한가운데에 꽂아야 하는 거라네. 지금 자네 핀은 적어도 일이 밀리미터가 오른쪽으로 치우쳐 있단 말일세."

웨이벌리 코트는 오래되고 멋진 저택으로 고상한 취향과 관심이 동원되어 최근 수리되었다. 웨이벌리 씨는 우리에게 회의실과 테라스, 그리고 이번 사건과 연관된 모든 장소들을 보여 주었다. 마지막으로 푸아로의 요청에 따라 그가 벽에 있는 용수철을 누르자 널빤지 하나가 옆으로 밀려나면서 수도자의 은신처로 통하는 짤막한 통로가 나왔다.

"아시다시피 여긴 아무것도 없답니다."

웨이벌리 씨가 말했다.

그 작은 공간은 비어 있었고, 바닥에는 발자국조차 없었다. 나는,

몸을 굽혀 구석에 나 있는 어떤 흔적을 주의 깊게 들여다보고 있는 푸아로에게 다가갔다.

"이게 뭐라고 생각하나, 친구?"

개 발자국 네 개가 촘촘하게 모여 있었다.

"개 발자국이군요."

"아주 작은 개일세, 헤이스팅스."

"포메라니안 종류네요."

"그것보다 더 작은 거라네."

"그리펀인가?"

내가 자신 없는 어조로 물었다.

"그리펀보다 더 작은 거라네. 애견가 모임인 케넬 클럽에서도 잘 알려지지 않은 종이지."

나는 그를 바라보았다. 그의 얼굴은 흥분과 만족감으로 환해져 있었다.

"내 생각이 맞았어."

그가 중얼거렸다.

"내 생각이 맞을 줄 알았지. 이리 오게, 헤이스팅스."

우리가 널빤지를 닫고 현관으로 나왔을 때, 복도 저쪽에 있는 방에서 젊은 여인이 나왔다.

웨이벌리 씨가 우리에게 그녀를 소개했다.

"콜린스 양입니다."

콜린스 양은 서른 살쯤 된 여자로 기운차고 민첩한 태도의 소유자였다. 그녀의 머리카락은 다소 둔해 보이게 숱이 많았고, 코안경을 쓰고 있었다.

푸아로의 요청에 따라 우리는 작은 거실로 들어갔다. 푸아로는 하인들, 특히 트레드웰에 대해 그녀에게 물었다. 그녀는 자신이 그 집사를 좋아하지 않는다고 털어놓았다.

"그 사람은 잘난 체를 하거든요."

화제는 28일 저녁 웨이벌리 부인이 먹은 음식으로 넘어갔다. 콜린스 양은 자기도 위층에 있는 거실에서 같은 음식을 먹었지만 아무 일도 없었다고 말했다. 그녀가 자리에서 일어서려 할 때, 나는 팔꿈치로 푸아로를 찔렀다.

"개 이야기를 해야죠."

내가 속삭였다.

"아, 그렇지, 개가 있었지!"

푸아로가 활짝 미소를 지었다.

"혹시 여기서 개를 기르고 있나요, 마드무아젤?"

"바깥 개집에 리트리버 두 마리가 있답니다."

"아뇨, 제 말은 아주 작은 개 말입니다."

"아뇨, 그런 종류의 개는 없어요."

푸아로는 그녀에게 가도 좋다고 말했다. 그런 다음 벨을 누르며 내게 말했다.

"거짓말을 하고 있어, 마드무아젤 콜린스 말일세. 그녀 입장이라면 나 역시 그러지 않을 수 없었을 걸세. 이제 집사를 만나 보세."

트레드웰은 품위 있는 사람이었다. 그는 더할 나위 없이 침착하게 질문에 대답했는데, 기본적으로 웨이벌리 씨가 한 말과 똑같았다. 그는 자신이 수도사의 은신처를 알고 있었다고 인정했다.

이윽고 트레드웰이 마지막까지 거만한 태도를 유지한 채 방을 나갔을 때, 푸아로의 눈빛에 기묘한 빛이 떠올라 있는 것이 보였다.

"이 모든 것에 대해 자네는 어떻게 생각하나, 헤이스팅스?"

"당신 생각은 어떤데요?"

내가 받아넘겼다.

"자네 정말 조심스러워졌군. 자극을 주지 않으면, 회색 뇌세포는 결코 작동하지 않는다네. 아, 난 결코 자네를 놀리려는 게 아닐세! 우리 함께 추론해 보세. 우리에게 특히 어렵게 여겨지는 게 어떤 것들일까?"

"한 가지 이상하게 여겨지는 게 있어요. 아이를 유괴한 사내는 누구 눈에도 띄지 않을 수 있는 동문 대신에 왜 남문을 통해 밖으로 나갔을까요?"

"아주 훌륭한 지적일세, 헤이스팅스. 탁월해. 다른 사항들과 맞추어 보겠네. 어째서 범인은 웨이벌리 부부에게 미리 경고를 했을까? 조용히 아이를 유괴해 붙잡아 두고 몸값을 요구하지 않은 건 어째서일까?"

"번거롭게 행동을 취하지 않고 돈을 받아 낼 생각이었겠지요."

"하지만 협박만으로 돈을 지불한다는 건 거의 가능성이 없는 일 아닐까?"

"또 12시라는 시간에 주의를 집중시키고 싶었을 수도 있어요. 뜨내기 사내가 잡혔을 때, 공범이 숨어 있던 곳에서 나와 눈에 띄지 않게 아이를 데리고 도망칠 수 있도록 말이죠."

"그랬다 해도 쉬운 일을 어렵게 만들었다는 사실에는 변함이 없네. 만약 그들이 시간이나 날짜를 지정하지 않았다면, 어느 날 아이가 보모와 함께 외출했을 때 기회를 보아 아이를 차에 태우는 것만큼 쉬운 일도 없었을 걸세."

"그렇긴 하군요."

내가 마지못해 인정했다.

"실제로 이 익살극에는 고의적으로 연출된 것들이 있네. 이제 우리 이 문제를 다른 관점에서 파악해 보세. 모든 것을 고려할 때, 집 안에 공범이 있었네. 첫째, 웨이벌리 부인의 수수께끼 같은 독극물 중독, 둘째, 베개에 꽂혀 있던 메모지, 셋째, 시계 바늘을 10분 빨리 해 놓은 것, 이 모든 것이 내부자의 소행일세. 또 자네는 눈치 채지 못했겠지만 한 가지가 더 있다네. 수도자의 은신처에 먼지 하나 없더군. 비로 깨끗이 쓸어 낸 걸세. 자, 집안사람으로는 넷이 있네. 보모는 제외해도 될 것 같네. 그녀가 수도자의 은신처를 청소할 수는 없었으니까. 나머지 세 가지가 가능하다 해도 말일세. 네 사람이란 바로 웨이벌리 부부, 집사 트레드웰, 그리고 콜린스 양일세. 먼저 콜린스 양을 살펴보세. 그녀에게는 혐의점이 많지 않네. 그녀에 대한 정보가 거의 없고 그녀가 영리한 젊은 여성이며 이곳에 온 지 겨우 1년밖에 되지 않았다는 사실 이외에는 말일세."

"그 여자가 개에 대해 거짓말을 했다고 하셨잖아요."

내가 그에게 환기시켰다.

"아, 그렇지, 개 문제가 있었지."

푸아로는 기묘한 미소를 지었다.

"이제 트레드웰로 넘어가세. 그에게는 혐의를 둘 만한 의심스러운 점들이 몇 가지 있네. 한 가지 들자면 문제의 뜨내기 사내가 마을에서 자신에게 꾸러미를 준 사람이 트레드웰이었다고 주장하고 있다는 걸세."

"하지만 트레드웰에게는 알리바이가 있어요."

"그렇긴 해도 그는 웨이벌리 부인의 음식에 독극물을 넣을 수 있고, 베개에 메모지를 꽂을 수 있으며, 시계를 빠르게 해 놓고, 수도자의 은신처를 청소할 수 있었네. 하지만 그는 웨이벌리 집안을 위해 태어나고 키워진 인물일세. 그 집안의 아들이 유괴되는 걸 묵인한다는 건 정말이지 그럴 법하지 않은 일일세. 그건 이치에 맞질 않아!"

"음, 그렇다면요?"

"우리는 논리적으로 생각해 나가야 해. 얼토당토않게 여겨질지라도 말일세. 웨이벌리 부인을 간단히 살펴보세. 하지만 그녀는 부자일세. 돈은 그녀가 갖고 있네. 이 곤궁한 장원을 부흥시킨 건 바로 그녀의 돈일세. 그녀가 자기 아들을 유괴해 자기 돈을 자기 자신에게 지불한다는 건 이치에 맞질 않아. 하지만 그녀의 남편은 입장이 전혀 달라. 그에게는 돈 많은 아내가 있네. 자신이 부자인 것과는 다르지. 사실 내가 보기에 그 부인은 아주 확실한 근거 없이는 돈을 내놓으려 하지 않겠더군. 그런데 웨이벌리 씨는 한눈에 봐도 봉 비뵈르(방탕한 사람) 같지 않던가."

"있을 수 없는 일이에요."

내가 내뱉었다.

"전혀 그렇지 않네. 누가 하인들을 내보냈나? 웨이벌리 씨일세. 그는 메모를 쓸 수도 있고, 아내의 음식에 독극물을 넣을 수도 있고, 시계 바늘을 앞으로 당겨 놓을 수도 있고, 충직한 트레드웰을 위해 완벽한 알리바이를 만들어 줄 수도 있네. 트레드웰은 웨이벌리 부인을 좋아하지 않았어. 그는 자기 주인에게 헌신적이었으므로, 그의 지시에 그대로 따랐을 걸세. 이 사건에는 세 사람이 관련되어 있네. 웨이벌리, 트레드웰, 그리고 웨이벌리의 친구일세. 경찰은 이 점에서 실수를 했지. 그들은 엉뚱한 아이를 태우고 회색 차를 몰았던 사내에 대한 조사를 더 이상 진행시키지 않았어. 그가 제3의 인물인데 말일세. 그는 인근 마을에서 한 아이를 태웠네. 연한 황갈색 곱슬머리의 소년을 말일세. 그는 저택의 동문으로 들어와서는 적시에 남문으로 나가면서 손을 흔들며 소리를 질렀네. 사람들은 그의 얼굴이나 차 번호를 보지 못했네. 당연히 아이의 얼굴 또한 보지 못했겠지. 그런 다음 그는 런던으로 향하는 체했지. 그동안 트레드웰은 꾸러미를 준비하고 험악한 인상의 사내로 하여금 메모를 전달하게 했네. 그의 주인은 사내가 그를 알아볼 경우에 대비해 알리바이를 준비해 놓았네. 트레드웰이 가짜 콧수염으로 변장을 하긴 했지만 말일세. 한편 웨이벌리 씨는, 바깥에서 떠들썩한 소란이 벌어져 경감이 밖으로 달려 나가자, 재빨리 아이를 수도자의 은신처에 숨긴 다음 경감의 뒤를 따라 밖으로 나왔네. 그날 늦게 경감이 돌아가고 콜린스 양이 보이지 않을 때 아이를 자기 차에 태워 안전한 모처로 데려가는 일은 그리 어렵지 않았을 걸세."

"하지만 개 이야기는 뭔가요? 그리고 콜린스 양이 거짓말을 하고 있다는 얘기는요?"

내가 물었다.

"그건 사소한 농담이었다네. 집 안에 애완용 강아지가 있느냐고 내가 묻자, 그녀는 없다고 대답했네. 하지만 틀림없이 몇 마리 있었을 걸세. 보모 방에 말일세! 웨이벌리 씨는 조니가 소란을 피우지 않고 조용히 놀게 하려고 수도자의 은신처에 몇 마리 넣어 두었을 걸세."

웨이벌리 씨가 방 안으로 들어왔다.

"무슈 푸아로, 뭔가 알아내셨습니까? 아이가 어디에 있는지 무슨 단서라도 갖고 계십니까?"

푸아로는 그에게 종이 한 장을 내밀었다.

"이게 그 주소입니다."

"하지만 이건 백지인데요."

"웨이벌리 씨께서 저를 위해 그곳의 주소를 써 주시기를 기다리고 있답니다."

"이게 무슨……."

웨이벌리 씨의 얼굴이 진홍색이 되었다.

"나는 모든 것을 알고 있습니다, 무슈. 24시간을 드릴 테니 아이를 집으로 데려오십시오. 당신의 재간이라면 아이가 되돌아온 것을 충분히 설명할 수 있을 겁니다. 그렇지 않으면, 부인에게 사건의 내막을 말씀드릴 겁니다."

웨이벌리 씨는 의자에 털썩 주저앉더니 두 손에 얼굴을 묻었다.

"그 애는 저의 옛 보모와 함께 여기서 16킬로미터 떨어져 있는 곳에 있습니다. 극진한 보살핌을 받으며 즐겁게 지내고 있지요."

"그 점은 의심하지 않습니다. 만약 당신이 정말 좋은 아버지라는 생각이 들지 않았다면, 당신에게 이런 기회를 주지 않았을 겁니다."

"추문이……."

"바로 그 이야깁니다. 당신 집안은 유서 깊고 명망 높은 가문입니다. 다시는 그 이름을 더럽히지 마십시오. 안녕히 계십시오, 웨이벌리 씨. 아, 그건 그렇고 한 가지 충고하겠습니다. 항상 청소는 구석구석 말끔히 해야 한답니다!"

검은 딸기로 만든 '스물네 마리 검은 새'

에르퀼 푸아로는 친구 헨리 보닝턴과 함께 첼시의 킹스 로에 있는 식당 갤런트 인디버에서 저녁 식사를 하고 있었다.

보닝턴은 갤런트 인디버를 몹시 좋아했다. 그 식당의 편안한 분위기와 '수수하고' '영국적'이며 '유난을 떨지 않은' 음식이 좋았던 것이다.

다감한 여종업원 몰리가 오래된 친구처럼 그에게 인사를 했다. 그녀는 자기 고객의 음식 취향을 기억하고 있다는 사실에 자부심을 느끼고 있었다.

두 사람이 구석 탁자에 자리를 잡자 그녀가 말했다.

"안녕하세요, 선생님. 오늘은 운이 좋으세요. 밤으로 속을 채운 칠면조 요리가 있거든요. 선생님이 좋아하시는 음식 아닌가요? 게다가 아주 질 좋은 스틸턴 산 치즈가 있어요! 수프를 먼저 드시겠어요, 아니면 생선을 드릴까요?"

요리와 포도주 주문이 끝났다. 몰리가 잰걸음으로 가고 나자 보닝턴 씨는 한숨을 내쉬며 뒤로 기대앉아서는 냅킨을 펼쳤다.

그가 만족한 듯 말했다.

"좋은 아가씨야! 한때는 대단한 미인이었다네. 화가들이 그녀를 모델로 삼았다더군. 저 아가씬 음식에 대해서도 잘 안다네. 그 점이 훨씬 더 중요하지. 여자들은 대개 요리에 대해서는 믿을 수가 없는데 말일세. 좋아하는 사람과 데이트를 나가서도, 뭘 먹을까 하는 데에는 신경조차 쓰지 않는 여자들이 많다네. 그저 처음으로 눈에 들어오는 요리를 주문해 버리지."

에르퀼 푸아로가 고개를 내저었다.

"세 테리블.(정말 너무해.)"

"남자들은 그렇지 않지, 다행히 말일세!"

보닝턴이 의기양양하게 말했다.

"예외가 전혀 없을까?"

에르퀼 푸아로의 눈빛이 반짝거렸다.

"음, 젊은 친구들이라면 그럴 수도 있겠지. 풋내기들 말일세! 요즘 젊은이들은 모두 똑같아. 배짱도 없고 원기도 없어. 난 젊은이들을 참아 줄 수가 없어. 그리고 그들도……."

아주 공평하게도 그는 이렇게 덧붙였다.

"날 참아 주고 싶지 않겠지. 어쩌면 그들이 옳을지도 모르지! 하지만 몇몇 젊은이들 이야기를 들으면, 예순이 넘으면 아무도 살아 있을 권리가 없는 것 같다니까! 그들이 하는 양을 보면 나이 든 친척들을 저 세상으로 보내고 싶어 하는 젊은이들이 더 많지 않다는 게 이상하게 여겨질 정도라네."

"그들의 행동에도 일리가 있다네."

"자네는 마음씨가 곱기도 하군, 푸아로. 그렇게 말하지 않을 수가 없군. 탐정 일이 자네의 이상을 끌어내려 버린 것 같아."

에르퀼 푸아로가 미소를 지었다.

"그렇긴 해도 예순 살 이상 노인의 사고사 일람표를 만들어 보는 건 흥미로울 걸세. 단언하는데, 그걸 보면 마음속에 흥미로운 추측이 피어오른다네. 이것 보게, 친구. 자네 일에 대해 말해 보게. 요즘 어떻게 지내나?"

"엉망일세! 그게 요즘 세상의 문제야. 너무 엉망진창이란 말일세. 그리고 말만 지나치게 번드레하지. 번드레한 말이 엉망진창을 감추는 데 도움이 되지. 위에 끼얹은 진한 소스가 질 나쁜 생선살을 감춰 주는 것처럼 말일세! 진짜 좋은 넙치 살코기가 나온다면 난 성가신 소스 같은 건 끼얹지 않겠네."

그때 몰리가 그에게 넙치 요리를 가져다주었다. 그는 만족의 신음 소리를 내질렀다.

"내가 원하는 걸 정확히 알아주는군요, 아가씨."

"이곳에 꽤 자주 오는 편이시잖아요, 선생님? 그러니 당연히 알아야죠."

에르퀼 푸아로가 물었다.

"그런데 사람들이 언제나 똑같은 걸 좋아하나요? 때로는 변화를 원하지 않나요?"

"신사분들은 그렇지 않으세요. 숙녀분들은 다양한 걸 좋아하시죠. 하지만 신사분들은 언제나 같은 걸 찾는답니다."

"내가 뭐랬나? 여자들은 근본적으로 음식이란 걸 모른다니까!"

보닝턴이 투덜거렸다. 그는 식당 안을 둘러보았다.

"세상은 재미있는 곳일세. 저기 구석자리에 있는 턱수염 기른 이상하게 생긴 노인네 보이나? 몰리의 말에 따르면, 저 사람은 화요일과 목요일 밤이면 언제나 여기 온다네. 그런 지 거의 10년이 되었다는군. 저 사람은 이곳의 상징이라고 할 수 있지. 하지만 여기 누구도 저 사람의 이름이나 그가 사는 곳, 그가 하는 일을 모른다네. 그 점을 생각해 보면 이상하다네."

여종업원이 칠면조 요리를 가져왔을 때 그가 말했다.

"저기 계신 '시계 영감'은 여전히 여기 오시는군."

"맞아요, 선생님. 화요일과 목요일이 저분이 오시는 날이죠. 그런데 지난 주에는 월요일에 이곳에 오셨지 뭐예요! 전 정말 깜짝 놀랐어요! 제가 날짜를 잘못 알았다고 생각했죠. 의식하지 못하는 사이에 화요일이 된 게 분명하다고 말이에요. 하지만 저분은 그 다음 날 저녁에도 오셨더군요. 그러니까 지난 주 월요일에는 추가로 들르셨던 셈이죠."

"흥미로운 습관의 변화로군요. 그 이유가 뭘까요?"

푸아로가 나직하게 물었다.

"음, 선생님. 제 생각을 물으신다면, 뭔가에 화가 나거나 걱정스러운 일이 있으셨던 것 같아요."

"어째서 그렇게 생각하죠? 그의 태도 때문인가요?"

"아니에요, 선생님. 꼭 태도 때문은 아니었어요. 평소처럼 아주 차분하셨거든요. 올 때와 갈 때 '안녕'이라는 말밖에는 안 하셨답니다. 그래요, 그건 저분의 '주문' 때문이었어요."

"주문이라고요?"

몰리가 얼굴을 붉혔다.

"두 분께서는 제 말을 듣고 웃으실지도 모르겠어요. 하지만 10년 동안 이곳을 단골로 다닌 신사분이라면, 그분이 좋아하고 싫어하시는 게 뭔지 아는 게 당연하죠. 저분은 쇠기름 푸딩이나 검은 딸기 같은 건 드신 적이 없어요. 또 진한 수프를 드신 적도 없고요. 그런데 지난 월요일에 저분은 진한 토마토 수프와 비프스테이크, 콩팥 푸딩, 검은 딸기 파이를 주문하셨답니다!"

"그거 정말이지 흥미롭군요."

에르퀼 푸아로가 말했다.

몰리는 만족한 듯 자리를 떴다.

"음, 푸아로. 자네의 추리를 들어 보세. 그 대단한 추론 말일세."

헨리 보닝턴이 킬킬거리며 말했다.

"먼저 자네의 추론을 들어보세."

"날보고 왓슨이 되란 말이군, 그렇지? 음, 저 노인은 병원에 갔었는데, 의사가 식단을 바꾸라고 한 걸세."

"진한 토마토 수프와 비프 스테이크에 콩팥 푸딩과 검은 딸기 파이로 말인가? 의사가 그런 충고를 했으리라고는 도저히 생각할 수가 없는걸."

"그런 말 말게, 이 친구야. 의사들은 무슨 이야기든 할 수 있다네."

"그게 자네가 떠올린 유일한 해답인가?"

헨리 보닝턴이 말했다.

"음, 진지하게 말하자면 가능한 설명은 단 하나뿐인 것 같네. 우리의 미지의 친구는 어떤 강한 감정에 붙들렸던 걸세. 그것 때문에 마음이 어지러운 나머지 말 그대로 자신이 무엇을 주문했는지, 무엇을 먹었는지 몰랐던 걸세."

그는 잠시 말을 끊었다가 다시 이었다.

"이제 저 친구가 머릿속으로 무슨 생각을 했었는지 자네가 내게 말해 줄 차례네. 아마도 저 친구가 살인을 저지르기로 결심했다고 말하겠지."

그는 그런 자신의 말에 소리 내어 웃었다.

에르퀼 푸아로는 웃지 않았다.

푸아로는 그 순간 자신이 정말 불안을 느꼈다고 인정했다. 앞으로 어떤 일이 일어날지 당연히 눈치를 챘어야 했다는 것이다.

그의 친구들은 쓸데없는 생각이라며 그를 안심시켰다.

3주 후 에르퀼 푸아로와 보닝턴은 다시 만났다. 이번에는 지하철 안에서였다.

그들은 나란히 달린 손잡이를 잡고 이리저리 흔들리며 서로에게 고개를 끄덕였다. 이윽고 피카딜리 광장에서 인파가 빠져나가자, 그들은 전차 앞쪽에서 적당한 자리를 발견했다. 아무도 그쪽으로 들어오거나 나가지 않기 때문에 조용한 자리였다.

"그런데 우리가 갤런트 인디버에서 봤던 그 노인 기억나나? 그 사람이 더 좋은 세상으로 훌쩍 떠난 게 아닐까 싶네. 일주일 동안 그곳에 오지 않았다지 뭔가. 몰리는 이 일로 몹시 신경이 날카로워져 있다네."

에르퀼 푸아로는 앉은 채 몸을 바로 했다. 그의 눈빛이 번쩍 하고 빛났다.

"정말인가? 그게 정말인가?"

"그 사람이 의사를 찾아갔다가 식단에 대한 처방을 받았으리라고 했던 내 추측 기억하나? 그 사람이 건강 때문에 병원에 갔다가 의사가 한 말에 충격을 받았다 해도 놀라울 게 없네. 그래서 그는 자신이 뭘 주문하고 있는지조차 깨닫지 못한 채 음식을 주문했던 걸세. 그 충격 때문에 당연히 누려야 할 수를 누리지 못하고 더 이르게 세상을 떠났을 가능성이 높아. 의사들은 환자에게 말을 조심해서 해야 한다니까."

"그들은 대개 말을 조심한다네."

에르퀼 푸아로가 말했다.

"난 여기서 내리네. 잘 가게. 그 노인이 누구였는지 이제 영영 알 수 없을 것 같군. 이름조차 말일세. 재미있는 세상이야!"

보닝턴은 서둘러 내렸다.

에르퀼 푸아로는 자리에 앉은 채 인상을 쓰고 있었다. 그는 세상이 그렇게 재미있는 곳이라고 생각하지 않는 듯했다. 집에 돌아온 그는 충실한 하인 조지에게 몇 가지 지시를 내렸다.

에르퀼 푸아로는 손가락으로 적힌 이름들을 하나하나 짚어 내려갔다. 그것은 특정 지역의 사망자 목록이었다.

푸아로가 손가락을 멈추었다.

"헨리 개스코인, 예순아홉. 우선 이 사람부터 살펴봐야겠는걸."

그날 늦은 시각 에르퀼 푸아로는 킹스 로에서 조금 떨어진 곳에 있는 매켄드류 박사의 진찰실에 앉아 있었다. 매켄드류는 큰 키에 붉은 머리를 한 스코틀랜드 사내로 지적인 얼굴이었다.

"개스코인요? 예, 맞습니다. 괴상한 노인네였죠. 현대식 공동주택을 건설하기 위해 철거가 진행 중인 저 버려진 낡은 주택에서 혼자 살고 있었어요. 그 사람을 진찰해 본 적은 없지만 본 적은 있어서 그에 대해 알고 있었지요. 제일 처음 걱정한 사람은 우유 배달원들이었어요. 우윳병들이 집 밖에 쌓이기 시작했거든요. 결국 이웃 사람들이 경찰에 연락을 했고, 경찰이 문을 부수고 들어가 그의 시신을 발견했다더군요. 그 사람은 층계에서 굴러 떨어져 목이 부러졌더군요. 너덜너덜한 끈이 달린 낡은 실내복을 입고 있었고요. 그 끈에 걸려 넘어진 모양입니다."

"알겠습니다. 아주 간단하군요. 그러니까 사고였네요."

에르퀼 푸아로가 말했다.

"그렇습니다."

"그에게 친척이 있었나요?"

"조카가 한 사람 있답니다. 한 달에 한 번가량 와서 자기 삼촌을 만났다더군요. 이름은 램지, 조지 램지예요. 의사죠. 윔블던에 살고 있답니다."

"선생님께서 보았을 때 헨리 개스코인 씨는 죽은 지 얼마나 되었던가요?"

"아! 좀 공식적이어야 할 부분이군요. 48시간에서 72시간 사이입니다. 그는 6일 아침에 발견되었습니다. 실제로 사망 시간을 좀 더 좁힐 수 있었어요. 그의 실내복 주머니에 편지가 한 장 들어 있더군요. 3일에 씌어진 편지 말입니다. 그날 오후 윔블던에서 부친 그 편지는 밤 9시 20분경 배달되었을 겁니다. 그 사실로 미루어 사망 시간은 3일 밤 9시 20분 이후가 됩니다. 그 시각은 위장 속에 있는 내용물이 소화된 정도와도 부합합니다. 그는 죽기 약 2시간 전에 식사를 했더군요. 제가 그를 부검한 게 6일 아침이었는데, 그의 상태는 약 60시간 전에 사망한 사람의 경우와 꼭 맞아떨어지더군요. 3일 밤 10시경 말입니다."

"모든 게 아주 잘 들어맞는군요. 그런데 그가 마지막으로 목격된 것은 언제였나요?"

"같은 날, 그러니까 3일 목요일 저녁 7시경 킹스 로에서 목격되었습니다. 7시 30분에 갤런트 인디버라는 식당에서 저녁 식사를 했고요. 목요일마다 그곳에서 저녁 식사를 했던 모양입니다."

"그에게 다른 친척들은 없나요? 그 조카 하나뿐입니까?"

"쌍둥이 형이 하나 있었어요. 전체 이야기가 좀 기묘하답니다. 두 사람은 여러 해 동안 서로 만나지 않았어요. 젊은 시절 헨리는 화가가 되려 했던 모양입니다. 그런데 정말이지 재주가 없었던가 봐요. 그의 형 앤서니 개스코인은 아주 부유한 여자와 결혼했고, 미술을 포기했습니다. 그래서 형제는 그 문제를 두고 싸웠지요. 그 후 서로 만나지 않은 것 같습니다. 하지만 정말 이상하게도 그들은 같은 날 숨을 거두었답니다. 형 앤서니는 3일 오후 1시에 숨을 거두었습니다. 언젠가 쌍둥이 형제가 같은 날 죽는 걸 본 적이 있어요. 각각 다른 나라에서 말입니다! 우연의 일치일 뿐이겠지요. 하지만 그런 일이 있더군요."

"그 형의 아내는 살아 있나요?"

"아뇨, 그 여자는 몇 년 전 숨을 거두었습니다."

"앤서니 개스코인은 어디서 살았나요?"

"그는 킹스턴 힐에 저택을 갖고 있었어요. 램지 박사의 말에 따르면, 그 사람은 완전히 은둔 생활을 하고 있었던 모양입니다."

에르퀼 푸아로는 생각에 잠긴 채 고개를 끄덕였다.

스코틀랜드 인 의사는 날카로운 눈길로 그를 바라보다가는 불쑥 물었다.

"정확히 무슨 생각을 하고 계신 건가요, 무슈 푸아로? 전 당신이 가져온 신임장을 보고 질문에 대답을 해 드렸습니다. 그게 제 의무니까요. 하지만 이 모든 게 무슨 일인지 알 수가 없군요."

푸아로가 천천히 말했다.

"선생님께선 단순한 사고사라고 하셨지요. 제가 생각하고 있는 것 역시 단순합니다. 단순한 떠밀기 말입니다."

매켄드류 박사는 깜짝 놀란 것 같았다.

"다시 말해서 살인이라는 거군요! 그렇게 믿는 무슨 근거라도 있습니까?"

"아니요, 그저 추측일 뿐입니다."

"뭔가가 있는 게 분명한데……."

상대가 집요하게 물고 늘어졌다.

푸아로는 입을 열지 않았다.

"만약 선생님께서 의심하는 인물이 조카 램지라면, 완전히 잘못 짚었다고 이 자리에서 말씀드리지 않을 수 없군요. 그 사람은 그날 8시 30분부터 자정까지 윔블던에서 브리지 게임을 하고 있었으니까요. 심리에서 밝혀진 사실입니다."

푸아로가 중얼거렸다.

"그리고 그 사실은 아마도 정확히 확인되었겠지요. 경찰은 신중하니까요."

의사가 말했다.

"그에게 무언가 혐의를 둘 만한 이유가 있나요?"

"선생님께서 그에 대해 언급하기 전까지 전 그런 사람이 있다는 것조차 몰랐답니다."

"그렇다면 다른 사람을 의심하시는 건가요?"

"아뇨, 아닙니다. 전혀 그렇지 않습니다. 이건 동물로서의 인간의 일상적인 습관에 대한 문제예요. 아주 중요한 거죠. 그런데 죽은 개스코인 씨의 행동은 그 습관에 부합하지 않아요. 뭔가 단단히 잘못된 겁니다."

"도대체 무슨 말인지 모르겠군요."

에르퀼 푸아로는 미소를 지었다. 그가 자리에서 일어나자, 의사 역시 일어났다.

"솔직히 말해서 저는 헨리 개스코인의 죽음에 대해 의심스러운 점을 전혀 찾을 수 없습니다."

매켄드류가 말했다.

작은 키의 사내는 두 손을 펼쳐 보였다.

"전 끈질긴 사람입니다. 사소한 아이디어가 있고요. 그걸 지지해 주는 게 전혀 없다 해도 말이죠! 그런데 매켄드류 박사님, 헨리 개스코인은 틀니를 하고 있었나요?"

"아뇨, 그의 치아 상태는 아주 좋았어요. 그의 나이를 고려하면 정말 건강한 치아였지요."

"치아 관리를 잘했던 모양이군요. 치아가 하얗고 칫솔질이 잘 되어 있던가요?"

"예, 눈에 띄더군요."

"어떤 식으로든 변색되거나 하지 않았고요?"

"예, 흡연자였는지 물어 보시는 거라면 아니었던 것 같습니다."

"꼭 그런 뜻은 아니에요. 그저 한번 승부수를 띄워 본 것뿐입니다. 어쩌면 들어맞지 않을지도 모르지요! 안녕히 계십시오, 매켄드류 박사님. 그리고 친절한 대답에 감사드립니다."

그는 의사와 악수를 하고 병원을 나왔다.

"그럼 이제 진짜 승부수를 띄워 볼까."

갤런트 인디버로 간 그는 얼마 전 버닝턴과 앉았던 바로 그 자리에 앉았다. 주문을 받으러 온 아가씨는 몰리가 아니었다. 그녀의 말에 따르면 그날은 몰리가 쉬는 날이었다.

정각 7시였다. 에르퀼 푸아로는 그 아가씨와 어렵지 않게 개스코인 노인에 대한 이야기를 시작할 수 있었다.

"맞아요, 그분은 여러 해 동안 이곳에 오셨어요. 하지만 아무도 그분의 이름을 몰랐죠. 신문에 문제의 심리에 대한 기사가 났더군요. 거기에는 그분의 사진도 있었어요. 제가 몰리에게 말했죠. '여길 좀 봐, 이 사람 시계 영감님 같은데.' 우리는 그분을 그렇게 불렀거든요."

"사망한 날 저녁 그분이 이곳에서 식사를 하지 않으셨나요?"

"맞아요. 3일 목요일이었죠. 그분은 목요일마다 이곳에 오시죠. 화요일과 목요일에 시계처럼 정확하게 말이에요."

"혹시 그가 저녁 식사로 무엇을 먹었는지 기억하나요?"

"잠깐만요, 카레가 든 수프였어요. 맞아요, 그리고 비프스테이크 푸딩인가 양고기였던가? 그래요, 푸딩이 맞을 거예요. 그리고 검은 딸기와 사과를 넣은 파이와 치즈였어요. 그런 다음 집으로 가셔서 바로 그날 밤 층계에서 굴러 떨어지셨다고 생각해 보세요. 닳아빠진 실내복 끈 때문이었다더군요. 물론 그분 옷은 항상 좀 심했지요. 구식인 데다가 아무렇게나 걸치고 있어서 온통 넝마 같았지만 그분에게는 품위 같은 것이 있었어요. 마치 대단한 사람인 것처럼 말이에요! 오! 여기에는 온갖 흥미로운 고객분들이 오신답니다."

그녀는 자리를 떴다.

에르퀼 푸아로는 주문한 넙치를 먹었다.

영향력 있는 모 기관에서 받은 소개장으로 무장한 에르퀼 푸아로는 그 지역 검시관과의 면담에서 전혀 어려움을 겪지 않았다.

"죽은 개스코인이란 사람은 괴상한 인물이었습니다. 외롭고 괴팍한 노인네였죠. 그런데 그의 죽음이 뜻밖에도 대단한 관심을 불러일으키는 것 같군요."

그렇게 말하면서 그는 자신의 방문객을 호기심 어린 눈길로 바라보았다.

에르퀼 푸아로는 주의 깊게 말을 골랐다.

"그의 죽음과 관련된 정황들을 수사할 필요가 있기 때문입니다, 무슈."

"그런데 제가 어떻게 도와드리면 되나요?"

"법정에 제출된 서류를 폐기할지, 압수할지가 선생님의 직권이라고 알고 있습니다. 헨리 개스코인의 실내복 주머니에서 편지 한 장이 발견되었다고 하더군요, 아닌가요?"

"맞습니다."

"그의 조카 조지 램지 박사에게서 온 편지였나요?"

"바로 그렇습니다. 그 편지는 사망 시간을 확정하는 데 도움을 주기 위해 심리에 제출되었습니다."

"혹시 그 편지를 아직도 갖고 계신가요?"

에르퀼 푸아로는 초조하게 그의 대답을 기다렸다. 그 편지를 조사해 볼 수 있다는 대답을 듣자, 그는 안도의 한숨을 내쉬었다. 이윽고 편지가 건네졌다, 푸아로는 주의 깊게 살펴보았다. 만년필로 쓰인 그 편지의 필적은 약간 알아보기 어려웠다.

친애하는 헨리 삼촌,

앤서니 삼촌 건에 대해 제가 전혀 도움이 되지 못했다는 말씀을 드리게 되어 죄송합니다. 앤서니 삼촌은 헨리 삼촌의 방문에 대해 그리 달가워하는 기색이 아니셨고, 지나간 일은 흘려보내자는 삼촌의 제안에도 대답하지 않으시더군요. 물론 앤서니 삼촌은 극도로 병세가 나빠서 정신이 오락가락한 상태입니다. 끝이 멀지 않은 것 같습니다. 앤서니 삼촌은 헨리 삼촌이 누구신지조차 기억하지 못하는 것 같더군요. 실망시켜 드려서 죄송합니다만, 저로서는 최선을 다했다고 말씀드리지 않을 수 없네요.

사랑하는 조카, 조지 램지

그 편지는 11월 3일에 쓰인 것이었다. 푸아로는 봉투의 소인을 흘긋 보았다. 4시 30분 도장이 찍혀 있었다.

그가 중얼거렸다.

"이건 정말이지 너무 잘 들어맞는걸, 안 그래?"

푸아로의 다음 목적지는 킹스턴 힐이었다. 상대의 기분을 맞춰 주며 끈질기게 애쓴 끝에 그는 약간의 어려움을 딛고 작고한 앤서니 개스코인의 요리사 겸 가정부였던 아멜리아 힐과 이야기할 수 있었다.

힐 부인은 처음에는 뻣뻣한 태도로 경계를 풀지 않는 듯했다. 하지만 그 기묘한 외모를 한 외국인의 매혹적인 싹싹함은 이내 효과를 발휘했다. 아멜리아 힐 부인은 긴장을 풀기 시작했다.

이윽고 그녀는 다른 많은 여자들처럼 자신의 이야기를 진정으로 공감하며 들어주는 상대 앞에서 고충을 쏟아 놓았다.

그녀의 말에 의하면 자신은 14년 동안 개스코인 씨의 집안일을 맡아 왔다는 것이었다. 그것은 쉬운 일이 아니잖은가! 그랬다, 당연히 그러했다! 그녀가 감당해야 했던 짐을 져야 했다면 많은 여자들이 질리고 말았을 터였다! 그 딱한 신사가 괴팍하다는 것은 누구도 부인할 수 없었다. 돈에 유난히 집착하지 않았던가. 그는 광적으로 돈에 집착했다. 그런데 그는 굉장한 부자가 아니었던가! 힐 부인은 그에게 충실하게 봉사했고 그의 취향에 맞춰 주었다. 따라서 그녀가 어느 정도 '유산'을 기대한 것은 당연한 일이었다. 하지만 천만에, 아무것도 없었다! 그의 모든 재산은 자기 아내에게 가며, 아내가 자신보다 먼저 죽을 경우에는 동생인 헨리에게 귀속된다는 오래된 유언장뿐이었다. 오래전에 작성된 유언장이었다. 그것은 공정치 못한 처사가 아니냐는 것이었다!

에르퀼 푸아로는 충족되지 못한 물욕이라는 중심 주제로부터 그녀의 관심을 점차 돌려놓았다. 그가 생각하기에도 그것은 무정하고 부당한 처사였다! 힐 부인이 상처를 받고 놀랐다고 해서 비난할 순 없을 터였다. 개스코인 씨가 돈에 대해 인색하다는 것은 잘 알려진 사실이었다. 소문에 의하면 고인은 하나밖에 없는 동생이 임종 자리를 지키겠다는 제안까지 거절했다고 한다. 힐 부인은 아마도 그것에 대해 알고 있을 줄 안다고 그는 말했다.

"램지 박사가 그분을 만나러 온 게 그 일 때문이었군요? 그분 동생에 관한 일이라는 것은 알고 있었지만, 그저 단순히 화해하기를 바라는 줄 알았어요. 두 사람은 여러 해 전에 싸웠거든요."

"제가 알기로는 앤서니 개스코인 씨가 그 제안을 딱 잘라 거절했다던데요?"

푸아로가 물었다.

"바로 그렇답니다."

힐 부인이 고개를 끄덕이며 말했다.

"'헨리라고? 지금 헨리 일로 온 거냐? 난 그 애를 여러 해 동안 보지 못했고, 지금도 보고 싶지 않아. 헨리는 싸움을 좋아하는 녀석이야.' 이렇게 말씀하셨답니다."

화제는 힐 부인 자신의 억울함과 작고한 개스코인 씨의 사무 변호사가 보여 준 무정한 태도로 옮겨 갔다.

너무 갑자기 대화를 끊지 않기 위해 조금 애를 쓴 다음 에르퀼 푸아로는 그 집을 나섰다.

저녁 식사 시간이 막 지난 시각, 푸아로는 윔블던 도싯 로에 있는 조지 램지 박사의 거처인 엘름크레스트를 찾아갔다.

의사는 거처에 있었다. 에르퀼 푸아로는 진찰실로 안내되었다. 잠시 후 조지 램지 박사가 들어왔다. 저녁을 먹고 있다가 일어난 것 같았다.

"저는 환자가 아닙니다, 박사님. 이렇게 찾아온 게 다소 무례한 일이 될지도 모르겠습니다. 하지만 저는 일처리를 분명하고 솔직하게 하는 게 좋다고 생각합니다. 변호사들이나 그들의 길디긴 완곡어법 같은 것에는 관심이 없답니다."

에르퀼 푸아로가 말했다.

그 말이 램지의 관심을 끈 것이 분명했다. 램지는 중키에 말끔하게 면도를 한 사내였다. 머리카락은 갈색이었지만 속눈썹은 거의 흰색에 가까워서 두 눈이 마치 술에 취한 듯 창백해 보였다. 그의 태도는 기민했고 유머 감각도 엿보였다.

그는 눈썹을 치켜 올렸다.

"변호사들이라고요? 그런 친구들이 질색이시라고요! 흥미롭군요, 친애하는 선생님. 이리 앉으십시오."

푸아로는 자리에 앉은 다음 명함 한 장을 꺼내 의사에게 내밀었다. 조지 램지는 하얀 속눈썹을 깜박거렸다.

푸아로는 비밀 이야기라도 하듯 몸을 앞으로 기울였다.

"제 고객 대부분이 여성이랍니다."

그가 말했다.

"당연히 그러시겠죠."

조지 램지가 가볍게 눈을 빛내며 대답했다.

"선생님 말대로 당연한 거죠. 여자들은 제도 경찰을 믿지 않는답니다. 자신들의 문제가 백일하에 드러나는 걸 원하지 않거든요. 며칠 전 나이 든 부인이 제게 상담을 하러 왔더군요. 그 부인은 남편 때문에 불행한 상태였습니다. 오래전에 그와 싸웠다더군요. 그녀의 남편이란 사람이 바로 선생님의 삼촌 되시는 개스코인 씨였답니다."

조지 램지의 얼굴이 진홍색이 되었다.

"제 삼촌이라고요? 말도 안 되는 소리! 숙모는 오래전에 돌아가셨는데요."

"앤서니 개스코인 씨 얘기가 아닙니다. 또 다른 삼촌 헨리 개스코인 씨 말입니다."

"헨리 삼촌요? 하지만 그 삼촌은 결혼하지 않으셨는데요!"

푸아로는 얼굴도 붉히지 않은 채 거짓말을 했다.

"오, 아니요, 그는 결혼했답니다. 틀림없는 사실입니다. 그 부인은 결혼 증명서까지 갖고 왔더군요."

"거짓말이에요! 믿을 수 없어요. 당신이 뻔뻔스럽게 거짓말을 하고 있는 겁니다."

조지 램지가 소리쳤다. 그의 얼굴은 이제 자줏빛으로 변했다.

"이게 그렇게 잘못일까요? 선생님은 아무것도 아닌 일로 살인을 저질렀는데요."

"살인이라고요?

램지의 목소리가 떨려 나왔다. 창백한 두 눈이 두려움으로 휘둥그레졌다.

"그런데 당신은 또 검은 딸기 파이를 먹고 있었군요. 그건 현명하지 못한 습관이죠. 검은 딸기에는 비타민이 풍부하다지만, 다른 면으로는 치명적일 수도 있답니다. 이 경우에는 한 사내의 목에 올가미를 씌우는 데 도움이 된 것 같군요. 바로 당신의 목 말입니다, 램지 박사."

"몬 아미, 자네의 추측은 근본적으로 잘못되어 있었다네."

에르퀼 푸아로는 탁자 맞은편에 있는 친구를 향해 조용하게 미소를 지으며 해명하듯 한 손을 내저었다.

"가혹한 정신적 스트레스를 받은 사람은 굳이 그때를 택해 전에 안 하던 일을 하진 않아. 그의 행동은 저항이 가장 적은 방향으로 나타나게 마련이지. 무엇엔가 충격을 받은 사람이 파자마를 입은 채 만찬 장소에 나오는 경우는 있을 수 있네. 하지만 그 경우 그 파자마는 자신의 것이라네. 남의 옷이 아니라 말일세.

진한 수프와 쇠기름 푸딩, 검은 딸기를 싫어하던 사람이 어느 날 저녁 갑자기 그 세 가지 모두를 주문했다네. 자네는 그가 뭔가 다른 것에 정신이 팔려 있었기 때문이라고 하겠지. 하지만 난 뭔가에 골몰해 있는 사람이라면 자동적으로 자신이 가장 자주 먹던 요리를 주문할 거라고 말하겠네.

에 비엥(그렇다면), 그런 일을 달리 어떻게 설명할 수 있을까? 나로서는 합리적인 설명을 생각해 낼 수가 없었네. 그래서 걱정이 되더군! 그 일은 완전히 잘못된 것이었으니 말일세.

그런데 자네 말이 그 사람이 모습을 감추었다더군. 그는 여러 해 만에 처음으로 화요일과 목요일에 식당에 나타나지 않았네. 나로서는 그 일이 더 마음에 들지 않았네. 마음속에서 불길한 추측이 떠오르더군. 내 생각이 맞는다면, '그 사람은 죽은 것'이었다네. 나는 조사를 했네. 그 사람은 '실제로' 죽었더군. 그것도 너무 간단하고 깨끗하게 죽었더라고. 다시 말해서 수상한 생선을 소스로 덮어 놓은 것 같더란 말일세!

그는 7시에 킹스 로에서 목격되었네. 7시 30분 이곳에서 저녁 식사를 했지. 죽기 두 시간 전이었네. 모든 것이 잘 들어맞았어. 위장 속의 내용물, 증거로 제시된 편지 등 말일세. 소스가 듬뿍 뿌려져 있었던 걸세! 생선살이 전혀 보이지 않도록 말일세!

문제의 편지는 헌신적인 조카가 보낸 것이었고, 그 헌신적인 조카는 사망 시간에 완벽한 알리바이가 있었네. 사인은 아주 간단했지. 층계에서 굴러 떨어진 걸세. 단순한 사고일까? 아니면 살인일까? 모든 사람들이 사고라고 했네.

그 헌신적인 조카는 살아 있는 유일한 친척이었네. 그 헌신적인 조카가 유산을 상속받게 되는 거지. 그런데 상속받을 만한 게 있을까? 그의 삼촌은 유명한 가난뱅이였으니 말일세.

하지만 그의 형이 있었네. 그 형은 전성기 때 부유한 아내와 결혼했지. 그는 킹스턴 힐에 있는 호화로운 대저택에서 살고 있었어. 부유한 아내가 그에게 재산을 모두 물려준 것 같네. 사슬이 어떻게 이어지는지 보세. 부유한 아내는 앤서니에게 재산을 남기고, 앤서니는 헨리에게 재산을 남기고, 헨리의 돈은 조지에게 가게 되는 걸세. 완벽한 사슬일세."

"이론상으로는 그 모든 이야기가 아주 그럴듯하군. 자네는 그래서 어떻게 했나?"

버닝턴이 물었다.

"일단 어떻게 된 일인지 알고 나면, 대개는 원하는 바를 손에 넣을 수 있다네. 헨리는 '식사'를 하고 2시간 후에 죽었네. 심리에서 문제 삼은 것은 그것뿐이었네. 하지만 그 식사가 저녁이 아니라 '점심'이었다고 가정해 보세. 조지의 입장이 되어 보세. 조지에게는 돈이 필요했네. 그것도 절박하게 말일세. 앤서니 개스코인은 죽어 가고 있었어. 하지만 그가 죽는다고 해도 조지에게는 전혀 도움이 되지 않았지. 그의 돈은 헨리에게 가게 되니까 말일세. 그리고 헨리 개스코인은 앞으로도 여러 해를 더 살 수 있었네. 그러므로 헨리 역시 죽어야 했지. 그리고 그 시기는 빠를수록 좋았고. 하지만 그는 앤서니가 죽은 다음에 죽어야 했네. 동시에 조지에게는 알리바이가 있어야 했네. 일주일에 두 차례 같은 식당에서 규칙적으로 저녁 식사를 하는 헨리의 습관이 자신에게 알리바이를 제공해 줄 수도 있으리라는 생각이 조지에게 떠올랐네. 조심성이 많은 그 친구는 우선 자신의 계획을 시험해 보았네. 그는 월요일 저녁 자신의 삼촌으로 변장하고 문제의 식당으로 갔다네.

그 계획은 별다른 어려움 없이 성공을 거두었네. 모든 이들이 그를 삼촌인 줄 알았어. 그는 만족했지. 이제 앤서니 삼촌이 세상을 떠날 결정적인 징후가 나타나기를 기다리기만 하면 되었네. 때가 되었네. 조지는 11월 2일 오후 자신의 삼촌에게 편지를 하나 써서 부쳤는데, 날짜는 3일로 적었네. 3일 오후 이곳에 온 그는 자기 삼촌을 찾아가 계획을 실행에 옮겼네. 헨리를 층계 위에서 밀어 굴러 떨어지게 한 걸세.

조지는 자신이 보낸 편지를 찾아서는 삼촌의 실내복 주머니에 넣었네. 7시 30분 그는 턱수염을 달고 숱 많은 눈썹을 붙이고 완벽한 변장을 하고는 갤런트 인디버로 갔네. 그래서 헨리 개스코인 씨가 7시 30분에 살아 있었다고 판단된 걸세. 조지는 화장실에서 재빨리 변장을 떼어내고 전속력으로 차를 몰아 윔블던으로 돌아와 브리지를 하며 저녁나절을 보냈네. 완벽한 알리바이였지."

버닝턴이 그를 바라보았다.

"그런데 봉투의 소인은 어떻게 된 건가?"

"오, 그건 아주 간단하다네. 소인에는 얼룩이 져 있었네. 왜냐? 검은 잉크로 11월 2일을 11월 3일로 고쳐 놓은 걸세. 자세히 들여다보기 전에는 눈에 띄지 않았네. 마지막으로 검은 새들이 있다네."

"검은 새들이라니?"

"파이로 구워진 스물네 마리의 검은 새 말일세! 정확하게 말하자면 검은 딸기 파이지! 요컨대 조지는 그리 훌륭한 배우가 아니었네. 그는 자기 삼촌의 모습으로 변장했고, 자기 삼촌처럼 걸었고, 자기 삼촌처럼 말하고, 자기 삼촌의 턱수염과 눈썹을 달았지만, 자기 삼촌처럼 먹어야 한다는 걸 깜박한 걸세. 그는 자신이 좋아하는 요리를 주문했네.

검은 딸기는 이를 검게 만든다네. 시신의 치아에는 물이 들어 있지 않았네. 헨리 개스코인은 그날 저녁 갤런트 인디버에서 검은 딸기를 먹은 것으로 되어 있는데 말일세. 그의 위장에서는 검은 딸기가 나오지 않았네. 오늘 아침 내가 물어보았다네. 게다가 조지는 어리석게도 문제의 턱수염과 화장품을 여전히 가지고 있더군. 오! 일단 찾으려 들면 많은 증거들이 있다네. 난 조지를 찾아가 그를 순식간에 해치웠네. 그걸로 이 사건은 마무리된 거라네! 그런데 그는 그때도 검은 딸기를 먹고 있었더군, 탐욕스러운 친굴세. 자기가 좋아하는 걸 먹는 데 신경을 많이 쓰지. 에 비엥(그러니까) 내 생각이 크게 빗나가지 않았다면, 탐욕이 그를 교수대로 보내는 걸세."

여종업원이 그들에게 검은 딸기와 사과로 만든 파이를 두 접시 가져왔다.

"도로 가져가요. 조심해서 나쁠 건 없으니까. 대신 사고야자 푸딩을 한 접시 갖다 줘요."

버닝턴이 말했다.

사랑의 탐정

자그마한 키의 새터스웨이트는 자신을 초대한 집주인 사내를 생각에 잠긴 눈빛으로 건너다보았다. 그 두 사내의 우정에는 기묘한 데가 있었다. 집주인인 대령은 스포츠를 열정의 대상으로 삼고 있는 소박한 시골 신사였다. 런던에서 보내야 했던 지난 몇 주일 동안 그는 도대체 신이 나지 않았다. 반면 새터스웨이트는 도시인이었다. 그는 프랑스 요리와 여자들의 의상, 최신 스캔들의 권위자였다. 그는 인간의 성정을 관찰하는 데 열정을 갖고 있었으므로, 자신의 분야, 곧 삶을 방관하는 분야에서는 전문가라고 할 수 있었다.

따라서 그와 멜로즈 대령 간에는 공통점이 거의 없어 보였다. 왜냐하면 대령은 이웃에서 벌어지는 일에는 전혀 관심이 없었고, 어떤 종류든 감상적인 것이면 질색을 했다. 이 두 사람이 친구가 될 수 있었던 것은 그들의 아버지들이 전에 친구 사이였다는 데 주로 기인했다. 또한 아는 사람들이 겹쳤고, 누보 리슈(벼락부자들)에 대해 거부감을 갖고 있었다.

7시 30분경이었다. 두 사내는 대령 집의 안락한 서재에 앉아 있었다. 멜로즈는 사냥 애호가답게 열정적으로 지난 겨울의 사냥에 대해 이야기하고 있었다. 새터스웨이트는 평소처럼 예의바르게 이야기에 귀를 기울였다. 하지만 그가 말에 대해 아는 것이라고는 구식 시골집에 아직도 남아 있는 마구간을 일요일 아침 방문해서 얻은 것뿐이었다.

요란한 전화벨 소리가 멜로즈의 이야기를 끊어 놓았다. 멜로즈는 탁자로 걸어가 수화기를 들었다.

"여보세요, 예, 멜로즈 대령입니다. 뭐라고요?"

그의 어조가 완전히 바뀌었다. 딱딱하고 공식적으로 변해 있었다. 이제 이야기하고 있는 것은 스포츠맨이 아니라 행정 관리였다.

한동안 상대의 이야기를 듣고만 있던 대령은 이윽고 간단하게 말했다.

"알았네, 커티스. 당장 가겠네."

그는 수화기를 내려놓고 손님에게 몸을 돌렸다.

"제임스 드와이튼 경이 자기 서재에서 살해된 채로 발견되었다는군."

"뭐라고?"

새터스웨이트는 깜짝 놀랐다. 그는 부르르 몸을 떨었다.

"당장 앨더웨이로 가야겠네. 자네도 같이 가겠나?"

새터스웨이트는 대령이 그곳 경찰서장이라는 사실을 떠올렸다.

"방해가 되지 않는다면……."

그는 망설였다.

"전혀 그렇지 않네. 전화한 사람은 커티스 경감일세. 사람 좋고 정직한 친구지만 머리가 없다네. 자네가 함께 가 준다면 기쁘겠네, 새터스웨이트. 골치 아픈 사건이 될 것 같아."

"경찰이 살인자를 붙잡았나?"

"아니."

멜로즈가 짤막하게 대답했다.

새터스웨이트의 훈련된 귀는 그 퉁명스러운 부인 이면에 있는 뉘앙스를 감지할 수 있었다. 그는 드와이튼 가에 대해 자신이 아는 바를 떠올리기 시작했다.

작고한 제임스 경은 무뚝뚝한 태도를 지닌 거만한 노인이었다. 쉽사리 적을 만드는 형이라고 할 수 있었다. 60대에 들어선 그는 반백의 머리카락에 혈색 좋은 얼굴을 하고 있었다. 극도로 인색하다는 평판이었다.

새터스웨이트의 생각은 드와이튼 부인에게로 옮겨갔다. 다갈색 머리를 한 젊고 날씬한 그녀의 모습이 그의 눈앞에 어른거렸다. 그는 여러 가지 소문과 암시, 야릇한 험담 같은 것들을 떠올렸다. 바로 그 때문이었다. 그 때문에 멜로즈의 표정이 그렇게 무뚝뚝했던 것이다. 이윽고 새터스웨이트는 상상의 날개를 접으며 정신을 차리려 애썼다.

5분 후 새터스웨이트는 집주인의 2인승 소형차 조수석에 올라탔다. 차는 어둠 속으로 출발했다.

대령은 과묵한 사람이었다. 그가 입을 연 것은 2킬로미터 넘게 달리고 난 다음이었다. 그가 불쑥 말했다.

"자네도 그 사람들 알고 있지?"

"드와이튼 집안사람들 말인가? 물론 모두 알고 있지. 드와이튼 경은 한 번 만난 것 같고, 부인은 좀 더 자주 보았다네."

새터스웨이트가 모르는 사람이 어디 있겠는가?

"예쁜 여자지."

멜로즈가 말했다.

"아름답고말고!"

새터스웨이트는 단호한 어조로 말했다.

"그렇게 생각하나?"

새터스웨이트가 그 화제에 열성을 보이며 말했다.

"순수한 르네상스 풍 여성일세. 지난 봄 그 여자는 연극에 출연했었지. 낮에 하는 자선 연극 말일세. 그때 난 크게 감명을 받았다네. 그녀에게는 요즘 여자 같은 데가 전혀 없었어. 순수한 유물 그 자체였지. 총독의 관저에 있으면 어울릴 법한 여자 말일세. 아니면 바티칸의 마녀로 불리던 루크레치아 보르자 같다고나 할까."

대령이 슬쩍 핸들을 틀어 자동차가 길에서 벗어나는 바람에 새터스웨이트는 문득 말을 멈추었다. 자신은 무슨 운명의 장난으로 루크레치아 보르자의 이름을 입에 올린 것인가 하고 그는 자문했다.

지금 같은 상황에서…….

"드와이트이 독살된 건 아니지?"

그가 불쑥 물었다.

멜로즈는 호기심을 담은 채 그를 흘긋 쳐다보았다.

"어째서 그런 걸 묻는 건가?"

"오, 글쎄…… 잘 모르겠네."

새터스웨이트의 얼굴이 붉어졌다.

"그저…… 그저 머릿속에 떠오른 것뿐일세."

멜로즈가 울적하게 말했다.

"음, 그렇진 않았네. 알고 싶다면 말해 주지, 머리가 깨졌다더군."

"둔기로 맞았겠지."

새터스웨이트가 차분히 고개를 끄덕이며 중얼거렸다.

"무슨 추리 소설이라도 되는 것처럼 말하지 말게, 새터스웨이트. 그는 청동 조각상으로 머리를 맞았다네."

"오!"

새터스웨이트는 다시 침묵 속으로 빠져 들어갔다.

"폴 델랑가라는 친구에 대해 뭔가 아는 거 있나?"

멜로즈가 잠시 후 물었다.

"그래. 잘생긴 젊은 친구지."

"여자들은 그 친구를 그렇게 말할 걸세."

대령이 불퉁하게 말했다.

"자넨 그 친구를 좋아하지 않나 보군?"

“그렇다네, 난 그 친구가 맘에 들지 않아.”

“자네가 좋아할 줄 알았는데. 그 친구는 승마 솜씨가 아주 뛰어나거든.”

“내 보기엔 승마 쇼에 나온 외국인 같더군. 원숭이처럼 재주만 부릴 뿐이야.”

새터스웨이트는 나오려는 웃음을 억제했다. 딱하게도 멜로즈는 시각이 지나치게 영국적이었다. 범세계적 시각의 소유자라고 자부하는 새터스웨이트는 삶에 대한 섬나라 사람의 태도를 한탄할 자격이 있었다.

“그가 이곳에 와 있나?”

“앨더웨이에서 드와이튼 집안사람들과 지내고 있다는군. 소문에 의하면 제임스 경이 일주일 전 그자를 내쫓았다네.”

“어째서?”

“드와이튼 부인에게 구애를 하다가 들킨 모양일세. 도대체…….”

차가 급하게 길을 벗어나더니 쾅 소리를 내며 뭔가에 부딪쳤다.

“영국의 교차로는 정말 위험해. 아무튼 저쪽에서 오는 차가 경적을 울렸어야 해. 우리가 대로에 있었으니까 말이야. 저 친구 쪽이 우리보다 피해가 더 큰 것 같은걸.”

멜로즈가 이렇게 말하고 재빨리 차에서 내렸다. 상대 차에서 누군가 나와서는 그에게 다가왔다. 두 사람이 나누는 대화가 토막토막 새터스웨이트의 귀에 들려왔다.

낯선 이가 말하고 있었다.

"전적으로 제 잘못입니다. 하지만 전 영국의 이 지역을 잘 모릅니다. 게다가 간선도로에서 선생님 차가 달려오고 있다는 걸 전혀 알 수 없었어요."

마음이 누그러진 대령은 적당히 대답했다. 두 사람은 함께 몸을 굽히고 낯선 이의 차를 들여다보았다. 운전수가 이미 차를 조사하고 있었다. 대화는 기술적인 것으로 바뀌었다.

"30분 정도 걸릴 것 같군요. 하지만 여기 계실 필요는 없습니다. 선생님 차가 상하지 않아서 다행입니다."

낯선 이가 말했다.

"사실……."

대령이 말을 시작했지만 그의 말은 중간에서 끊기고 말았다.

흥분한 새터스웨이트가 법석을 떨면서 새처럼 날렵하게 자동차에서 뛰어내리더니 낯선 이의 손을 덥석 잡았던 것이다.

"맞군요! 목소리를 듣고 그러리라고 생각했지요. 이렇게 놀라울 데가. 정말 신기한 일입니다."

그가 흥분해서 외쳤다.

"누구신데 그러나?"

멜로즈 대령이 물었다.

"할리 퀸 씨라네, 멜로즈. 내가 할리 퀸 씨에 대해 자네에게 여러 차례 이야기하지 않았나?"

멜로즈 대령은 기억이 나지 않는 듯했다. 하지만 그는 상황에 맞추어 예의바르게 행동했다. 그동안 새터스웨이트는 유쾌하게 떠들어대고 있었다.

"오랫동안 뵙지 못했죠. 그러니까……."

"그날 밤 '어릿광대'(『신비의 사나이 할리 퀸』에 등장하는 에피소드에 대한 언급이다—옮긴이)에서 뵌 후로는 처음이죠."

상대방이 차분하게 말했다.

"어릿광대라뇨?"

대령이 물었다.

"여관 이름이네."

새터스웨이트가 설명했다.

"여관 이름치고는 정말 이상하군."

"그저 오래된 여관이랍니다. 영국에 종과 어릿광대가 지금보다 훨씬 흔했던 시절에 생긴 모양입니다."

"그렇겠군요. 그래요, 틀림없이 그 말씀이 맞을 겁니다."

멜로즈가 애매하게 대답했다. 그는 눈을 깜박거렸다. 빛의 기묘한 효과, 그러니까 이쪽 차의 헤드라이트와 저쪽 차의 붉은 미등으로 인해 퀸은 한순간 알록달록한 어릿광대 옷을 입고 있는 것처럼 보였던 것이다. 하지만 그것은 빛의 착시 효과일 뿐이었다.

"당신을 길에 세워 두고 갈 수는 없지요."

새터스웨이트가 말을 이었다.

"우리와 함께 갑시다. 세 사람은 넉넉히 탈 수 있어요, 안 그런가, 멜로즈?"

"오 그럼."

하지만 대령의 어조는 약간 회의적이었다.

"문제는 다만 우리가 지금 일을 하러 가고 있다는 거지. 안 그런가, 새터스웨이트?"

새터스웨이트는 자리에 서서 꼼짝도 하지 않았다. 몇 가지 아이디어가 그에게 떠오른 모양이었다. 그는 흥분해서 말 그대로 몸을 흔들어 댔다.

"아냐, 아냐, 더 좋은 생각을 해냈어야 했다고! 당신이 연관된 건 우연이 아닙니다, 퀸 씨. 오늘 밤 우리 세 사람이 교차로에서 만난 건 사고가 아니라고요."

멜로즈 대령은 놀라서 친구를 물끄러미 응시했다. 새터스웨이트가 그의 팔을 잡았다.

"내가 전에 말했던 것 기억나나? 우리 친구 데릭 케이플에 대한 이야기 말일세. 그의 자살 동기를 아무도 추측해 낼 수 없다고 하지 않았나? 그 문제를 해결한 사람이 바로 퀸 씨였다네. 그 후 다른 사건들도 해결했지. 줄곧 그 자리에 있지만 우리가 보지 못하는 것들을 이분은 보여 준다네. 이분은 정말 놀라운 분일세."

"친애하는 새터스웨이트, 그 말을 들으니 얼굴이 붉어지는군요."

퀸이 미소를 지어 보이며 말했다.

"내가 기억하는 한, 그런 사건들은 모두 당신이 해결한 것 같은데요. 내가 아니라 말이에요."

"당신이 거기 있었기 때문에 해결된 거랍니다."

새터스웨이트가 강한 확신을 가지고 말했다.

"음, 이제 더 이상 우물쭈물할 시간이 없네. 차에 타세."

멜로즈 대령이 불편한 듯 헛기침을 하면서 말했다.

그는 운전석에 올랐다. 새터스웨이트가 흥분하는 바람에 낯선 이를 억지로 떠맡게 된 것이 멜로즈로서는 그리 유쾌하진 않았지만, 반박할 명분이 없었고 가능한 한 빨리 앨더웨이로 가고 싶어서 조바심이 났던 것이다.

새터스웨이트는 퀸을 멜로즈 옆에 앉히고 자신은 바깥쪽에 앉았다. 차가 널찍해서 서로 몸이 끼지 않고도 셋이 앉을 수 있었다.

"범죄에 흥미가 있으신가 보군요, 퀸 씨?"

대령이 최대한 상냥하게 물었다.

"아뇨, 정확하게 말하면 범죄에 흥미가 있는 게 아닙니다."

"그렇다면 무엇에 흥미가 있으신 건가요?"

퀸이 미소를 지었다.

"여기 새터스웨이트 씨에게 물어보시지요. 이분은 아주 날카로운 관찰자이니까요."

"틀릴지도 모르지만, 내 생각에…… 퀸 씨의 관심 분야는…… 연인들인 것 같네."

그는 마지막 단어를 말하며 얼굴을 붉혔다. 영국 남자치고 어색해하지 않고 그런 말을 할 수 있는 사람은 없을 터였다. 새터스웨이트가 쑥스러워하면서 그 단어를 말하는 바람에 반대로 강조 효과를 내고 말았다.

"아이고!"

대령은 기겁을 해서 소리를 지르고는 입을 다물었다.

'새터스웨이트에게는 괴상한 친구도 있군.'

대령은 속으로 이렇게 생각했다. 그러고는 흘긋 그 사내를 쳐다보았다. 이상한 데가 없는 것 같았다. 아주 정상적인 젊은 친구였다. 약간 살빛이 검긴 하지만 외국인처럼 보일 정도는 결코 아니었다.

"자 그럼, 이 사건에 관한 걸 모조리 당신에게 이야기해 드려야겠군요."

새터스웨이트가 진지한 어조로 말했다.

그는 10분 동안 이야기를 했다. 어둠을 뚫고 달리는 캄캄한 차 안에 앉아 듣는 그의 이야기에는 사람을 취하게 하는 힘이 있었다. 그가 인생의 방관자에 지나지 않는다 한들 무슨 상관인가? 그는 단어를 자유롭게 단어를 구사하고 통제하고 그것을 꿰어 하나의 그림을 만들어 낼 줄 알았다. 하얀 팔과 붉은 머리카락을 한 아름다운 로라 드와이튼, 그리고 여자들이 미남으로 여기는 폴 델랑가의 우수 어린 가무잡잡한 얼굴이 등장하는 기묘한 르네상스 풍 그림이었다.

사건의 배경이 된 앨더웨이 이야기도 나왔다. 앨더웨이는 헨리 7세 시대에 세워진 저택이었다. 그 이전에 세워졌다는 말도 있었다. 속속들이 영국적인 건물로 깎아 낸 주목과 부리 모양 빗물받이가 달린 오래된 헛간, 그리고 수도자들이 금요일마다 잉어를 잡던 양어 못이 딸려 있었다.

새터스웨이트는 한두 마디 솜씨 좋은 묘사로써 제임스 경의 특징을 잘 드러냈다. 제임스 경은 유서 깊은 드와이튼 가의 정통 후계자였다. 그 집안사람들은 오래전 그 땅에서 돈을 쥐어짜서는 돈궤에 넣고 단단히 잠가 놓았다. 그래서 어려운 시절을 겪으며 모두들 쇠락했지만 앨더웨이의 주인들은 가난을 겪지 않을 수 있었다.

이윽고 새터스웨이트가 말을 멈추었다. 그는 듣는 이들이 자신의 말에 공감하고 있음을 줄곧 확신했다. 이제 그는 당연히 받을 만한 칭찬의 말을 기다리고 있었다. 그 말이 터져 나왔다.

"당신은 예술가입니다, 새터스웨이트 씨."

"전 그저…… 그저 최선을 다했을 뿐인걸요."

작은 키의 그 사내는 갑자기 겸손하게 대답했다.

차는 몇 분 전에 수위실이 있는 정문 안으로 들어섰다. 차가 현관 앞으로 다가가자, 순경 하나가 서둘러 층계를 달려 내려와 그들을 맞았다.

"어서 오십시오, 서장님. 커티스 경감님은 서재에 계십니다."

"알겠네."

멜로즈는 층계를 달려 올라갔다. 나머지 두 사람도 그의 뒤를 따랐다. 그들 세 사람이 널찍한 현관을 가로질러 지나갈 때였다. 집사가 걱정스러운 얼굴로 문간에서 고개를 내밀었다. 멜로즈가 그에게 고갯짓을 했다.

"잘 있었나, 마일스. 정말 슬픈 일이군."

"정말 그렇습니다. 저는 도대체 믿기지가 않습니다, 서장님. 정말이지 믿을 수가 없어요. 누군가가 주인님을 흉기로 내려쳤다는 걸 말이에요."

상대의 목소리가 떨려 나왔다.

멜로즈가 그의 말허리를 자르며 말했다.

"그래, 그럴 걸세. 잠시 후 자네와 이야기하세."

그는 큰 걸음으로 서재로 걸어갔다. 몸집이 크고 군인처럼 보이는 경감이 존경어린 태도로 그에게 인사를 했다.

"골치 아픈 사건입니다, 서장님. 아무것도 건드리지 않았습니다. 흉기에는 지문 같은 건 없었습니다. 누군지 모르지만 이런 일을 좀 아는 자입니다."

새터스웨이트는 커다란 책상 앞에 고개를 숙이고 앉아 있는 사람을 바라보다가 서둘러 눈길을 돌렸다. 사내는 뒤에서 얻어맞은 모양이었다. 강한 타격에 두개골이 부서져 있었다. 과히 보기 좋은 광경은 아니었다.

흉기는 바닥에 떨어져 있었다. 높이 60센티미터 가량 되는 청동 조각상으로 아랫부분이 얼룩지고 축축했다. 새터스웨이트는 호기심을 느끼며 몸을 굽혀 그것을 들여다보았다.

"비너스 조각상이군. 그러니까 저 사람은 비너스한테 얻어맞은 거군."

그가 부드러운 어조로 말했다.

새터스웨이트는 그 생각에서 시적 명상 거리를 찾아냈다.

"창문들은 모두 안쪽에서 빗장이 질러져 있었습니다."

그렇게 말하고 경감은 의미심장하게 잠시 말을 멈추었다.

"그러니까 이건 내부에서 저질러진 일이군. 좋아…… 좋아, 두고 보자고."

경찰서장이 마지못해 말했다.

살해된 사내는 골프복 차림이었고, 골프채가 든 가방이 커다란 가죽 소파에 아무렇게나 내던져져 있었다.

"골프장에서 막 돌아온 것 같습니다."

경찰서장의 눈길을 쫓던 경감이 설명했다.

"5시 15분이었답니다. 집사가 이리로 차를 가져왔었다는군요. 나중에 제임스 경은 벨을 눌러 하인에게 부드러운 슬리퍼를 가져오라고 했답니다. 우리가 아는 한 그 하인이 살아 있는 제임스 경을 마지막으로 본 사람입니다."

멜로즈는 고개를 끄덕이고는 다시 한 번 책상 쪽으로 관심을 돌렸다.

장식품 대부분이 뒤집히거나 부서져 있었다. 그중에서도 책상 정중앙에 옆으로 쓰러져 있는 짙은 색의 대형 에나멜 시계가 눈에 띄었다.

경감이 목청을 가다듬었다.

"저건 행운이라고 할 수 있습니다, 서장님. 보시다시피 바늘이 멈춰져 있거든요. 6시 30분에 말입니다. 그래서 범죄가 일어난 시각을 알 수 있지요. 아주 편리하게 말입니다."

대령은 그 시계를 물끄러미 바라보았다.

"자네 말대로 아주 편리하군."

그는 잠시 사이를 두었다가 이렇게 덧붙였다.

"빌어먹을, 너무 편리하단 말일세! 난 이런 것들이 달갑지 않다네, 경감."

그는 다른 두 사람을 돌아보았다. 그의 눈이 호소의 표정을 담고 퀸의 눈길을 찾았다.

"빌어먹을, 이건 지나치게 꼭 들어맞는군요. 제 말뜻을 아실 겁니다. 일이란 이런 식으로 일어나지 않지요."

"당신 말씀은 저 시계가 저런 식으로 쓰러질 수는 없다는 거죠?"

퀸이 나직하게 물었다.

멜로즈는 잠시 그를 물끄러미 바라보다가 다시 시계로 시선을 돌렸다. 거기에는 갑자기 중요성을 박탈당한 물건에서 흔히 볼 수 있는 딱하고 무해한 느낌이 깃들어 있었다. 멜로즈 대령은 아주 조심스럽게 시계를 다시 세웠다. 그런 다음 책상을 세차게 내리쳤다. 시계는 흔들리긴 했지만 쓰러지지는 않았다. 멜로즈는 같은 행동을 반복했다. 그러자 그 시계는 아주 느릿하게 내키지 않는다는 듯이 뒤로 넘어졌다.

"범죄가 발견된 시각은?"

멜로즈가 날카로운 어조로 물었다.

"7시 정각입니다, 서장님."

"누가 발견했나?"

"집사입니다."

"그를 데려오게. 이제 그를 만나 봐야겠어. 그런데 드와이트 부인은 어디 계신가?"

"누워 계십니다, 서장님. 하녀 말이 부인은 극도로 피로하셔서 아무도 만날 수 없답니다."

멜로즈는 고개를 끄덕였다. 커티스 경감이 집사를 찾으러 나갔다. 퀸은 생각에 잠긴 채 벽난로를 들여다보고 있었다. 새터스웨이트도 그의 본을 따랐다. 잠시 동안 그는 연기가 피어오르는 통나무들을 눈을 깜박이며 바라보았다. 이윽고 쇠살대 안에 떨어져 있는 반짝거리는 무엇인가가 그의 눈길을 끌었다. 그는 몸을 굽히고 둥글게 굽은 은빛 유리조각을 집어 들었다.

"절 부르셨나요, 서장님?"

여전히 떨리고 불안정한 집사의 목소리가 들려왔다. 새터스웨이트는 유리조각을 조끼 호주머니에 넣고 몸을 돌렸다.

나이 든 집사가 문간에 서 있었다.

"앉게나. 온몸을 떨고 있군. 자네에겐 충격이었겠지."

서장이 친절하게 말했다.

"물론입니다, 서장님."

"음, 자넬 오래 붙잡고 있진 않겠네. 자네 나리는 5시가 지나자마자 들어오신 걸로 아는데?"

"그렇습니다, 서장님. 나리께서 여기로 차를 가져오라고 하셨습니다. 그런 다음 제가 찻잔을 치우러 왔더니 제닝스를 보내라고 하시더군요. 나리의 시종 말입니다, 서장님."

"그때가 몇 시였나?"

"6시 10분경이었습니다, 서장님."

"알겠네, 그 다음에는?"

"저는 제닝스에게 나리 말씀을 전했습니다, 서장님. 그 후 7시에 커튼을 치고 창문을 닫으려고 여기 왔는데……."

멜로즈가 그의 말허리를 잘랐다.

"그래, 알겠네, 그 다음 이야기는 안 해도 된다네. 시신을 만졌다거나 물건을 흩트리지는 않았겠지?"

"오! 물론이죠, 서장님! 가능한 한 빨리 전화기 있는 곳으로 가서 경찰에 전화를 걸었지요."

"그런 다음에는?"

"자넷에게 말했지요. 마님의 몸종 말입니다. 마님께 이 소식을 알리라고요."

"오늘 저녁 내내 마님을 뵙지 못했나?"

멜로즈 대령은 아무렇지도 않게 물었지만, 새터스웨이트의 예민한 귀는 그 질문에 불안이 어려 있음을 감지했다.

"직접 뵙고 이야기를 나누지는 않았습니다. 마님은 비극이 일어난 후 줄곧 마님 거처에 머물러 계셨으니까요."

"그 전에는 뵈었단 말인가?"

날카로운 질문이었다. 방 안에 있는 이들 모두가 집사가 대답을 하기 전에 주저하고 있음을 눈치 챘다.

"그저…… 그저 언뜻 보았을 뿐입니다, 서장님, 층계를 내려오시는 걸 말입니다."

"이리로 들어오시던가?"

새터스웨이트는 숨을 죽였다.

"그…… 그런 것 같습니다, 서장님."

"그때가 몇 시인가?"

바늘 떨어지는 소리라도 들릴 것 같았다.

'저 노인은 자신의 대답에 무엇이 걸려 있는지 알고나 있을까.'

새터스웨이트는 생각했다.

"6시 30분 정각이었습니다, 서장님."

멜로즈 대령은 숨을 깊게 들이마셨다.

"이제 됐네. 고맙네. 나리의 시종 제닝스를 오라고 해 주겠나?"

제닝스는 즉각 호출에 응했다. 고양이 같은 걸음걸이를 한 옹색한 얼굴의 사내였다. 그에게는 어딘지 음흉하고 은밀한 느낌이 풍겼다.

'발각되지 않는다는 확신만 있다면 쉽사리 자기 주인을 살해할 자군.'

새터스웨이트는 생각했다.

그는 멜로즈 대령의 질문에 대한 그 사내의 대답을 주의 깊게 들었다. 하지만 그의 대답은 분명해 보였다. 그는 제임스 경에게 부드러운 가죽 슬리퍼를 가져다주고 골프화를 치웠다고 대답했다.

"그런 다음 무엇을 했나, 제닝스?"

"하인방으로 돌아갔습니다, 서장님."

"자네가 이 방에서 나간 게 몇 시인가?"

"6시 15분 직후일 겁니다, 서장님."

"6시 30분에 자네는 어디 있었나, 제닝스?"

"하인방에 있었습니다, 서장님."

멜로즈 대령은 고갯짓으로 사내를 내보냈다. 그는 묻는 듯한 눈길로 커티스를 건너다보았다.

"틀림없습니다, 서장님. 제가 확인했습니다. 저 친구는 6시 20분부터 7시까지 하인방에 있었습니다."

"그렇다면 저 친구는 제외해야겠군. 게다가 동기도 없어."

경찰서장이 약간 유감스럽다는 듯 말했다.

그들은 서로를 바라보았다.

노크 소리가 들려왔다.

"들어와요."

대령이 말했다.

겁에 질린 얼굴을 한 하녀가 모습을 나타냈다.

"멜로즈 대령님이 여기 오셨다는 말씀을 들으시고 마님께서 괜찮으시다면 만나보고 싶다고 하시는데요."

"괜찮고말고. 당장 가겠네. 방을 안내해 주겠나?"

하지만 손 하나가 하녀를 옆으로 밀었다. 문간에는 전혀 다른 인물이 서 있었다. 로라 드와이튼은 다른 세계에서 온 방문객처럼 보였다.

그녀는 흐린 청색 수단으로 된, 몸에 꼭 맞는 중세풍 다회복을 입고 있었다. 다갈색 머리는 가운데 가르마를 타서 양쪽 귀 위로 드리워져 있었다. 자신에게 맞는 스타일을 잘 알고 있는 드와이튼 부인은 머리를 짧게 자른 적이 한번도 없었다. 머리카락은 목덜미에서 뒤로 당겨져 단정하게 묶여 있었다. 두 팔은 맨살이었다.

한쪽 팔은 문틀에 기대고 있는 몸을 지지하기 위해 뻗고 있었고, 다른 한쪽 팔은 책을 쥔 채 옆으로 내려뜨려져 있었다.

'초기 이탈리아 회화에 나오는 성모 마리아 같군.'

새터스웨이트는 생각했다.

그녀는 가볍게 몸을 좌우로 흔들면서 거기 서 있었다. 멜로즈 대령이 그녀 쪽으로 달려 나갔다.

"제가 온 건 말씀드릴 게…… 말씀드릴 게 있어서……."

그녀의 목소리는 나지막하지만 낭랑했다. 새터스웨이트는 그 장면의 극적인 가치에 몰두한 나머지 현실적인 의미를 잊고 있었다.

"자, 드와이튼 부인……."

멜로즈가 한쪽 팔로 그녀를 감싸며 부축했다. 그는 복도를 지나 작은 대기실로 그녀를 데려갔다. 벽에 퇴색한 실크 커튼이 드리워져 있었다. 퀸과 새터스웨이트도 그들의 뒤를 따랐다. 그녀는 나지막한 소파에 깊숙이 앉아서는 적갈색 쿠션에 고개를 기대고 두 눈을 감았다. 세 사내가 그녀를 지켜보고 있었다. 갑자기 그녀는 눈을 뜨고는 앉은 자세에서 몸을 바로 했다. 그녀는 아주 빠르게 말했다.

"제가 남편을 죽였어요. 그 말을 하러 온 거예요. 제가 남편을 죽였어요!"

한순간 고통스러운 침묵이 흘렀다. 새터스웨이트는 심장이 멎는 것 같았다.

"드와이튼 부인, 부인은 커다란 충격을 받으셨습니다. 지금 불안정한 상태입니다. 자신이 무슨 이야기를 하고 있는지 모르시는 것 같습니다."

이제 그녀는 물러설 것인가? 아직 여지가 있을 때 말이다.

"제가 무슨 말을 하는지 분명히 알고 있어요. 그를 쏜 사람은 저예요."

방 안에 있던 사내들 중 두 사람은 헉 하고 숨을 멈추었지만, 또 한 사람은 아무 소리도 내지 않았다. 로라 드와이튼은 몸을 좀 더 앞으로 기울였다.

"무슨 말인지 모르시겠어요? 제가 내려와서 그를 쐈어요. 그걸 자백하는 거예요."

그녀가 손에 들고 있던 책이 바닥으로 툭 떨어졌다. 책 사이에는 종이칼이 끼워져 있었다. 자루에 보석이 박혀 있는, 단검처럼 날카로운 것이었다. 새터스웨이트는 반사적으로 그것을 집어 들어서는 탁자에 올려놓았다. 그러면서 생각했다.

'위험한 물건이군. 이걸로 사람을 죽일 수도 있겠는걸.'

"음…… 이제 어떻게 하실 건가요? 저를 체포하시나요? 저를 데려가실 건가요?"

로라 드와이튼의 목소리에는 초조한 기색이 서려 있었다.

멜로즈 대령이 아주 어렵게 입을 열었다.

"지금 부인이 말씀하신 건 아주 중요한 사항입니다, 드와이튼 부인. 제가…… 그러니까…… 사태를 정리할 때까지 방에 가 계셨으면 합니다."

그녀는 고개를 끄덕이고는 자리에서 일어섰다. 침착함을 되찾은 그녀는 장중하고도 냉정해 보였다.

그녀가 문을 향해 돌아섰을 때 퀸이 물었다.

"그 권총은 어떻게 하셨나요, 드와이트 부인?"

그녀의 얼굴에 불안한 빛이 스쳐 갔다.

"그건…… 그건 바닥에 떨어뜨렸어요. 아니에요, 창밖으로 내던진 것 같아요. 오! 기억이 나질 않아요. 그게 뭐 중요한가요? 전 제가 무슨 짓을 하고 있는지조차 몰랐어요. 그건 중요하지 않잖아요, 그렇죠?"

"그렇습니다. 전혀 중요하지 않습니다."

그녀는 경계하는 듯한 기색으로 당혹스러워하며 퀸을 바라보았다. 그런 다음 고개를 뒤로 젖히고는 당당한 모습으로 방을 나갔다. 새터스웨이트는 서둘러 그녀의 뒤를 따라 나갔다. 그녀가 당장이라도 쓰러질 것 같았던 것이다. 하지만 그녀는 이미 층계를 반 정도 오르고 있었다. 조금 전의 약한 모습은 흔적조차 찾을 수 없었다. 하녀가 겁에 질린 얼굴로 층계 발치에 서 있었다. 새터스웨이트는 하녀에게 권위 있는 어조로 말했다.

"마님을 잘 보살펴 드리게."

"예, 선생님."

푸른 다회복을 입은 마님을 따라 층계를 오르려다 말고 그 처녀가 물었다.

"오, 그런데요, 선생님, 경찰이 그 사람을 의심하는 건 아니겠죠?"

"누굴 말인가?"

"제닝스 말이에요. 오! 틀림없어요, 선생님, 그 사람은 파리 한 마리 죽이지 못하는 사람이에요."

"제닝스? 아니, 물론 아닐세. 어서 가서 마님을 잘 돌봐 드리게."

"예, 선생님."

처녀는 재빨리 층계를 달려 올라갔다. 새터스웨이트는 조금 전 나갔던 방으로 되돌아왔다.

멜로즈 대령이 침통한 어조로 말하고 있었다.

"음. 이거 헷갈리는군. 겉으로 보이는 것 이상으로 복잡해. 이건…… 이건 소설 속에서 여주인공이 하는 그런 바보짓 같은걸."

"비현실적이군. 마치 연극을 보고 있는 것 같아."

새터스웨이트가 동의했다.

퀸이 고개를 끄덕였다.

"그래요, 당신은 그 연극에 감탄하고 있고요, 그렇지 않나요? 당신은 이 와중에 훌륭한 연기를 감상하는 사람이죠."

새터스웨이트가 강한 눈길로 그를 쏘아보았다.

이어 침묵이 흘렀다. 그때 멀리서 희미한 소리가 그들의 귀에 들려왔다.

"총소리 같군. 사냥꾼 중 하나가 낸 소리 같아. 부인은 아마도 저 소리를 들었을 걸세. 무슨 일인가 보러 내려왔겠지. 가까이 다가가 시신을 살펴보진 않았을 걸세. 그래서 서둘러 결론을 내리고는…….”

“델랑가 씨입니다, 서장님.”

늙은 집사가 문간에 서서 죄송하다는 듯이 말했다.

“어? 뭐라고 했나?”

“델랑가 씨가 오셨습니다. 괜찮으시다면 서장님과 이야기를 하고 싶으시다면서요.”

멜로즈 대령은 의자에 앉아 몸을 뒤로 젖혔다.

“들어오시라고 하게.”

그가 엄한 어조로 말했다.

잠시 후 폴 델랑가가 문간에 모습을 나타냈다. 멜로즈 대령이 암시한 대로 그에게는 영국인답지 않은 데가 있었다. 편안하고 우아한 행동거지, 가무잡잡하고 잘생긴 얼굴, 너무 좁은 듯한 미간 같은 것들이 그러했다. 그에게는 르네상스 풍의 분위기가 감돌았다. 그와 로라 드와이튼은 같은 분위기를 풍기고 있었다.

“안녕하십니까, 여러분.”

델랑가가 말했다. 그는 다소 연극적으로 고개를 숙여 보였다.

“무슨 일로 오셨는지 모르겠지만, 델랑가 씨, 이 사건과 직접 관계가 없는 일이라면…….”

멜로즈 대령이 날카로운 어조로 말했다.

델랑가가 소리 내어 웃으며 그의 말허리를 잘랐다.

“오히려 전적으로 이 사건과 관계된 일입니다.”

“무슨 뜻입니까?”

"제가 이렇게 온 것은 제임스 드와이튼 경을 살해했다는 사실을 말하기 위해서입니다."

델랑가가 차분한 어조로 말했다.

"지금 당신이 무슨 얘길 하는지 알고 있는 겁니까?"

멜로즈가 심각하게 물었다.

"알고말고요."

그 젊은이의 시선이 탁자에 못 박혀 있었다.

"난 도무지 이해할 수가……."

"제가 왜 자수를 하는지 말입니까? 양심의 가책 때문이라고 해 두죠. 어떻게 생각하셔도 좋습니다. 제가 그를 깊숙이 찔렀습니다. 잘 알고 계실 테지만 말입니다."

그는 탁자를 향해 고갯짓을 했다.

"저기 흉기가 있군요. 아주 다루기 쉬운 작은 물건이죠. 드와이튼 부인이 불행히도 책갈피에 끼워 두었던 것을 제가 잡아챘지요."

"잠깐만. 당신이 이걸로 제임스 경을 찔렀다는 겁니까?"

그는 문제의 단검을 높이 들어올렸다.

"바로 그렇습니다. 전 창문을 통해 그 방으로 들어갔습니다. 그는 등을 돌리고 있더군요. 아주 쉬웠습니다. 저는 같은 방법으로 그 방을 나왔어요."

"창문을 통해서 말입니까?"

"물론 창문을 통해서입니다."

"그때가 몇 시였습니까?"

델랑가는 주저했다.

"글쎄요……, 제가 사냥하던 친구와 이야기를 나누던 때가 6시 15분이었어요. 교회 종탑에서 종소리가 울리더군요. 그러니까…… 음, 6시 30분경일 겁니다."

대령의 입술에 차가운 미소가 떠올랐다.

"바로 그렇습니다, 젊은 친구. 범행 시각은 6시 30분이었습니다. 당신은 이미 그 이야기를 들은 모양이군요? 그런데 이건 정말 괴상한 살인 사건이군!"

"어째서죠?"

"범행을 자백하는 사람이 너무 많단 말입니다."

상대가 급하게 숨을 들이마시는 소리가 그들의 귀까지 들려왔다.

"또 누가 범행을 자백했습니까?"

그는 태연하게 말하려고 애쓰는 것이 역력한 목소리로 물었다.

"드와이튼 부인입니다."

델랑가는 고개를 뒤로 젖히고 좀 부자연스럽게 웃음을 터뜨렸다.

"드와이튼 부인은 히스테리를 부리곤 한답니다. 저라면 부인이 하는 말을 진지하게 받아들이지 않을 겁니다."

그가 가벼운 어조로 말했다.

"나도 그럴 겁니다. 하지만 이 살인 사건에는 또 다른 이상한 점이 있습니다."

"그게 뭔가요?"

"음. 드와이튼 부인은 제임스 경을 총으로 쏘았다고 자백했고, 당신은 그를 칼로 찔렀다고 했습니다. 하지만 두 사람에게는 다행한 일이지만 그는 총에 맞은 것도, 칼에 찔린 것도 아닙니다. 그는 두개골이 부서져서 죽었습니다."

"맙소사! 하지만 여자가 어떻게 그런 일을……."

델랑가가 소리쳤다.

그는 중간에 말을 끊고는 입술을 깨물었다. 멜로즈는 희미한 미소를 띠며 고개를 끄덕였다.

"책에서 읽은 적은 있지만 실제로 보는 건 처음입니다."

멜로즈가 묻지도 않았는데 말했다.

"뭘 말입니까?"

"바보 같은 한 쌍의 젊은이들이 상대가 그 일을 저질렀다고 믿고는 자신이 했다고 주장하는 것 말입니다. 자, 우리는 원점에서 새로 출발해야겠습니다."

"그 시종일세. 조금 전 그 하녀 말일세. 아까는 전혀 신경을 쓰지 않았다네."

새터스웨이트가 소리쳤다. 그는 잠시 말을 끊고는 조리 있게 말하려 애썼다.

"그 여자는 우리가 그자를 의심하지 않을까 두려워하고 있었네. 그에게 뭔가 동기가 있는 게 분명하네. 그걸 우리는 몰라도 그 하녀는 알고 있는 걸세."

멜로즈 대령은 얼굴을 찌푸리며 벨을 눌렀다.

"드와이트 부인께 다시 한 번 내려와 주십사고 말해 주게."

그들은 그녀가 올 때까지 말없이 기다렸다. 델랑가를 보자 그녀는 깜짝 놀라며 쓰러지지 않기 위해 한 손을 뻗었다. 멜로즈 대령이 재빨리 다가가 그녀를 잡아 주었다.

"괜찮습니다, 드와이튼 부인. 놀라지 마십시오."

"이해할 수가 없군요. 델랑가 씨가 여기서 뭘 하고 있는 거죠?"

델랑가가 그녀에게 다가갔다.

"로라…… 로라…… 어째서 그런 짓을 한 거죠?"

"그런 짓을 하다니요?"

"난 알고 있어요. 나를 위해서 그랬다는 걸 말입니다. 왜냐하면 당신은 내가……. 그래요, 무리도 아니지요. 그런데 오! 당신은 천사입니다!"

멜로즈 대령이 헛기침을 했다. 그는 감상적인 것을 좋아하지 않았고, '극적인 장면'이 연출될 것 같으면 기겁을 하는 사내였다.

"이런 말씀을 드려도 괜찮을지 모르겠네요, 드와이튼 부인, 당신과 델랑가 씨 둘 다 운 좋게 화를 면했습니다. 델랑가 씨는 조금 전 여기 와서 살인을 자백했습니다. 오, 괜찮습니다, 그가 실제로 그런 짓을 저지른 건 아니니까요! 우리가 원하는 건 진실입니다. 더 이상 망설이지 마십시오. 집사 말로는 부인이 6시 30분에 서재로 들어가셨다더군요. 맞습니까?"

로라는 델랑가를 쳐다보았다. 그가 고개를 끄덕였다.

"진실이에요, 로라. 우리에게 필요한 건 그것뿐입니다."

그녀는 심호흡을 했다.

"말씀드리겠어요."

그녀는 새터스웨이트가 서둘러 앞으로 밀어 준 의자에 허물어지듯 주저앉았다.

"전 아래층으로 내려갔어요. 서재 문을 열었지요, 그리고 전……."

그녀는 말을 멈추고는 침을 삼켰다. 새터스웨이트가 앞으로 몸을 굽히고 그녀의 손을 격려하듯 토닥였다.

"좋습니다, 좋아요, 무엇을 보셨죠?"

"남편이 책상 위에 엎어져 있었어요. 그 사람의 머리에서…… 피가…… 오!"

그녀는 두 손을 얼굴로 가져갔다. 경찰서장이 앞으로 몸을 기울였다.

"죄송합니다, 드와이튼 부인. 당신은 델랑가 씨가 그를 쏘았다고 생각하셨죠?"

그녀가 고개를 끄덕이더니 변명하듯 말했다.

"용서해요, 폴. 하지만 당신이…… 당신이 말하기를……."

"그를 개처럼 쏘아 버리겠다고 했었지요. 기억나요. 그가 당신을 학대하고 있는 걸 본 날이었죠."

델랑가가 침울하게 대답했다.

경찰서장은 조사 중인 문제를 엄정하게 파고들었다.

"그런 다음 드와이튼 부인, 내가 알기로 부인은 위층으로 올라가서는…… 그러니까…… 입을 다물고 계셨습니다. 그렇게 하신 이유를 말씀하실 필요는 없습니다. 시신을 만지거나 탁자 근처에 가지는 않으셨죠?"

그녀는 부르르 몸을 떨었다.

"그럼요, 그렇고말고요. 저는 즉시 방에서 뛰쳐나왔어요."

"알겠어요. 알겠습니다. 그런데 그때가 정확히 몇 시였나요? 혹시 아십니까?"

"제 방으로 돌아왔을 때가 정확히 6시 30분이었어요."

"그렇다면 6시 25분에 제임스 경은 이미 죽어 있었던 거군요."

경찰서장은 다른 이들을 바라보았다.

"그 시계의 시각은 조작된 거군, 안 그런가? 우리가 줄곧 의심했던 대로 말일세. 원하는 대로 시계 바늘을 돌려놓는 것만큼 쉬운 일도 없겠지만, 시계를 그렇게 옆으로 뉘어 놓은 건 실수였어. 음, 이렇게 되면 범인은 집사나 시종으로 좁혀지는군. 내가 보기에 집사는 아닌 것 같은데. 자, 드와이튼 부인, 이 제닝스라는 자가 남편분에게 원한을 품을 만한 일이 있습니까?"

로라가 두 손에서 얼굴을 들었다.

"꼭 원한이랄 건 없지만…… 오늘 아침 제임스는 그를 해고하겠다고 하더군요. 그가 도둑질을 한 걸 알아냈다면서요."

"아! 이제 알겠군요. 제닝스는 추천장 없이 해고되었을 겁니다. 그에게는 심각한 일이죠."

"조금 전 시계에 대해 뭔가 말씀하셨지요. 한 가지 살펴볼 게 있어요. 범행 시간을 정확히 알고 싶으시다면요. 제임스는 언제나 골프용 시계를 갖고 다녔어요. 그가 앞으로 엎어졌을 때 그것 역시 부서지지 않았을까요?"

"좋은 생각이군요. 하지만 과연 그럴지는……. 커티스!"

대령이 천천히 말했다.

재빨리 말뜻을 알아들은 경감은 고개를 끄덕이고는 방을 나갔다. 그는 잠시 후 돌아왔다. 그의 손 안에는 골프공처럼 표면에 요철이 있는 은제 시계가 쥐어져 있었다. 골퍼들이 주머니에 공과 함께 넣어 갖고 다니도록 만들어진 시계였다.

"여기 있습니다, 서장님. 하지만 이게 무슨 도움이 될지 모르겠네요. 이런 시계들은 튼튼하거든요."

대령은 그에게서 받아 든 시계를 귀에 대 보았다.

"어쨌든 멈춘 것 같군."

그가 엄지손가락으로 누르자 시계의 뚜껑이 위로 열렸다. 안의 유리에는 금이 가 있었다.

"아!"

그가 몹시 기뻐하며 말했다.

시계 바늘은 정확하게 6시 15분을 가리키고 있었다.

"정말 좋은 포트 와인이군요, 멜로즈 대령님."

퀸이 말했다.

9시 30분이었다. 세 사람은 멜로즈 대령의 집에서 늦은 저녁 식사를 마친 참이었다. 새터스웨이트는 특히 즐거운 기색이었다.

"내 생각이 옳았어요."

그가 킬킬거렸다.

"당신도 그 사실을 부인하지 못할 겁니다, 퀸 씨. 오늘 밤 당신은 교수대의 올가미에 고개를 들이밀고 있는 딱한 두 젊은이를 구하기 위해 나타난 겁니다."

"제가요. 아닙니다. 전 아무것도 하지 않았는걸요."

"진실이 저절로 드러났으니 그럴 필요가 없었지요."

새터스웨이트도 동의했다.

"하지만 필요가 있었을 수도 있어요. 아시다시피 간발의 차로 진실이 드러났으니까요. 드와이튼 부인이, '제가 그를 죽였어요.'라고 말하던 순간을 나는 결코 잊지 못할 겁니다. 연극에서도 그 반만큼 극적인 장면을 본 적이 없답니다."

"저도 같은 생각입니다."

퀸이 말했다.

"그런 일이 소설이 아닌 현실에서 일어날 수 있다는 게 믿어지지 않군요."

멜로즈 대령이 말했다. 그는 오늘 밤 그 말을 스무 번은 하는 것 같았다.

"그럴까요?"

퀸이 물었다.

대령은 그를 물끄러미 응시했다.

"빌어먹을, 오늘 밤 그런 일이 일어났군요."

"그런데 말입니다."

새터스웨이트가 몸을 뒤로 젖히더니 포트 와인을 홀짝거리면서 끼어들었다.

"드와이튼 부인은 정말이지 훌륭했지만 한 가지 실수를 했지요. 자기 남편이 총에 맞았다는 결론으로 비약해서는 안 되었던 겁니다. 델랑가 역시 어리석게도 문제의 단검이 우리 앞의 탁자에 놓여 있었다는 이유만으로 제임스 경이 칼에 찔렸으리라고 추측했지요. 드와이튼 부인이 그걸 갖고 내려온 건 우연일 뿐인데 말입니다."

"그럴까요?"

퀸이 물었다.

"자, 만약 그들이 어떻게 죽였는지 밝히지 않은 채 제임스 경을 죽였다고만 말했다면…… 결과가 어떻게 되었을까요?"

새터스웨이트가 물었다.

"그들의 말을 믿었을지도 모르지요."

퀸이 야릇한 미소를 띠며 말했다.

"전체 이야기가 꼭 소설 같다니까요."

대령이 말했다.

"아마도 그들은 소설에서 아이디어를 얻었을 겁니다."

퀸이 말했다.

"그랬을 수도 있죠. 책에서 읽은 건 정말이지 기묘한 방식으로 떠오르는 법이니까요."

새터스웨이트는 그렇게 말하고는 퀸을 건너다보았다.

"그 시계는 처음부터 수상해 보였어요. 탁상시계든 회중시계든 바늘을 앞이나 뒤로 돌려놓는 게 얼마나 쉬운지 잊어선 안 된답니다."

퀸은 고개를 끄덕이고는 그 말을 되풀이했다.

"앞이나." 하고 말한 다음 퀸은 잠시 말을 끊었다.

"뒤로 돌려놓는단 말이죠."

그의 목소리에는 상대를 고무시키는 무엇인가가 있었다. 그의 반짝이는 검은 눈이 새터스웨이트를 뚫어져라 바라보고 있었다.

"탁상시계의 바늘은 앞으로 당겨져 있었죠. 우리는 그 사실을 알고 있지요."

새터스웨이트가 말했다.

"그랬나요?"

새터스웨이트는 그를 응시했다. 그가 천천히 말했다.

"그러니까 당신 말은 회중시계의 바늘은 뒤로 돌려져 있었다는 건가요? 하지만 그럴 순 없습니다. 그건 불가능해요."

"불가능하지 않습니다."

퀸이 중얼거렸다.

"음…… 터무니없어요. 그것이 누구에게 도움이 되겠습니까?"

"내 생각에는 그 시각에 '알리바이'를 갖고 있던 누군가에게는 도움이 될 것 같군요."

"맙소사!"

대령이 소리쳤다.

"그 시각은 델랑가 청년이 사냥꾼 친구와 이야기를 하고 있었다고 말했던 때로군요."

"그는 특히 그 사실을 우리에게 강조했어요."

새터스웨이트가 대답했다.

그들은 서로의 얼굴을 마주보았다. 발 아래 단단한 땅이 무너져 내리는 듯한 불편한 느낌이 들었다. 여러 가지 사실들이 빙빙 돌아가며 뜻밖의 면모를 보이고 있었다. 그리고 그 만화경 한가운데에 웃고 있는 퀸의 가무잡잡한 얼굴이 있었다.

"하지만 그럴 경우……."

멜로즈가 입을 열었다.

"그럴 경우……."

영리한 새터스웨이트가 그를 대신해 그 문장을 마무리했다.

"모든 것이 정반대가 되지요. 계략은 그대로이긴 하지만, 그건 그 시종에게 혐의가 가게 하기 위해 만들어진 계략이에요. 오, 하지만 그럴 순 없어요! 그건 불가능해요. 어째서 그들은 각각 자신이 범인이라고 주장했을까요?"

"그겁니다. 그때까지 두 분은 그들을 의심하고 있었습니다, 그렇지 않습니까?"

퀸이 말했다. 그의 목소리가 차분하게 꿈결처럼 이어졌다.

"책에서 본 것과 똑같다고 하셨죠, 대령님. 그들은 거기서 아이디어를 얻었습니다. 죄 없는 주인공과 여주인공이 하는 행동이죠. 그렇게 되면 사람들은 그들이 죄가 없다고 생각하게 됩니다. 그런 관습의 힘이 그들의 뒤에 자리 잡고 있었습니다. 새터스웨이트 씨는 그 일이 무대 위에서 벌어지는 것 같다고 줄곧 말씀하셨지요. 두 분 모두 옳았어요. 그것은 진실이 아니었지요. 두 분은 그런 말씀을 하면서도 그 말의 진짜 의미를 깨닫지 못하셨던 겁니다. 그들이 정말 상대가 자신들의 이야기를 믿어 주길 원했다면, 좀 더 그럴듯한 이야기를 꾸며 댔을 겁니다."

두 사람은 어찌할 바를 모르고 그를 바라보았다.

새터스웨이트가 천천히 말했다.

"영리하군요. 정말 악마적일 정도로 영리하군요. 그리고 그밖에도 이상하다고 생각했던 게 있어요. 집사 말이 7시에 창문을 닫으러 그 방에 갔다고 했지요. 그렇다면 그는 창문이 열려 있다고 생각했던 겁니다."

"델랑가는 바로 그리로 들어갔어요. 그는 일격에 제임스 경을 죽였어요. 그런 다음 그와 그 여자는 각자 할 일을 한 겁니다……."

퀸은 새터스웨이트를 바라보았다. 그의 시선은 그 장면을 재구성해 볼 것을 종용하고 있었다. 새터스웨이트가 머뭇거리며 입을 열었다.

"그들은 탁상시계를 내리친 다음 옆으로 뉘어 놓았지요. 그렇습니다. 그런 다음 회중시계의 바늘을 돌려놓고 그것 역시 내리쳤어요. 그런 다음 그가 창문을 통해 나가자, 그녀는 안에서 빗장을 질렀습니다. 하지만 알 수 없는 게 한 가지 있어요. 어째서 골프용 시계에까지 신경을 썼을까요? 탁상시계의 바늘을 돌려놓는 데 그치지 않은 이유가 뭘까요?"

"탁상시계는 항상 좀 너무 속이 들여다보이는 계략이니까요. 그렇게 뻔해 보이는 책략은 누구라도 꿰뚫어 보았을 겁니다."

"하지만 골프용 시계는 너무 부자연스러웠어요. 이런, 우리가 그 시계를 생각해 낸 건 순전히 행운이었잖아요."

"오, 아닙니다. 그 얘긴 부인이 꺼냈지요, 잊지 마세요."

퀸이 말했다.

새터스웨이트는 매혹된 듯 그를 응시했다.

"하지만 그 회중시계에 신경을 쓸 사람은 누구보다도 하인입니다. 시종들은 자기 주인의 주머니에 무엇이 있는지 누구보다 잘 아는 법이죠. 그가 탁상시계의 바늘을 돌려놓았다면, 회중시계 역시 돌려놓았을 겁니다. 그 두 사람은 인간의 성정을 이해하지 못하고 있어요. 새터스웨이트 씨와는 다른 거죠."

새터스웨이트가 고개를 내저었다.

"난 완전히 잘못 짚었는걸요. 난 당신이 두 사람을 구해 주러 왔다고 생각했답니다."

그가 조심스럽게 중얼거렸다.

"그런 셈입니다. 오! 그 두 사람이 아니라 다른 두 사람을 구해 준 셈이죠. 두 분은 부인의 몸종을 눈여겨보지 않으셨죠? 그 처녀는 푸른 수단을 입지도 않았고, 연극의 한 토막을 연기하지도 않았지만, 정말이지 무척 아름다운 아가씨더군요. 그녀는 제닝스라는 시종을 무척 사랑하고 있는 것 같았어요. 두 분은 그녀의 남자를 교수형에서 구할 수 있을 것 같은데요."

퀸이 말했다.

"우리에겐 증거가 전혀 없답니다."

멜로즈 대령이 침통하게 말하자 퀸은 미소를 지었다.

"새터스웨이트 씨가 갖고 계십니다."

"제가요?"

새터스웨이트는 깜짝 놀란 모양이었다.

퀸이 말을 계속했다.

"당신은 그 시계가 제임스 경의 주머니 안에서 깨진 것이 아니라는 증거를 갖고 있어요. 그런 시계는 뚜껑을 열지 않고는 부서지지 않습니다. 해 보시면 알 수 있지요. 누군가 그 시계를 꺼내 뚜껑을 열고 바늘을 뒤로 돌려놓고 유리를 깨뜨린 다음 뚜껑을 닫아서 다시 넣어 놓은 겁니다. 그들은 유리조각 하나가 없어졌다는 걸 꿈에도 몰랐지요."

"오!"

새터스웨이트가 소리쳤다. 그의 한쪽 손이 재빨리 조끼 주머니 속으로 들어갔다. 그는 둥근 유리조각을 꺼냈다.

그가 나설 때였다.

"이것으로 난 한 사내를 죽음에서 구할 겁니다."

그가 엄숙한 어조로 말했다.

〈끝〉

옮긴이 | 김남주

김남주는 서울에서 태어나 이대 불문과를 졸업하고 주로 프랑스 문학과 인문학 책들을 우리말로 옮겨왔다. 옮긴 책으로 프랑수아즈 사강의 『브람스를 좋아하세요』, 로맹 가리의 『새들은 페루에 가서 죽다』와 『가면의 생』, 엑토르 비앙시오티의 『밤이 낮에게 하는 이야기』와 『아주 느린 사랑의 발걸음』, 아멜르 노통브의 『사랑의 파괴』와 『오후 네 시』와 『로베르』, 필립 솔레르스의 『모차르트 평전』, 레몽 장의 『세잔 졸라를 만나다』, 로버트 래드포드의 『달리』, 도미니크 보나의 『세 예술가의 연인』, 그리고 황금가지판 크리스티 전집 1, 2, 5, 12, 13, 15, 20, 44권 등이 있다.

애거서 크리스티 전집
쥐덫

3판 1쇄 펴냄 2017년 1월 18일
3판 5쇄 펴냄 2024년 11월 13일

지은이 | 애거서 크리스티
옮긴이 | 김남주
발행인 | 박근섭
편집인 | 김준혁
펴낸곳 | 황금가지

출판등록 | 2009. 10. 8 (제2009-000273호)
주소 | 135-887 서울 강남구 신사동 506 강남출판문화센터 5층
전화 | **영업부** 515-2000 **편집부** 3446-8774 **팩시밀리** 515-2007
홈페이지 | www.goldenbough.co.kr

도서 파본 등의 이유로 반송이 필요할 경우에는 구매처에서 교환하시고
출판사 교환이 필요할 경우에는 아래 주소로 반송 사유를 적어 도서와 함께 보내주세요.
06027 서울 강남구 도산대로 1길 62 강남출판문화센터 6층 민음인 마케팅부

ISBN 978-89-8273-715-2 04840
ISBN 979-89-8273-700-8 04840 (set)

㈜민음인은 민음사 출판 그룹의 자회사입니다.
황금가지는 ㈜민음인의 픽션 전문 출간 브랜드입니다.